THE CHOJIN PROJECT INFINITY
TATSUHIKO TAKIMOTO

超人計画インフィニティ

滝本竜彦

集英社

我は人間に其《その》存在の意義を教へむとす。即ちそは超人なり、
人間の黒き雲より來る雷光なり。

――『ツァラトゥストラ』フリイドリッヒ・ニイチェ（生田長江譯／新潮社）

超人計画インフィニティ　目次

カバー・扉写真撮影＝馬場わかな
装丁＝川名潤

超人計画インフィニティ

第一話
新たなる曙光

1

俺は死なない。

なぜなら俺は死なないからだ。

俺は死なない。

それは永遠に生きるということである。

しかし永遠とはなんだろうか？

永遠を想像しようとすると、頭がぼーっとして、何がなんだかわからなくなってくる。

なので、永遠は一旦脇に置いておいて、とりあえずこの先、千年のことを考えよう。ついでに年表も作っておこう。

俺の未来年表

・2100年
プレステ20が発売される。百二十二歳になった俺は最新のプレステを買って遊ぶ。（売り切

れが予想されるため予約が望ましい）

・２５００年
プレステ１００が発売される。五百二十二歳になった俺は最新のプレステで遊ぶ。

・３０００年
プレステ２００が発売される。千二十二歳になった俺は最新のプレステで遊ぶ。


「よし……未来をイメージすることができたぞ。イメージは現実化するんだ。これで俺は、少なくとも千歳まで生きられること確定だ」

深夜、俺はカーテンの閉め切られた木造アパートの一室で、そう呟《つぶや》いた。

壁が薄いのであまり大声を出してはいけない。なぜなら隣に住んでるのは、俺と同じ四十代の男である。氷河期をなんとか生き抜いてきたものの、そのために脳に栄養が足りなくなった世代は、いつどんなことでアンガーマネジメントに失敗するかわからないのだ。

（恐ろしいことだ……）

やはり氷河期世代である俺には、キレる四十代の気持ちがよくわかる。

昨日のこと、川崎アゼリアのケンタッキーフライドチキンに並ぼうとしたら、後から来たカップルに割り込まれてしまった。

俺は反射的に口走った。

「てめえ、ぶっ殺すぞ！」

しかし大事には至らなかった。前述のセリフは、ぶつぶつと口の中で呟かれたに過ぎなかったからである。

(それにしてもヤバい……アンガーマネジメントが利かなくなっている……)

むろんこれは俺だけの問題ではない。

俺の世代の人間はそろそろ脳が擦り切れ、高次機能である感情コントロールが難しくなってきているのだ。ヤフーやSNSに流れてくる氷河期世代の犯罪ニュースを見る限り、確定的にそれは明らかである。

よって俺のこの部屋……いわば俺がこの世界で一番安心してくつろげる聖域においても、いたずらに大声を出してはいけない。

「よし、これで俺はまじで千歳まで生きられるぞ!」などという大声を出してはいけない。

そんな大声を出してしまったら、この深夜四時に、隣人が目を覚ましてしまうかもしれない。

隣人はよく独り言で、想像上の敵と戦っている。

「うわあああああ! もう嫌だあ! てめえ、やんのかよ! てめえ!」

そんな絶叫が朝、昼、夜、深夜に聞こえてくる。しかもうるさいのは隣室だけではない。上の階からは子供の泣きわめく声と、夫婦の喧嘩《けんか》が聞こえてくる。

そんな住環境でこの俺までもが「よし、これで俺はまじで千歳まで生きられるぞ!」などという大声を発してはいけない。

なぜなら……たとえ周りの人間が全員、頭がおかしくなりつつあるとしても、この俺だけは、人に気遣いできる正気の人間でありたいからだ。

そう……俺は完全に正気である。

「千歳まで生きられるぞ！」という俺の言葉にも明らかな根拠がある。

俺が千歳まで生きられる根拠その一は、『何をどうしても自分が死ぬイメージを持てない』ということである。なんとなく俺は死なない気がする。

根拠その二は、『俺は千年先までの自分をイメージしており、その思考は現実化する』ということである。

そう……皆様もご存じの通り思考は現実化する。これは間違いのないことであり、俺の実体験によっても裏付けられている。

たとえば俺は小学生のころ強く願った。大きくなったら一日中ゲームをやったりマンガを読んだりできる生活をする、と。その思考は現実化され、俺は今、無限にゲームできる生活を送っている。

また俺が大学生のころ、インターネットは遅く、安い定額で接続できるのは深夜から朝方にかけてのみだった。人に昼夜逆転を強いるテレホーダイという非道なシステムによって俺の自律神経は壊れ、以来ずっと朝に寝て夜に起きる生活が続いている。俺の自律神経を壊したNTTへの恨みは深い。

それはともかく、当時、俺は強く願った。いずれ無限にインターネットできる生活を手に入れてやる、と。

その思考は見事に現実化され、今、俺は家にいても外にいても永続的に高速インターネットに繋《つな》がる生活を送っている。

これはすべて俺の思考が現実化したものである。よって『千歳まで生きる』という俺の思考も普通に現実化すると思われる。

だが、ここで一般の人からの反論も予想される。

『そんなに簡単に不老不死になれたら苦労しないよ。願うだけで不老不死になれるなら、秦《しん》の始皇帝《しこうてい》が今も中国を支配しているはずじゃないか』

それはまあ、その通りである。

そんな簡単に思考が現実化するわけはない。

思考を確実に現実化するには、一つの、欠かすことのできない特殊な条件がある。

それは『超人』だ。

超人と言ってもキン肉マンの方ではなく、ニーチェの方だ。

ニーチェの超人とは、一言で言えば、世間のしがらみを超えて自由に思考できる存在のことだ。

つまり俺のことだ。

俺は超人なので自由に思考できる。

それゆえに俺は自由に自分の理想を想像し、それを現実化できるのである。

一般人ではなかなかこうはいかない。しょせん秦の始皇帝もただの人だった。

だが俺は超人なので、自由に思考し、自由に望みを現実化できる。

「やった！　これで俺は千歳まで生きることができるぞ！」

完全なる勝利の道筋を見出《みいだ》した俺は、歓喜の雄叫《おたけ》びを上げた。

隣人が薄い壁を蹴ってきた。

深夜四時……朝日が世界を照らすにはまだ時間があった。

2

とにかく。

俺の人生の目標は永遠に生きることである。たださすがに永遠は漠然としすぎているので、まずはざっと千年生きることを目指したい。

「俺は1978年生まれだから、2978年まで生きれば千年生きたことになるが……キリよく3000年まで生きることにしよう」

というわけで、さっそくそのためのイメージトレーニングをしてみる。

心の中に豊かなイメージを育むことこそが、思考を現実化させるために大切なのだから。

「…………」

深夜四時のアパートで俺は、西暦3000年に発売されたプレステ200で遊んでいる自分をイメージし、その現実を創造しようとした。

「…………」

ちなみに俺にとってプレステと言えば、リッジレーサーである。

初代プレステが発売されたのは、忘れもしない高一の冬のことだ。

発売日に雪の函館を自転車で駆けずり回り、なんとか見つけた初代プレステで初めてプレイしたゲームがリッジレーサーである。

真っ黒なCDをプレステにセットして電源ボタンを押したあの瞬間こそが、従来の二次元ドット絵からポリゴンによる三次元描写へと、ゲームの主流が移り変わった瞬間である。また、あれこそが俺の人生が、真に昭和から未来へとシフトした瞬間だった。

そんな興奮を、プレステ２００の箱を開封した千歳の俺も感じているはずである。

「…………」

だが、どうにもプレステ２００をくっきりと想像することができない。

平均しておよそ5年で新型が出るという、俺の厳密な数学的計算によってはじき出されたプレステ２００という型番、そこに問題はない。

だが、その形状や機能をまったく想像することができない。雲をつかむようにプレステ２００はもやもやしている。

「雲……もやもや……もしかしたらプレステ２００は、クラウドゲーミングマシンになるということか？」

いや、そんなものはすでにGoogle Stadiaによって現実化されている。千年後のゲーム機は、もっともっと、とんでもなく進化しているに違いない。

「でもなあ……はあ……」

ゲームのことを考えると自然にため息が出た。

だいたい俺はもう四十代で、実のところゲームなんてもう遊び疲れているのだ。

最近はゲーム画面を見ても目がしょぼしょぼしてくるし、ただコントローラーを握って座ってるだけで腰が痛くなってくるんだよな。

「まあそう言わず、久しぶりにプレステでもやってみるか……よっこらしょ、と」

重い体を動かしてテレビの前に移動するとプレステ４の電源を入れる。

「そう言えばプレステ５も、まだ手に入れてなかったな……まあいいか。プレステ４でクリアしてないゲームもたくさんあるしな」

俺はライブラリーに溜《た》まった積みゲーを見て、今日は何に手を付けるか考えた。

どれも面白そうではある。

だが、どのゲームもクリアするのに何十時間もかかる。そんな労働をせねばならないのかと思っただけで疲れてきた。

「ちょっと休むか……」

俺はプレステの電源を切って、日が昇るまでの短い時間、ベッドに横になることにした。

毛布をかぶって目を瞑《つぶ》る。

すると脳裏に不安が渦巻いた。

「…………」

それはもしかしたら、老化スピードに勝てないかもしれない……という不安だった。

確かに俺は超人であり、自分の現実を創造することができる。それは間違いない。

だが俺は現在進行形で歳を取りつつある。

千年生きられる現実を創造するのに百年かかるとしたら、その前に俺は老化に負けて死んでしまうのである。

現に昔あれだけ好きだったゲーム・アニメ・マンガへの欲望は今、ゼロどころかマイナスに針が振り切れている。

これは俺の気持ちが老いつつあることの証拠ではないのか？

気持ちだけならまだいい。最近、ずっと体が疲れている。寝ても寝ても疲れが取れない。

目がかすみ、腰も痛い。

体力の最大値が全盛期の半分以下に減っているようだ。体の全パーツが不可逆的に摩耗しているのが感じられる。

「よっこらしょ、と……」

さらなる不安に襲われた俺は、痛む腰を気遣いながらベッドから身を起こすと、洗面所に行って鏡を覗き込んだ。

「これは……かなり来てるな」

頭は二十代のころからスキンヘッドであるため、白髪が増えても大きな問題はない。だが髭《ひげ》に交ざる白髪が目に見えて増えてきている。お肌のハリとツヤも衰える一方だ。

俺は鏡から目をそらすと、居間をうろうろと歩き回った。

「ヤバいぞ……この老化スピードは時速五十キロは出てる」

その一方で、頼みの綱である『千年生きる肉体の創造』は遅々として進まない。

このままでは加速しつつある老化スピードに追いつくことができず、俺は通常の寿命、あるいは通常よりも短い寿命で、この人生を終えてしまうことが予想された。

それはヤバい。

なんとかしなければ。

日が昇る少し前の暗い自室をうろうろしながら、俺は肉体の寿命を延ばす方法を頭を捻《ひね》って考えた。

「何をすれば俺は長生きできるんだ？」

運動……食事……確かにそういった常識的なことに気を遣えば、健康寿命は延びそうである。

だがそんな常識レベルのことで、俺の加速する老化に打ち勝てるとは思えない。

先進医療による特殊な延命技術……DNA改造……サイボーグ化……仮にそんなものがあるとしても、俺には金がない。

だから何かもっと特殊な、現実離れした技に頼る以外には、俺がこの先生きのこるすべはないように思われた。

そのときだった。うろうろしていた俺は本棚に足の小指をぶつけた。

「うっ……」

床に転がってうめいていると、目の前の本棚に『オープニング・トゥ・チャネル　あなたの内なるガイドとつながる方法』という本が並んでいることに気がついた。

何年か前に中野ブロードウェイの四階にあるマイノリティのための古書店『まんだらけ海馬』、その精神世界コーナーから買ってきた本である。

俺はふわっとした抽象的な表紙デザインのその本を手にとってめくった。

本の中には、『高次元に存在するスピリチュアル・ガイドとの精神的つながりを確立するための手法』、すなわちチャネリングの技法が書かれていた。

「…………」

スピリチュアル・ガイド。

チャネリング。

もしかしたら、このぐらいの非日常的な勢いがなければ、不老不死は目指せないのかもしれない。

「…………」

そもそも我々がその内部に生きている現代西洋文明も、実はその発端から非科学的なチャネリング頼りだったのではないか。

スピリチュアル・ガイドとのチャネリングなくしては、現代文明も科学も生まれていないのではないか。

嘘だと思ったら、西洋的思考の基礎の一つであるプラトンの著作を眺めてみればいい。そこにはプラトンの師匠、ソクラテスが事あるごとにダイモーン、すなわち神霊に、自らの行動指針について尋ね、その導きを絶対のものとして信頼しきっている姿が描かれている。

そう！

西洋的理性の権化であるソクラテスの思想と行動は、実はなにもかも、ダイモーンという霊的ガイドとのチャネリングによって与えられていたのだ！

つまりそこから生まれた西洋的思考パターンは、理性から生まれたものというよりも、超理性、あるいは超自然的直観から生まれたものだったのだ！

またローマ帝国で最も優れた哲人皇帝と呼ばれるマルクス・アウレリウスの著作『自省録』、すなわちすべての自己啓発書の始祖と呼ばれているあの歴史的名著を眺めてみれば、そこにも同様に事あるごとにダイモーンが与える導きによって、自らを啓発し律する皇帝の姿が描かれている。

一方この俺、滝本竜彦《たきもとたつひこ》は、たまに『外国の方ですか？』と人に聞かれることがある。

それはおそらく、俺には昔の西洋の哲人的などっしりとした風格が備わっているからなのだろう。

そんな俺が、哲学者を導くダイモーン……今風に言えばスピリチュアル・ガイドの助けを求めてチャネリングを始めることも自然な流れと思えた。

「…………」

むろん抵抗がないといえば嘘になる。

俺の実家の宗派はいわゆる禅宗であり、その思想は『仏に逢うては仏を殺し、祖に逢うては祖を殺せ』というハードコアなものである。

そんな血に飢えた餓狼のごとき宗教思想をバックボーンに持つこの俺には、スピリチュアル・ガイドの助けを求める資格などない気がした。

だが今は危急のとき。

一刻も早く、一分でも長く、俺の健康寿命を延ばさなくてはならない。そのためなら猫の手も借りたい！

というわけで俺は霊的ガイドとつながるためのハウツー本を開き、そこに書かれている手順を確認した。

「ええと……」

まず心の中に壮麗な神殿のごとき空間をイメージし、そこに己を導いてくれるガイドを呼び出し、その存在と精神的につながる。

これが基本的なチャネリングの手順のようだ。

「なるほど……ソクラテスが神託を受けたデルフォイのアポロン神殿、あるいはマルクス・アウレリウスが密儀を授かったエレウシスのごとき神域を、まずは己《おの》が心の中に想起せよということだな」

「…………」

俺は目を閉じ、心の中にできるだけ美麗な４Ｋ画質の神殿を想像しようと試みた。

だが不思議なことに、俺の心の中に想像されるのは、綺麗《きれい》というよりも、むしろ汚い空間だった。

前世紀のブラウン管のごとき粗い画質で心の中に想像されたその空間の床は、ゴミによって覆われていた。

コンビニ弁当のカラや大量のマンガや、灰皿からはみ出て散らばったタバコの吸殻が散乱し、積み上がり、足の踏み場もない。

圧迫感のあるその汚部屋が、刻一刻とリアルさを持って俺の脳裏に想起されていく。

俺はなんとか意識を切り替え、美しく清らかな神殿をイメージしようと試みた。だがなぜか気持ちは、あの汚れた六畳一間に飲み込まれていくばかりである。

こうなったら仕方がない。このみすぼらしく汚らしい心理空間で、俺のスピリチュアル・ガイドを呼んでしまうことにする。

その際、心がけるべきことは、『今の自分が呼べるもっとも高位かつ善なる存在を呼ぶこと』である。そのハウツー通りに、俺はスピリチュアル・ガイドを呼んだ。

「来てくれ！　俺が不老不死になることをサポートしてくれる高次元の存在よ！」

強く望みを発した俺は、汚らしい心理空間で、スピリチュアル・ガイドの到来を待った。

だが……半ば予想されていたことではあったが、スピリチュアル・ガイドなる、ふわっとした清らかな存在は、俺の心の中に現れてくれなかった。

代わりに現れたのは、二十年前、俺が日々思い描いていた妄想の存在だった。

「…………」

あの頃、この汚らしい部屋、コンビニ弁当のカラとタバコの吸殻と成年向けのマンガが散乱する部屋で、俺は孤独に小説を書いていた。

当時、『超人計画』という小説を書いていた俺は、日々の生活と執筆の孤独を紛らわすため、脳内に彼女を想像した。

古いPCデスクに向かい、古びたCRTの青白い光を浴びていた俺の脳内彼女は、今、振り向いてこちらを見た。

「あら、滝本さん、お久しぶり」

その髪は青く、瞳の虹彩は赤い。

十四歳の彼女が着ているアニメ風の制服は、今、経年劣化で色が煤けており、裾や袖はところどころ擦り切れている。

俺の脳内彼女……名前はレイ。

「滝本さん、今度は不老不死になりたいんですってね。まったく仕方がない人ね」

「…………」

俺は脳内での会話を打ち切ると、目を開けて、現実へと意識を戻した。

四十過ぎの男が、脳内彼女と戯れるなどという行為をするのは、あまりに危険で惨めに思えた。

そんな不健全かつ非生産的なことはやめて、もっと現実的に不老不死になる方法を模索していかねばならない。

俺はもう妄想の世界の住人ではなく、現実を生きる力のある超人なのだから。

だがレイがツッコミを入れた。

「何が『現実』よ。そもそもが『不老不死』なんてなれるわけないでしょ！」

「………」

「だいたい滝本さんはね、いつも発想が極端すぎるのよ。不老不死を目指す以前に、そのだらしない体をなんとかしたらどうなの？」

「だらしない……だと？」

「私たちが昔、『超人計画』を書いていたころに比べて、少なくとも十五キロは体重が増えてるでしょ」

「そんなこと言われてもな。体重計、持ってないからわからん」

「買ってきたらいいじゃない。健康管理に役立つわよ。今住んでる街、駅前にヨドバシがあるでしょ」

「金が……」

「呆れた。不惑を過ぎて体重計を買うお金もないの？　皆は家も車も持ってるのよ」

「はっ、何を愚かなことを。そんな世俗的なアイテム、吹けば飛ぶ埃のようなものだ。俺が手にしているこの超人としての究極的な心の自由に比べたら、あまりに無価値……」

「超人？　滝本さんが？」

「ああ。レイ、お前と『超人計画』を書いた後も、俺は一人で超人になるための修行をずっと続けてきたんだ。その甲斐あって、俺は四年か五年ぐらい前に、本物の超人になれたんだ」

俺がそう告げるとレイは肩を震わせた。

「滝本さん……」

「レイ。喜んでくれるのか」

「バカッ！　喜ぶわけないでしょ。滝本さんがとうとう完全におかしくなっちゃったことを悲しんで泣いてるのよ！　現実を見なさいよ！」

「見てるさ。それは俺が超人だってことだ。超人とはこの現実を作り出す力を持つオーバーマンのこと、つまり俺のこと……ほら、昔に比べて部屋も綺麗になっただろ」

「はっきり言って私はね、昔から『超人』が何を意味しているのかまったくわからなかったわ。だけどね、このことだけはわかる。それは今の滝本さんが超人でないってことよ！」

「はっ。エビデンスはあるのかよ。俺が超人でないっていう証拠はあるのかよ」

レイは制服のポケットからスマホを取り出すとカメラを起動し、インカメラを俺に向けた。

レイのスマホ……サムスンのギャラクシーか……そのディスプレイにはジャージを着た俺の姿が映っている。

「こんな汚らしいボロボロのジャージを着た超人がどこにいるのよ！　ちょっと見ないうちにお腹も出てきたじゃない！」

「なんだお前、人を見かけで判断するのか。お前は古い人間だから知らないだろうがな、最近は人を見かけで判断するルッキズムは悪ってことになってるんだよ！　だいたい超人がジャージを着たらダメだっていう思想はどこから生まれたんだ。もっと物事を論理的に考えろよ」

「髭も剃《そ》ってないし、スキンヘッドもちゃんと手入れされてないじゃない。ちょっとこっちに来なさい」

　レイは風呂に湯を張ると、俺をバスルームに押し込み、自分は外に出てドアを閉めた。

　ドアの向こうから声が聞こえる。

「私はね……いつまでも私が甘やかしていたら滝本さんがダメになると思って、だから滝本さんのもとを離れていたのよ」

「…………」

「なのに久しぶりに会ってみたら、前よりひどくなってるじゃない。私がいない間、何をしてたのよ」

「言っただろ、修行だ。お前にはわからないかもしれないが教えてやろう。俺の修行のほんの一端を」

俺は風呂に入りつつ、この十数年、昼も夜も明け暮れていた修行の数々を、ドアの向こうのレイに教えてやった。

結婚し、そして離婚したこと。

強くなるためにフルコンタクト空手を始め、さらに古流空手のマスターのセミナーを受講し、『気』の力に覚醒《めざ》めたこと。

イエス・キリストからの霊的通信によって生み出された、たった一年で誰もがキリスト並みの奇跡を起こせるようになる講座を二回繰り返し受講したこと。

チベットの崑崙《こんろん》山脈の寺院で七世紀から受け継がれてきた精神の覚醒のための内なるワークを、肉を断ち完全禁欲しながら続けたこと。

アメリカのヴァージニア州ブルーリッジ山脈にあるモンロー研究所……幽体離脱し高次元を自在に移動する能力を研究している施設に行き、その研究所が提供する先進的な瞑想によって四次元存在に会い、三途《さんず》の川で亡くなった祖母に会い、真の愛と悟りを体験したこと。

量子力学に基づいたとかいうクォンタムなんとかという癒やしのテクニックや、究極の大宇宙の創造主の力によって万病をたちどころに治すなんとかヒーリングという技術を学び、自他を癒やす力を身に付けたこと。

だがそういった内的な修行をするだけでは、人は妄想が肥大化し、頭がおかしくなりがちだ。だから俺は渋谷、横浜、新宿、有楽町などで道を歩く人に声をかけた。それはその場で即時的かつポジティブな交流を生み出そうとする『フリーコミュニケーションワーク』なる修行であり、それを俺は十年以上続けていること。

そんなことを俺はレイに話してやった。

すると、いきなり浴室のドアが開いてレイが中に入ってきた。俺は浴槽に身を沈めた。

「ばっ、馬鹿。プライバシーを考えろよ」

「ごめんなさい、滝本さん！　長い間、一人ぼっちにして、本当にごめんなさい！」

レイは自分の目元を拭ったかと思うと、シャワーヘッドを手に取り、俺の頭に湯を浴びせかけた。

それから再度、自分の目元を拭うと、もう一方の手で引き続き俺に湯をかけながら言った。

「ね、少しずつ治していきましょう！　私、また滝本さんの面倒を見てあげるから！　今度は呆れて見捨てたりしないから！」

「治す……だと？　何を治すっていうんだ？　ああ、なるほど、『この国』を治していくってわけだな。いや、この国だけじゃない、死の呪いに蝕《むしば》まれたこの世界を、そして哀れな全人類を癒していこうってことだな。俺のこの超人の力で」

「いいから落ち着いて！　ねえ滝本さん、もう文章とか書くのも大変でしょ？　この連載も私が手伝ってあげるから、あまり変なことは書かないで」

「ははは。俺はすでに超人なんだから、文章執筆だって前よりずっと上手なんだぞ」

「迷惑かもしれないけど、私が手伝いたいの。お願い！」

「そういうことなら……今の時代は何でもスピードと実利が求められているから……そうだな、読むだけで即座に読者の実利になるようなおまけの文を、レイ、お前が書いてみろ」

「ええ、わかったわ。でも……」

バスタブの横に立ったレイは俺を見下ろしながら、小声でわけのわからないことを呟いていた。

「この人を救うために、どこから始めたらいいのかしら」

なんだか途方に暮れたような顔をしている。

だが、彼女は拳を握りしめてうなずくと、決意に満ちた表情を俺に向けた。

「と、とにかく最初の一歩を踏み出すことが大事よね。パソコンのパスワード、教えてくれる？」

「Choujin_Keikaku_Infinity……超人計画インフィニティ。このパスワードには、無限に成長を続けるという俺の強い意志が込められている」

レイはもう一度俺の頭に湯を浴びせると、リビングに姿を消した。

「…………」

しばらくして俺が風呂から上がると、居間のカーテンはいつの間にか全開になっていた。

朝日に照らされた窓際のソファには、開かれたままのノートパソコンが放置されている。

ディスプレイを覗き込むと、以下の文がエディタに表示されていた。

レイちゃんの知恵袋　その1
『セルフネグレクトをやめる』

皆さんこんにちは。レイです。Macは初めてなので、うまく書けるかどうかはわかりません。滝本さんたら、昔はPanasonicのLet'sノートを使っていて、Macをあんなにも憎んでいたのに。

「Macなんて使うやつはなあ、見た目に騙されてる情弱なんだよ！　意識が高いフリしてるだけの、中身がスカスカなやつばっかりなんだよ！」

なのにいつの間にかApple製品が好きになっていて、私は本当に驚きました。

このあと私の寝床にする予定のクローゼットにも古いMacが三台も入っています。

なんだか滝本さんらしくないなあ。滝本さんにはあの質実剛健なLet'sノートがよく似合っていたのに……。

なんてことを書くと怒られてしまいますね。パソコンの話はほどほどにして本題に入りましょう。

今日のテーマは、さきほども書きましたが『セルフネグレクトをやめる』です。

セルフネグレクト。

カタカナなのでオシャレなアクセサリーか何かかと思うかもしれませんが違います。

セルフネグレクト。それは恐ろしいものなんです。日本語にすると『自己放任』となり、その恐ろしさの一端を想像していただけるのではないでしょうか？

心のバランスを崩した人が、自分の世話をするのをやめ、自分を苦しめる生活スタイルを送ってしまうこと。それがセルフネグレクトなんです。

まあ『不老不死になる』なんて息巻いている滝本さんは、『セルフネグレクト』を自分に無関係な話と思っているかもしれません。

でも騙されたと思って、取り急ぎ次のチェックリストをご覧ください。

・歯磨き、洗顔、入浴などをサボる
・部屋の片付け、掃除をしない
・長期間、生活リズムが乱れている
・栄養バランスを考えない食事を続けている
・体調が悪くても病院に行かない
・極端な節約・散財をしている

このリストに一つでも当てはまることがあったら要注意！　あなたは今まさにセルフネグレクトしています。ダメですよ、気をつけましょうね。

二十代の頃、滝本さんも、このチェックリストすべてに当てはまる生活をしていました。日が暮れるまで寝て、目が覚めたら『気合を入れる』という名目でリポビタンDを二本飲み、栄養補給のためにスニッカーズを二本食べ、近所のゴミ捨て場から拾ってきたボロボロの木の椅子に座って、体力の限界が来るまでなんだかよくわからないゲームシナリオを書いていました。

大量のタバコを吸い、お風呂にもなかなか入ろうとせず、まともな食べ物は一日一食のコンビニ弁当だけです。そんな生活を続けているうちに六畳一間のアパートには天井までゴミが積み上がり、まだ若いのに髪は抜け、体中に不具合が出始めました。

クッションが破けた椅子に長時間接している面にはできものが生じ、何度もソフトボール大に腫れ上がりましたが、それでも滝本さんは病院に行きませんでした。

まあこんな明らかなセルフネグレクトは、何をどう考えても悪い、ダメなものだとわかるので、本当にやったらダメですよ、絶対。

ですが本稿で特に私が念入りに注意喚起したいのは、『隠れセルフネグレクト』なんです。意識の高い前向きな行動の中に隠れている密かな自己虐待、それが『隠れセルフネグレクト』です。

たとえば体を鍛えようとする人は、得てして大量のタンパク質を摂って、炭水化物を思いっきり減らすなんていう、極端な食生活をしがちです。

確かに、タンパク質は筋肉の原料になるのでたくさん必要かもしれません。でも炭水化物だって美味《おい》しいですよ？　それを限界を超えて無理に減らすのは、美味しいお米、パン、うどん、スパゲッティを食べたいと思っている自分への虐待と言えるのではないでしょうか？

ボディビル業界では、やりすぎの低炭水化物食で亡くなる人がたびたび出ます。いたましいことです。

ジークンドーの創始者、ブルース・リーさんの死因は脳浮腫とされていますが、その原因は、なんと水の飲みすぎによる腎機能障害だったかもしれないという最近の研究が出ています。

リーさんは亡くなる前、大量の水を飲み、ニンジンとりんごのジュースを主な食事とする生活を送っていたそうです。そんな極端な食生活が、何かしらの健康リスクを生み出したことは想像に難くありません。

とにかく、私が言いたいのは、たとえそれが自分を成長させるとか、世の中のためになるとかいう立派な動機から生まれた行動であっても、極端すぎるものはどれもこれもセルフネグレクトになりうるということなんです。

その証拠に、滝本さんが肉食をやめ、玄米をミキサーで砕いたものを食べていたころの写真を、Mac の写真アプリで見てみましょう。

うわ、これは酷いですね。

頬がげっそりとコケていて、目だけがランランと輝いていて怖いです。明らかにヘルシーな状態には見えません。

また滝本さんは十数年前、『超人になるために過去のすべてを捨てる』と息巻いて、持ってる本や過去の写真をすべて断捨離してしまったそうです。（Mac のメモアプリにそんな記録が残されていました）

極端すぎる断捨離。それも危うい行動と言わざるを得ないです。

確かにいらないガラクタを捨てると、心がクリアになるのは確かでしょう。ですが、せっかく頑張って書いた自著まで捨ててしまうなんて、当時の滝本さんの行動は、セルフネグレクトに両足突っ込んでいるものと判断せざるを得ません。

しかも今もその自分を虐《いじ》めがちな傾向が続いているのは、現在のこの部屋の台所を見てみればわかります。確かに昔よりは部屋は綺麗になっていて、そこは評価できますが……冷蔵庫の中に入っているのは鶏むね肉だけで、戸棚に入っているのはオートミールだけです。

どうせ滝本さんのことですから、「食べ物の味なんてどうでもいいんだよ。オートミールと鶏むね肉は栄養価が高いから、家ではこれだけ食ってればいいんだよ」なんてことを考えて、毎日同じものばかり食べているんでしょう。

よくないです。

もっと美味しいものを、食べてほしいです。

超人になること。不老不死になること。

もしかしたら、そういうことも大事かもしれません。

でも最初に、衣食住を、なにより大事にしてほしいです。

努力や成長のために自分を傷つけるのをやめてください。

努力、成長、そのために自分を虐待する必要はないんです。

極端なことをする必要はないんです。

そうではなくて、自分に優しくする、自分をいたわる、バランスを取る、そういうやり方で
人は成長することができるはずなんです。

だから、自分に優しくしてください。

朝にはカーテンを開けてください。

ここで今回の知恵袋は終わりにします。

皆さん、ご清聴ありがとうございました。

第二話

珪素生命体に俺はなる！

1

大地、すなわちこの地球の存在意義は、なんだろうか？

答えは『超人を生み出すこと』である。そして俺は超人である。

つまりこの俺、滝本竜彦を生み出すことが、地球の存在意義だったのである。

それを思うと、この宇宙船地球号への感謝の念がやまない。

地球は今も俺のために太陽の周りを高速回転しており、太陽は今も俺のために核融合を続けている。

またそれらの活動基盤である宇宙も、当然ながら俺のために存在しているのだ。

「ありがたい……万物への感謝が自然に湧いてくる……」

早朝の公園で俺は朝日を浴びながら、そう呟いた。

ちなみにこの公園は、『大師《だいし》』と呼ばれる男が関係する寺院の近くにあるため、大師公園《だいしこうえん》と名付けられている。

大師と言えばグレートマスターであり、それは超人の同義語と思われる。それゆえこの公園は、俺が闊歩《かっぽ》するにふさわしい。

その思考を肯定するかのように、背後からポジティブなメッセージ性を持つ歌声が響いてきた。

「新しい朝が来た　希望の朝だ　喜びに胸を開け　大空仰げ」

それは作詞：藤浦洸《ふじうらこう》、作曲：藤山一郎《ふじやまいちろう》による『ラジオ体操の歌』である。

振り返った俺は、近所のお年寄りがラジオを持参して、公園の端に集っていることに気づいた。

「そうか……この地球上で平均寿命ナンバーワンの我が国日本の誇る健康体操、ラジオ体操……それを俺の不老不死の足しにしろと言うんだな」

見えざる大師の意思を感じた俺は、老人集団の隅に紛れ込んでラジオ体操を始めた。

数十年ぶりのラジオ体操であったが、あたかも前世の記憶が蘇《よみがえ》ったかのごとく、俺の体は自動的に動いた。

「なるほど……今日このとき、この公園でラジオ体操をするために、小学校で俺はあんなにもラジオ体操を繰り返し叩《たた》き込まれてきたってわけか」

時空の中に織り込まれた不老不死へのシグナルを感じながらラジオ体操を終えると、俺は散り散りになっていく老人集団から一人離れて公園の隅に立った。

「…………」

いい機会である。

このまま『サンゲイジング』を行いたい。

サンゲイジング、それはかつて俺がネットサーフィン中に見つけた不老不死の秘義である。

やり方は簡単だ。

日の出直後の弱い日差しを、初日に十秒眺め、その後、一日十秒ずつ増やしていく。その際、大地に裸足で立つことが望ましい。

これにより日に日に松果体に太陽エネルギーがチャージされ、両足を通じて大地のエネルギーも肉体にチャージされていく。結果、万病が治り、肉体は若返る。

「よし、やるか……」

ちょっと恥ずかしかったが、俺は駅前の#ワークマン女子で買ったスニーカーと靴下を脱ぐと、朝露に濡《ぬ》れた公園の芝生に立った。

朝の柔らかな日差しに顔を向ける。

「おっ……これは……」

太陽中心核にて生み出された光子が何万年もかけて太陽表面に到達し、さらに八分で宇宙空間を横切って、地球に立つ俺の網膜に飛び込んでくる。

この一連の現象は俺の心と体を激しく刺激した。

俺は寝込んだ。

2

これまでにも何度かサンゲイジングを始めようとしたことがあった。だがそのたびに、風邪のような症状に襲われ寝込んでしまう。

俺は毛布の中でうめいた。

「なぜなんだ……なぜサンゲイジングするたびに、こんなに具合が悪くなってしまうのか

「……」

ベッドでうつらうつらしながら呟くと、レイが濡れ手ぬぐいを俺の額に載せながら言った。

「バカねえ滝本さんは。もう二十年以上も昼夜逆転生活を続けてるんだから、急に朝日を浴びたら具合悪くなっちゃうのは当たり前でしょ。滝本さんはジメジメした地下墳墓に潜むゾンビみたいなものなんだから、身の程をわきまえて、あまり陽の光には当たらない方がいいのよ」

「な、なんだあ、てめえ」

アンガーマネジメントに失敗し、怒りのボルテージが瞬時にマックスに達した俺は、のっそりとベッドから起き上がると、傍らの折りたたみテーブルを手のひらで叩いた。

バンッ！

衝撃波によってレイが四メートルから五メートルほど吹き飛ぶ。

「きゃっ！」

壁に後頭部をぶつけたレイは、頭を撫《な》でながら立ち上がると、俺を鋭く睨《にら》んだ。

「もう……DVはやめてよね！　いくら滝本さんでも絶対に許さないわよ。一人で頭を冷やしてなさい！」

レイはアパートから出ていった。

「ふん……かまうものか。美味《うま》いものを食えだの、きちんとお風呂に入って身だしなみを整えろだの、口うるさいあいつがいなくなればせいせいするぜ」

俺はレイを無視してまたベッドに横になった。

「………………」

だが日光を浴びたことによる不快な症状は、なかなか消えなかった。

本来であれば日光は人の自律神経の乱れを正し、活力を付加する善きものであるはずだ。だが、乱れすぎている俺の自律神経にとって、それは毒なのかもしれない。

「………」

だんだん日が暮れてきた。

俺の気分も刻一刻と暗く淀んでいく。

朝日を浴びることすらできない俺の活力はこのまま低下し、明日にも老衰死しそうな気がしてきた。

「い、いかん、なんとかして活力を高める方法を探さなくては……」

俺はスマホのメモアプリを開いた。そこには過去十数年、ネットからコピペして集めた不老不死に役立つ情報がストックされていた。

そのメモの一つに『活力＝情熱を取り戻すために、あなたが今すぐすべきこと』という、ライフハック系ブログからコピーした文書があった。

『人生でもっとも情熱があった時期はいつだったか考えてみましょう。そこにあなたの若さと活力の源が隠されています』

俺は文書の指示に素直に従って考えた。

「情熱があった時期というと……十代の終わりから二十代前半だな」

『その当時、熱中していた活動を、思いつく限りリストアップしてみましょう』

俺はベッドの中で腕を組んで考えた。

当時の俺が熱中していた活動として、最初に思いつくのは、『向精神作用のある菌類の栽培と摂取』である。

前世紀のインターネット界では、南米のシャーマンが精霊との交信に使う菌類の栽培が流行していた。

gooやInfoseek等の検索エンジンで調べると、すぐに背景が真っ黒のアンダーグラウンド感ある販売サイトを見つけることができた。

値段は二千円もしなかったと思う。銀行振込で代金を振り込むと、すぐに菌床と栽培マニュアルが送られてきた。あとはペットボトルに菌床をセットするだけで、キノコは勝手に伸びていった。

「楽しかったよなあ……キノコを食って宇宙の真理をつかもうとしていたあのころ……俺の青春、か」

輝かしい栄光の日々を思い出して、俺は布団の中で微笑《ほほえ》んだ。

「最高だったよなあ、あのトリップ」

自ら育て収穫したキノコを食べた俺は、アマゾンのシャーマンのごとくに、謎の異次元存在との交信に成功した。

ただ、俺が交信した相手は地球上のものではなく、どこか他の銀河系に巣食う蟻《あり》型生命体であった。

宇宙蟻塚の最奥にて、美しき宇宙蟻の女王に謁見した俺は、彼女が歓迎のために放つ得も言われぬ天使的な歌声に内臓を貫かれ、その快美さに圧倒されながらも聞いたものである。

「宇宙蟻の女王よ。教えてください。知りたいことがあるのです」

「なんですか。遠い星からの旅人よ」

「この宇宙はなぜ存在しているのですか？　いや、宇宙だけじゃない。『存在』は、なぜ存在しているのですか？」

「いい質問ですね。あなたは『答えそのものになる』ことによって、その質問への答えを知るでしょう」

「どうすれば俺は、『答えそのものになる』ことができるのですか？」

「私の部族は今、銀河中央部へと遠征軍を派遣するところです。その際に近づく銀河コアの内側でなら、『答え』と一体化することは簡単でしょう」

「では俺をあなた方の遠征軍に同行させてください」

宇宙蟻の女王はうなずいた。

俺は無限に続くと思われる宇宙蟻の行軍の最後尾について、多くの星を巡り歩いた。

遠征軍は道中のエネルギーを回収し、喰《く》らい尽くしては、また新たなエネルギー源を求め、銀河中央部へと螺旋《らせん》を描いて接近していく。

やがて遠征軍が銀河コアに最接近したそのとき、隊列を一人離れた俺は、単身、銀河コアに自らを投げ入れた。

やがて事象の地平面を超えてコアの内部にたどり着いた俺は、『存在』と一体化し、とてつもなく凄い真理を悟った。

「いやー、あれは最高のトリップだったな」

意識を過去から現在に戻し、再度ベッドの中で手元のiPhoneのメモに目をやると、そこにはこう書かれていた。

『かつて情熱を感じていたその活動を、今もう一度やり直してみましょう。それによってあなたは人生に活力を取り戻すことができます』

俺は頭を振った。

無理だ。

令和《れいわ》の現在、禁じられた菌類の栽培などコンプライアンス的にできるわけがない。

「いや……別に菌類にこだわる必要はないんだ」

この世にはさまざまなロマンあふれる薬品が存在している。

謎めいた薬品、それによって何かプラスの効果を得ようとする行為に、俺は深いロマンを感じる。

そのような活動は人類史に深く組み込まれており、歴史に名を残す多くの天才が、死すべき定命の人の運命を超えることを目指して、わけのわからないものを食し、心身に異常を来《きた》して死んでいった。

中国では水銀中毒で亡くなった始皇帝が有名だ。その他、意外なところでは、書聖として名高い王羲之《おうぎし》も、『五石散』という不老不死の効果があるとされる向精神薬を常用していたという。

王羲之といえば書道史上、最も有名な『蘭亭序《らんていじょ》』なる作品を揮毫《きごう》した書家であり、彼の手によって初めて書は芸術に昇華されたと言われるほどの書道界の神だ。

しかし彼には裏の顔があった。仙道にも造詣が深い王羲之は、自分の虚弱体質を改善し、寿命を延ばし、神仙の境地に達するために五石散を服用していたのである。

五石散。

その名の通り、五つの鉱物、すなわち紫石英、白石英、赤石脂《しやくせきし》、鍾乳石《しようにゆうせき》、石硫黄を粉末状にしたものであり、滋養強壮や病の快癒に効くだけでなく、心を高めて神明開朗な状態に導くとされていた。

だが、五石散は服薬すると、皮膚が爛れる副作用があった。また服薬後は歩いて熱を発する『行散』という行為をしなければ、毒が体に溜《ただ》まって死ぬとされていた。

そこで五石散のユーザーは、爛れた皮膚を刺激しないゆったりした服を着て、行散のために屋外をぶらぶら歩き回るようになった。これこそが『散歩』の語源なのである。

「そ、そうだ……散歩とは、そもそもが向精神薬に関係した行為だったのだ。そして俺は散歩も好きだ」

俺の脳内でさまざまな事象が一つに繋がっていく。

そう……俺は大学生のころ『歩こう会』という会を主宰していた。これは俺が近場の街をひたすら歩いてうろつくという会である。

それは金が無かった俺の数少ない娯楽であったが、何時間もひたすら知らない道を歩き続けると、頭がまさに神明開朗というべきクリアな状態になり、そこから俺は大量の小説のアイデアを得ることができた。

「そういえば最近、ぜんぜん散歩してなかったよな。よし、さっそく昔の情熱を取り戻すために散歩してみるか。しかも今回は本来の意味での『散歩』だ！」

幸いなことに五石散の材料のうち、紫石英と白石英、つまりアメジストとロッククリスタルなら自宅の本棚に飾ってある。しかもそれは、知り合いの神秘研究家に譲ってもらった質の高いものである。効きそうだ。

残念ながら鍾乳石は持ってないので飲むことはできない。また赤石脂と石硫黄については、それらが五石散の恐るべき副作用の原因と思われるので、仮に持っていたとしても飲まない。

飲むのはアメジストとロッククリスタルの粉末だけだ。これらは基本的にただの二酸化ケイ素、つまりシリカであり、食品や医薬品への添加物としても用いられている安全なものである。コンプライアンス的にも問題ない。

だから今、本棚に飾ってあるアメジストとロッククリスタルを微量、爪切りについているヤスリで削り出して服用したところで何の問題もない。

それどころか二酸化ケイ素の服用は、現代科学ではまだ確認されていない、何かしらのプラスの効果を俺にもたらす可能性がある。

なぜならネイティブアメリカンなど高い精神性を持つとされている民族は、往々にして土、すなわち二酸化ケイ素を食べる文化を持っているからである。

樺太《からふと》のアイヌ民族もチエトイ（アイヌ語で『我らの食べる石』の意）と呼ばれる珪藻土《けいそうど》を鍋で煮立て、そこに各種の野草を加えて食する伝統を持つ。

美しきクリスタルの原料たる二酸化ケイ素を体に取り入れることと、彼らの高い精神性には、もしかしたら何かしらの関係性があるのではないか？

現に国産ＲＰＧの最高峰であるファイナルファンタジーにおいても、クリスタルは重要なファクターとして毎作登場する。俺が特に好きな三作目では、各種のクリスタルの力を自らの内に取り入れることで、忍者や賢者など多くの職業に転職できるようになる。

そういえば現代スピリチュアリズム業界の一部でも、人類は炭素生命体から珪素生命体に移行していくという説がまことしやかに語られている。

「ははは、珪素生命体って、アシモフかよ」などとツッコミを入れつつも、心のどこかで俺は珪素生命体に憧れていた。なぜならＳＦ業界において、長寿の強キャラの代名詞といえば珪素生命体だからである。

SFマンガの名作、『COBRA』における最強キャラの一人は、全身クリスタルのクリスタル・ボーイである。また世界的に評価の高いSFマンガの『BLAME!』にも、スタイリッシュな珪素生命体が数多《あまた》登場している。

さらに言えばヨーガ学派の最重要経典『ヨーガ・スートラ』にも、修行によって心を統御した達人は、ダイヤモンドのように堅固な体を得ると書かれている。

また大乗経典の『維摩経《ゆいまきよう》』にも『如来の身は金剛の体なり』という一文がある。真理を得て如来となったものは、ダイヤモンドのごとき輝かしく堅牢《けんろう》な体を得ることが、そこには明瞭に示唆されている。

これらの事例を見る限り、超人となった俺も、そろそろ普通の肉体から珪素ベースのボディへと交換する時期なのかもしれない。

「よし、やるか……」

ベッドからのっそりと身を起こした俺は、アパートの床に古い新聞紙を敷くと、左手に紫石英と白石英、右手にヤスリを持って、水晶粉末を削り出そうとした。

そのときである。

レイが帰ってきた。

手にビニール袋をぶら下げたレイは俺に駆け寄ってきた。

「滝本さん、お土産よー。って、何してるの！」

「珪素を飲んで珪素生命体になるんだよ」

「なっ」

レイの手からビニール袋が落ちた。

まあ驚くのも無理はない。

特にこの女のごとき察しの悪いやつには、二三の説明が必要だろう。

「若き日の情熱を取り戻そうと思ってな。いろいろ考えたら『五石散を飲んで散歩する』というアクティビティにたどり着いたんだ。もちろん本物の五石散は副作用が大きい。だからまずは、安心安全な二石だけでやってみようと。いわば二石散ってところだな」

「バカッ！」

レイは俺の手から二石を叩き落とした。

ご、ごん。

床に紫石英と白石英が転がる。

「何をするんだ！　これは知り合いの神秘研究家に譲ってもらったいいものなんだぞ！」

「滝本さんのバカ！　なにが二石散よ！　そんなもの飲んだら体に悪いでしょ！」

「Wikipedia を見ろよ、二酸化ケイ素は安心安全」

「屁理屈《へりくつ》言わないで！　普通じゃないものを飲んだらダメに決まってるでしょ！」

「だ、だが……俺は昔の情熱を取り戻すために何かしなきゃいけないんだ。何か薬を飲んで散歩しなきゃいけないんだ」

「だったらこれでも飲んで散歩してきなさい！　そうしないと老衰してしまうんだ」

レイは買い物袋から何かの箱を取り出して俺に投げつけてきた。

「こ、これは……高麗人参茶《こうらいにんじん》、だと？」

「滝本さんが具合悪そうにしてたから、そこのココカラファインで買ってきたのよ。自律神経や滋養強壮に良い効果があるらしいから」

「た、高かったんじゃないか？　高麗人参と言えば、中国最古の薬学書である『神農本草経《しんのうほんぞうきょう》』で、毎日飲んでも安心安全な上薬に分類されている漢方薬じゃないか」

「いいのよ。少しなら蓄えがあるから」

てっきり家出してもう帰ってこないのかと思った。だがレイは俺のことを考えてくれていたのだ。

「……すまん」

彼女に辛《つら》く当たってしまった罪悪感を抱えながら、俺は高麗人参茶を魔法瓶に詰めると、レイに背を向けてアパートを出た。散歩に出かける。

3

二十代のころよく聴いていた曲をイヤホンから流しながら、特に目的もなく夕暮れの街を歩き続ける。

「……ふう」

歩き疲れて公園のベンチに座り、魔法瓶を開けて高麗人参茶を一口飲む。

高麗人参のストレス緩和作用が早くも効いたのか、たくさん歩いて脳が活性化されたためか、今日はやけに音楽が心に沁《し》みた。

「音楽、か……」

今から二十年以上前、ゼロ年代の初頭……俺がもっとも活力に溢れていたあのころ……菌類でトリップしているときも、こうしてだらだら散歩しているときも、いつも俺の傍らには音楽があった。

「そう言えば、ミュージシャンを目指して、自分で作曲してみたこともあったな。友人とバンドを組んだこともあったな……若気の至りってやつか。懐かしいな」

しかし、二十歳を過ぎてから音楽の道を志しても、大成するわけがない。

そう考えた大学生の俺は、ミュージシャンの夢を諦めたのであった。

だが……公園の木々の隙間から差し込む夕日に目を細めつつ、ベンチで高麗人参茶を傾けた俺は、ふと思った。

もし、俺は死なないとしたら?

俺は死なない。

それは永遠に生きるということである。

永遠に生きる者にとって、時間は無限にある。それゆえに、何事も始めるのに遅すぎるということはない。

俺は魔法瓶をベンチに置くと、iPhoneのメモを開き、『俺の未来年表』を加筆修正した。

・2100年
プレステ20が発売される。

百二十二歳になった俺はギターのFのコードが押さえられるようになる。

・2500年

プレステ100が発売される。

五百二十二歳になった俺はバンドでステージに立つ。

・3000年
プレステ200が発売される。

千二十二歳になった俺はミュージシャンとして大成する。


最後の一行をフリック入力でメモした瞬間、背筋がゾクゾクと震えた。

そのエネルギーに突き動かされた俺は、ベンチから立ち上がると、自宅に向かって走った。

かつての夢、『ミュージシャンになる』という夢を、もう一度、追いかけるために。

アパートのドアを開けて中に駆け込むと、ソファに転がるMacBook Airにはエディタが起動されており、そこにはレイが書いたと思われる以下の文章が表示されていた。

レイちゃんの知恵袋　その2
『少しずつ体にいいことをする』

皆さんこんにちは。レイです。Macの操作にもだいぶ慣れてきました。使ってみるとそんなに悪くないですね。画面に表示されるフォントが綺麗なので、私の文章もうまく書けている気がします。

さて、今日のテーマは『少しずつ体にいいことをする』です。

『少しずつ』というのが、特に強調したい大事なポイントです。

今日の滝本さんは、急に朝日を浴びたせいで夕方まで寝込んでしまいました。何事も極端なのはよくないのです。

昔は私も、髪を青く染めるなんていう極端なことをしてました。

滝本さんの好みに合わせようなんて馬鹿なことを考えたせいで、当時はかなり髪が傷んでましたね。でも今は黒い地毛で快適です。

あ、そう言えば、赤いカラーコンタクトをはめるなんてこともしてましたね。当時は目が痛くて大変でした。もちろん今は外してます。

とにかく。

繰り返しますが、極端なことは避けましょう。

体にいいことも、やりすぎると寝込んでしまいますよ。

もちろん体にいいことを何もしないで、ただグータラ寝てるのも極端な話です。それもいい大人が取るべき態度とは言えません。

では、いい大人が取るべき態度とはなんなのでしょうか？

それは、零と百の中間地点でバランスを取るということなんです。

つまりですね、健康のためにジョギングするなら、残り体力が五十パーセントのところで走るのをやめましょう。

筋トレも同様です。余力を半分残してやめましょう。

ほどほどでいいんです。

「そんなこと言ったら筋肥大しないじゃないか。超回復のためには、自分の限界を超えて筋肉を酷使する必要があるんだ！」などという滝本さんの頭でっかちな抗議が聞こえてきそうですが、無視します。

そういうハードなトレーニングは、自分の限界を継続的に超えられる強い精神力を持った人だけに許されているんです。

滝本さんにそんな精神力はありません。

だから、限界を超えようとするのはやめましょう。

限界のずっと手前、これじゃ物足りないな、と思うくらいのところでいいです。

腕立て伏せも腹筋も、五回やれば十分。

ジョギングも家から歩いて五分のコンビニまで行けば、もう帰ってきていいです。

朝日を浴びるのも一瞬でいいです。

滝本さんの闇のオーラに朝日は強すぎるんです。清らかな光をあまり長く浴びると、溶けちゃうかもしれませんよ？

だから五秒だけ朝日を浴びたら、もう家に帰ってきてください。

こんな風に、ほんのちょっとの体にいいことを、小さく小さくやっていきましょう。

『いいこと』を急にたくさん増やすことはできませんよ。でも、ほんの少しずつなら増やしていけます。

ゆっくりと増やした『いいこと』は、消えることなく、あなたの中にいつまでも残ります。

さあ外に出て、朝日を五秒だけ浴びてみましょう。気を長く持って、ゆっくりと自分の生活を改善していきましょう。

健闘を祈ります。

第三話

大きな乗りもの

1

『ミュージシャンになる』という夢を抱いた俺は、薄暗いアパートで作曲を始めた。

ここで問題となるのが、どのようなアプリを使って作曲するかである。

二十年前……近所の友人とバンドを組んだ俺は、当時の愛機のLet's noteに、本格的な音楽制作用アプリをインストールした。

それはあまりに本格的すぎた。俺はそのアプリを一パーセントも理解できず、一曲たりとも作曲できぬまま、バンドは自然消滅した。

あの失敗を踏まえ、今回はできる限りシンプルなアプリを用いて作曲を始めたい。

慎重な選定の末に選ばれたのは、iPhoneのAuxy Studioだ。これなら適当にスマホをポチポチするだけで作曲できる。

「よし、やるか……」

俺はベッドに転がってスマホをポチポチした。

だが、なかなか納得のいくものを作ることができない。

「………」

無意味な音の羅列ばかり生み出してしまう俺の脳裏に、ふと一つの疑問が生じる。

そもそも『ミュージシャンになること』と『不老不死になること』の間にどのような関係性があるのか？

その疑問に続き、さらなる根本的な疑問が俺を襲う。

そもそも不老不死なんて可能なのか？

「むろん……不老不死は可能だ」

そのための多種多様な戦略も用意してある。

一つ目の戦略は社会の力、すなわち他力によって不老不死になるというものである。

縄文時代、日本列島に住む者の平均寿命は一説によるとおよそ十五歳だった。だがこの令和では八十歳を超えている。

つまりこの社会で生きている俺は、縄文人に比べて、五倍以上も不老不死に近づいているのである。

良い巣で育てた動物は、野生の獣に比べて遥《はる》かに長生きする。

であるならば、この社会という俺の巣、その各種機能をさらにアップデートしていくことで、自然と俺の寿命は延伸していくはずなのだ。

そのためには社会の進化を促す働きかけを、日本に、そしてこの星のあらゆる国に向けて陰になり日向になり行っていく必要がある。幸いにして俺は小説家だ。文章表現によって、社会に対し、適切なヴィジョンとシグナルを送ることは容易である。事実、近作において俺は、無限性と不死性に重点を置いている。

そこに描かれたヴィジョンは少しずつ社会に浸透し、それをアップデートし、やがて俺の寿命を延ばす他力となって俺のもとに返ってくるに違いない。

「よし、いいぞ……」

この他力戦略の次にあるのが、自力戦略である。

結局、社会なんてものは肝心なときにはなんの役にも立たない。社会に見捨てられた我々氷河期世代には、アンガーマネジメントに失敗して事件を起こし、ニュースの燃料になるぐらいの未来しか用意されていない。

詳しくは知らないが、最近、税金の払い方が煩雑になったらしい。これにより我々零細な自営業者の家計がさらに厳しくなる。

畜生め。

どこまでも上の奴らは俺から搾取するつもりなのか。まじでぶっころ……。

「はあ……はあ……」

奇跡的にアンガーマネジメントに成功した俺は、深呼吸しながら気持ちを不老不死のための自力戦略に向けなおした。

そもそも俺は怒るほど税金払ってなかったし、他の国に比べ、日本はよく回っている方だ。その運営に携わっている皆に対しては、どちらかと言えば感謝の念を抱いている。

だが人間、しょせん生死の際に在っては誰もが一人なのだ。そういった生殺与奪の権を他人に握らせてはならない。

この世に何年、生きていたいのかというライフヴィジョンも、他人に決められるものではない。

自分の人生のことは、自分で考え、自分で決めていかねばならない。

だから俺は、せっかくだから千年、生きることに決めた。

この決断を自力で現実化するための最重要リソースは『情熱』だ。

情熱と言ってもロックバンドのライブのごときアッパーな情熱もあれば、都会的なジャズのごときクールな情熱もあるだろう。

なんにせよ、情熱はこの自分を目標に向けて駆動するための最重要リソースである。情熱を高めれば、生きる力が湧いてくる。

だからこそ俺は今、自分がもっとも情熱を感じる行為、すなわち音楽制作をせねばならないのだ。

つまり今、こうやってひたすらスマホをポチポチして作曲を続けることで、俺は不老不死に近づいているのだ。

「よし、俺は何も間違ってないな」

そう呟きながら、俺はベッドに転がってスマホポチポチを続けた。

理論に裏打ちされた堅実なる前進……俺が不老不死になる日も近い。

だがそのときである。

散歩から帰ってきたレイが話しかけてきた。

「何が『堅実なる前進』よ。滝本さんの、どこに堅実さがあるっていうのよ」

レイはお菓子の詰まったコンビニ袋をソファに放り投げると、そう言った。

「なんだお前、なんで俺の考えを知ってるんだ。そうか、今流行《はや》りの思考盗聴ってやつか。ちょっとアルミホイル買ってきてくれ」

「ふざけないで。私は滝本さんの脳内彼女なんだから、滝本さんの浅薄な考えぐらい、その気になったら読めるに決まってるでしょ」

「それもそうだな。ははは」

「ははははじゃないわ。滝本さんを見てると不安なのよ。本当にそんなに適当に生きてていいの？　滝本さんが変なこと考えながら日がな一日、家でスマホをいじってる間に、近くの工場では朝から晩まで労働者の皆さんが働いているのよ、額に汗して！」

労働者という単語に刺激を受けた俺は、ベッドから立ち上がると胸に手を当てて滔々《とうとう》と訴えた。

「はっ、俺だってちょっと金が無くなれば行くに決まっている、このアパートから自転車で十分、川崎の誇る工業地帯、煙突からもくもくと煙を吐き出すリアルなミッドガルに出稼ぎにな！　なぜなら俺は駅前のテイケイワークスに登録してる派遣労働者、ベルトコンベアに段ボールを載せる仕事で日銭を稼ぐ、それが俺のリアルライフ」

「な、なんでちょっとラップっぽくなってるのよ」

「前に工場で、東南アジア出身の若者と仲良くなったのを思い出してな。俺に高所作業用の安全ベルトの付け方を教えてくれた彼は、夜の駅前でよくラップの集会をしているらしい。いつか俺も交じりたいところだぜ」

そんなリアル感のある労働経験について語ると、レイは目を伏せて大人しくなった。

どうやらこの女は、俺のことを昔のような働かない穀潰《ごくつぶ》しだと思っていたようだが、男子三日会わざれば刮目《かつもく》して見よである。四十を超えて大人になった俺は、川崎の工場でだって働けるのだ。

「そうだったのね……滝本さんなりに必死に生きてたのね。ただ私が言いたいのは、不老不死なんて目標は、もう忘れた方がいいんじゃないかってこと」

「なんでだよ。不老不死にならなきゃ意味ないだろ。目標があるから人生、やる気が出てくるんだ」

「だって……人間はほら、限りある生命だから輝くのよ」

「出た！　これだよ、これだからつまんねえんだよ、一般人は。やれやれ、見下げ果てたぜ」

俺はため息をついた。

一般人は自分の頭で物事を一度も考えたことがない。そのため今のレイが吐いたような常套句《じょうとうく》を口走りがちだ。だがそれはパターン認識によってＡＩが吐き出す戯言《ざれごと》と同様のものであり、一片の真実も含んでいない。

「仕方ない、面倒だが俺が真実を教えてやろう。いいか？　限りある生命というのは、電球の輝きに喩《たと》えることができる。わかるか？」

「え、ええ……」

「一個の電球の寿命が十倍になったとしたら、その電球が放射する光量の総量もまた十倍になることは明らかだ。つまり、人間も寿命を延ばせば延ばすほど輝きが増えるということだ。Q.E.D.」

「私が言いたいのはそういうことじゃなくて……ほら、よくアニメとかで吸血鬼が出てくるでしょ。吸血鬼は長生きするほどに、人格が破綻《はたん》しがちでしょ」

「ああ……『吸血鬼長生き問題』か。それは確かに、不老不死を目指すときに避けて通れない問題ではある」

「ね。もし滝本さんが不老不死になったら、すごく孤独になって人格が破綻しちゃうのよ！

誰も知ってる人がいない未来の世界を、滝本さんは一人孤独にさまようのよ。そんなのかわいそうよ」

「心配ない。レイ、お前がいるじゃないか」

レイは顔を赤らめて目をそらした。

「ば、バカ……何を言うのよ。私だって、いつまでも滝本さんの面倒を見てる暇なんてないんだからね。私も忙しいんだから」

「じゃあ別にいいよ。『吸血鬼長生き問題』への対処法は、俺も前々から考えてるからな」

レイは一瞬、歯を食いしばり拳を握りしめたが、目を閉じて三回、深呼吸をした。

やがてアンガーマネジメントに成功したらしいレイは、目を開けると言った。

「ふ、ふん……別にいいわよ。滝本さんがまともな人の心を持ってないのはわかってるから。それよりも、そもそもなんなのよ、その『吸血鬼長生き問題』って」

俺はアパートの壁の飾り棚を指差した。

セリアで買ってきたパーツによって造られたその飾り棚には、三枚のレコードと一枚のＣＤが飾られている。

「俺と『吸血鬼長生き問題』の関わりは深い。そうだな……せっかくの機会だ。このＣＤを再生しつつ、ゆっくりと語ってやろう。聴くがいい、俺の青春の成年向けアドベンチャーゲーム『吸血殲鬼ヴェドゴニア』、そのオリジナルサウンドトラックを」

ＣＤを手に取った俺はジャケットをレイに向けた。

そこではメタリックな拘束具で顔を覆った半吸血鬼のヴェドゴニアが、紅の甲冑《かっちゅう》を纏《まと》いし伝説の吸血鬼ギーラッハに必殺の一撃を加えていた。

このCDジャケットを見るたびに、俺はこのゲームをプレイした熱い青春時代を思い出す。

学校にも行かず、テレホタイムに何かしらの圧縮データをダウンロードしながら、成年向けゲームに明け暮れたあの日々。

『ONE　～輝く季節へ～』や『加奈～いもうと～』といった、生と死の問題に鋭く切り込む名作成年向けゲームのプレイによって、俺の死生観は激しく揺さぶられた。

同じ頃に『吸血殲鬼ヴェドゴニア』をプレイした俺は、永遠の生に想いを馳《は》せた。

「…………」

やがてパソコンデスクのスピーカーから、ヴェドゴニアのエンディングテーマ、小野正利《おのまさとし》が歌う『MOON TEARS』が流れ出した。

俺は椅子に座り目を閉じてしみじみとその歌に耳を傾けながら、レイに『吸血鬼長生き問題』とその対処法について語った。

2

簡単に言えば『吸血鬼長生き問題』とは、長生きしすぎた人間が直面する数々の問題を総称したものである。

吸血鬼となった者、あるいは何らかの手段によって不死性を獲得した者は、死すべき運命に縛られた定命の者が寿命でバタバタ死んでいくのを見送る立場にある。

親しい人が死んでいくのを見送る。これは非常に悲しいことである。

俺のベスト吸血鬼ゲームに選ばれているヴェドゴニアの物語においても、永遠を生きる吸血鬼となった主人公は、かつての恋人、白柳弥沙子が、老衰の果てに人間として往生していくのを見送ることになる。

そのときに流れる『MOON TEARS』というエンディングテーマを初めて聴いたとき、俺は流れる涙を押し止めることができなかった。

そう……優しい眼差《まなざ》しを持つあの彼女までもが、定命の運命を受け入れて往生していく。

彼女への想いよ、この胸にいつまでも留まってくれ。そう願うも、冬の夜、皓々《こうこう》と輝く月の光を浴びて、長生きしすぎた吸血鬼の俺の記憶は、刻一刻と剝がれ落ちていくのだ。

「ううう……なにこれ、すごく悲しい歌」

見るとレイはソファから身を乗り出して歌声に耳を傾けつつ、目元を拭っていた。

千年という長い時間を孤独に生きていく吸血鬼の悲哀が、レイにも伝わったのだ。

ふいにソファから立ち上がったレイはもう一度涙を拭うと、ずずっと近づいてきて俺の肩をガクガクと揺さぶった。

「ダメよ滝本さん！　もし仮に本当に不老不死になれたとしても、こんな悲しい孤独な人生を送るぐらいなら、皆と一緒に、早めにあの世に行った方がいいわ！」

「ふん、それは確かに一理ある考え方ではある。だが、長年この『吸血鬼長生き問題』と格闘してきた俺は、すでにこの問題を乗り越えているんだ」

「ど、どうやってこの悲しみを乗り越えるというの？」

「まず第一に必要なのは『気合』だ」

「気合ですって？」

「ああ。悲しみというものは、気合によって乗り越えられる。吸血鬼というものは、ウェットでメソメソしがちだからな。そういう奴にこそ気合が必要なんだ」

「…………」

気合という非科学的、薩摩隼人《さつまはやと》的な回答に対し、レイは心底うんざりしたという表情を見せた。しかし最初に、悲しみを切り裂く裂帛《れっぱく》の気合がなければ、どうやって千年の長き時を生きていけようか。

それがどれだけ親しい者の死であっても、他人の死は他人の死である。しばらく喪に服したらさっと手放して忘れ、あとは定期的に墓参りしておけばそれでいい。それでも時々に湧いてくる悲しみは、気合でなんとか乗り越えるのだ。

そのように説明するとレイは、しぶしぶといった様子であったが同意した。

「ま、まあいいでしょう。大人になるとアンガーマネジメントが大事なように、別離の悲しみに対するマネジメントも必要なのかもしれないわね」

「ああ、その手法の一つが気合だ。だが、もちろん気合だけでやっていけるほど世の中甘くない。だから『吸血鬼長生き問題』には『気合』以外にも、多角的な対処が必要になる。そのうちの一つが『更新』だ」

「更新？　何を更新するっていうの？　免許？」

「いや、長生きしすぎると関係者各位が死んでいく。その穴を新たな関係者で埋めるんだよ」

「つまり新しい人間関係を作るってこと？」

「簡単に言えばそういうことだ。ヴェドゴニアにおいて、主人公は昔のガールフレンドが往生していくのを見送った。彼はその後、夜の暗く長い道を孤独を抱えながら歩いていったが、本来であれば、そこで人間関係を更新すべきだったのだ」

「………」

「服と一緒だ。古い服を処分したら、新しい服をクローゼットに補給、更新すべきなんだ。俺たちは常に生活の全領域を、一日ごとに更新していかなきゃいけないんだ」

「最低……一つ一つかけがえのない人間関係をそんなふうに言うなんて」

レイは心底、見下げ果てたという目を俺に向けた。

「はっ、なんとでも言え。実際問題、人間関係の新陳代謝はどうしたって必要なんだ。俺は高校に入学する際、地元を離れた。そのとき友人は入れ替わった。大学に入学したときも同様だ」

「そんな冷たい滝本さんなんかと、新しく友達になってくれる人なんて誰もいないわよ！」

「まあ正直、新しい人間関係を作るということに関して、俺にはなんの自信もない。それは確かだ。だが努力目標として、『新たな人間関係に対して、自らを開いておく』ことは、常に心に留めておきたいものだな」

「そういうことなら……まあわからないでもないわ。古い人間関係の中にだけ閉じこもるのはよくないものね」

「ああ。しかもこれは人間関係に限ったことじゃない。人間、長く生きていくと、身の回りにある形あるものは何もかも古くなってその価値を失っていく。それは趣味に関しても同様なんだ。だから常に新しい趣味を更新していかなきゃならない。こんなふうにな」

俺はiPhoneをレイに見せた。そこには音楽制作用アプリが燦然《さんぜん》と輝いている。

「たとえ吸血鬼になったとしても、こうやって趣味を絶えず更新していけば、心はいつまでも渇くことなく、フレッシュなままに保てる」

「ふうん」

「趣味だけじゃない。流行ってる歌、マンガ、映画、本、常に新しいものを補給し続けるんだ。そうしてこそ千年、みずみずしいフレッシュな気持ちで生きていける。たまには演歌を聴いてもいい。だが若者の間で流行ってる歌も聴いた方がいい」

「そう言う割には滝本さん、最近ぜんぜん新しい本を読んでないでしょ。たまに私とカラオケに行っても、古いアニソンばかり歌ってるし。本当はもう心が老化しちゃってるんじゃないの？」

「う、うるさいな。新しい本はこれから読もうとしてたところなんだ！　それに……」

「それに？」

「本当はな、俺ぐらいの超人になると、実はそんなに新しいものを補給しなくても大丈夫なんだ」

「どうしてよ。新しいものを補給して生活を更新しないと、心が渇いてしまうんでしょ」

「こうやって目を閉じるだろ」

俺はレイの目の前で目を閉じ、心の中に意識を向けた。

「こうすると、目に見える形を離れた、抽象的な世界を感じることができる」

「ふうん」

「人は体を持って生まれてくるが、形が失われたとしても、その本質はこの目に見えない抽象的な世界に存在を続けているんだよ。誰もが皆、ずっとな」

「………」

「だから本当は、別に新しい形を追い求めなくてもいいんだ。古い形が去るのを悲しむこともないんだ。何もかもずっと、目に見えない世界の中に存在を続けているんだから」

俺は数秒、あるいは永遠、この存在の本質の中に自らの意識を投げ入れ、そこでくつろいだ。

かつて俺が銀河コアの内部で見出した、この永遠の世界で。

そしてかつて、株式会社ネクストンのブランドTacticsから、『心に届くＡＤＶ第2弾』として発売された18禁恋愛アドベンチャーゲーム『ＯＮＥ　～輝く季節へ～』の中で、『えいえんはあるよ、ここにあるよ』と繰り返し語られたこの永遠の世界の中で。

俺は心の動きを止め、すべての形態を一時的に脱ぎ捨て、深遠なる静寂の中でくつろいだ。

そして俺は気づいた。すでに俺は永遠を生きているのだ。今までも、これからも、永遠に。

3

いつの間にかパソコンデスクに突っ伏してうたた寝していたらしい。目を開けるとすでに日は落ち、ワンルームは蛍光灯で照らされていた。

レイはというとソファに座り、何やら金属の棒と毛糸を指先で操作している。

「おい、何してるんだ？」

「いつまでも滝本さんが目を開けなくて暇だったから、近くのセリアで買ってきたのよ。毛糸と編み針」

「編み物……か？」

「ええ。まずはカップを置くコースターを作ってみるつもり。べ、別に『新しい趣味を作れ』っていう滝本さんの話に触発されたわけじゃないんだからね！」

どうやら俺の話に触発されたらしい。

人に良い影響を与えることができた嬉《うれ》しさを覚えつつも、一方で俺はというと、方向感覚を見失い、何をすればいいのか途方に暮れていた。

パソコンデスク前の椅子に腰を下ろしたまま考え込む。

「…………」

ここ数日、確かに俺は音楽なるものに対し、新しい情熱を感じていた。

だがそれが、どこに繋がっているのかわからない。

だいたいヴェーダンタ哲学によれば、この世は仮初めの幻のようなものである。

俺がこの世でもっとも感動したゲームの一つ、『ＯＮＥ　～輝く季節へ～』の中でも、主人公たちが生きている日常世界よりも、むしろあの謎めいた目に見えない『永遠の世界』の方にこそ、実質がある。

同様に、この俺が生きている三次元空間もまた一種のバーチャル空間のようなものであって、そんな一時的な場所で本気を出しても仕方ない。

別に俺らの存在は本質的に無限なんだから、なるように任せて、肉体は死ぬに任せようぜ。

そんな気持ちが自然に湧いてくる。

『吸血殲鬼ヴェドゴニア』のヒロイン、巨大なスレッジハンマーを振り回して戦うヴァンパイアハンターのモーラも言っている。『灰は灰に、塵《ちり》は塵に』と。

そう……この三次元空間は、より高次元の『永遠の世界』に浮かぶ灰でしかない。この灰の中に生まれたこの肉体もまた、塵同様のものである。そんなものの永続性を求めたところで、なんの意味もない。

永遠性はすでに担保されているのだ。我々の存在の本質と、『永遠の世界』は一つであるという事実によって。

そのことに安らぎ、肉体の老いと死ぐらいは大人しく受け入れるべきではないのか？

「…………」

だがここで俺は、五石散を飲んで副作用に苦しみながらも不老不死を目指した中国東晋《とうしん》の書家、王羲之の代表作である『蘭亭序』を思い出した。

今から一六七〇年ほど前のこと。

時は西暦三五三年、すなわち永和九年の三月三日。

郡の長官を務めていた王羲之は、名士や一族、年配者から若者まで集めて、『曲水の宴』なる季節の禊《みそぎ》と宴会を兼ねた催しを開いた。

場所は中国浙江《せっこう》省中央部の名山、会稽《かいけい》山の麓にあるあずま屋、蘭亭だ。

参加者は蘭亭で酒を酌み交わしながら、二十七編の詩を詠じた。その序文として王羲之が揮毫したものが蘭亭序である。

そこではまず自然の美しさが述べられる。

神秘的な山と竹林、そして川。

その川に主催者側のスタッフによって、酒盃《しゆはい》が流されていく。参加者は川べりに並んで座り、詩を詠じては、川面を流れてくる酒盃を手に取る。これが曲水の宴である。

晴れ渡る空の下、のびやかな春風が吹く。

空を仰げば宇宙の大きさを観ることができ、視線を下げれば、地に溢《あふ》れる生命を知ることができる。

とても楽しい。

王羲之は、人と語り合うことや、自由気ままに生きることや、人生にふいに訪れる楽しい瞬間について述べる。その瞬間の中で人は老いを忘れることができる。

だが、その楽しさの頂点を過ぎたところから、蘭亭序の記述は少しずつ、インナーワールドへと移行していく。

昔あれほど楽しんでいたことが、やがて色褪《あ》せていくことが語られる。

気持ちも物事も移り変わっていき、いつか終わりが来ることが語られる。

そしてついに、老いと死の問題がはっきりと語られる。

美しい自然と仲間に囲まれ、生に満ち溢れた曲水の宴の最中にあって、王羲之はこの生が失われていくことを思う。

死ぬこと。

それはとてつもなく大きなことであり、それが痛ましいことではないなどと、なぜ言えるのか？

不老不死のために道教を学び、老荘思想にも通じている王羲之は、とうとう内心の思いを吐露する。

生と死は一つのものだという老荘思想はでたらめだ。

長生きすることと短命であることが同等であるという考え方は間違っている。

そう王羲之は断言する。

それは、この生は、死よりも良いものだという考えである。それは、長生きする方が、短命であることよりも明らかに良いという考えである。

それは、儚《はかな》く死んでいくものを見るのは悲しいという気持ちである。

つまりそれは、死にたくないという想いである。

皆と一緒に、いつまでも生きていたいのだ。

そうだ。

人はこの願いをなくしてはいけない。

まあ……この俺だけは、そう簡単には死なないだろう。

俺は古今東西のさまざまな寿命延長の秘義を知っている。また、俺は『超人』であるがゆえに、自らが望む現実を創り出すことができる。

だから、この俺だけはいつまでも死なない。絶対に。

だが身の回りの人はどうか？

詳しくはわからないが、おそらく俺の周りの人は、超人ではない者が多いと思われる。

そうすると、多くの人は、社会常識的な範囲の寿命で、この世から離れていくことになると思われる。

それを見送り続けるのは、実際、きつい。

実は俺は、映画ではよく泣くタイプだ。

ちょっと悲しい場面が流れると、五秒で泣いてしまう。そんな俺が、この先訪れる関係者各位の死亡ラッシュに耐えられるだろうか？

耐えられるわけがない。

だとしたら……俺以外の人間も、長寿化せねばならない。

だから、万人の完全なる不老不死化……俺はこれを目標にせねばならない。

この自分だけが不老不死となっても、なんの意味もないのだ。

誰もが超人になり、そして誰もが不老不死となる世界を創る。そのように俺の目標を更新せねばならない。

だが……誰もが永遠に生きられる世界を創ることが究極の目標だとして、しかし永遠はあまりに抽象的すぎる。

そこで、とりあえずの目標を千年としよう。そして、この決心を忘れないよう、文書に記録しておこう。

俺はiPhoneのメモを開くと、『俺の未来年表』を加筆修正した。

・3000年

プレステ200が発売される。

俺は昔からの関係者各位とプレステ200で遊ぶ。

それにしても、どうやってこの夢を現実化すればいいのか？

いかにして世界人類を超人化し、その寿命を延伸すればいいのか？

「…………」

俺は瞑目《めいもく》し、沈思黙考したが、何もいいアイデアは思い浮かばなかった。

考え疲れた俺はベッドに横になって、またスマホの音楽アプリを何気なくいじりはじめた。

そのときだった。

俺に一つの真に偉大なアイデアが、落雷のごとく降り注いだ。

「そうだ……音楽だ！　『音楽の力』を使えば、皆の寿命を延ばすことができるじゃないか！」

俺の脳内で、音楽、超人、そして万人の不老不死化というキーワードが音を立てて繋がっていく。

自分が今、何をなすべきかを悟った俺は、行動を起こすべくベッドから跳ね起きた。

同時にレイがソファから立ち上がった。

彼女は一辺十センチの正方形の編み物を俺に突きつけてきた。

「どう？」

「えっ。これは……」

編み目の大きさがバラバラな、みすぼらしい編み物の小片だ。

「毛糸のコースター、よかったら使ってみてね」

「あ、ああ……」

「これも書いたから読んでね！」

レイが俺に突きつけてきたノートパソコン、そのエディタには以下の文章が表示されていた。

レイちゃんの知恵袋　その3
『お手本にならって形あるものを作ってみる』

できました！

私の初めての作品、毛糸のコースター。

まだまだ粗削りなところはあるけれど、初めてにしてはうまくいったと思います。こう見えても私、手先は器用な方なんです。

明日またセリアに行って、新しい作品作りのための毛糸を買ってこようと思います。次は『アクリルたわし』ってのを作ってみたいですね。アクリルたわしなら、洗剤を使わず水だけでお皿を綺麗に洗えるそうです。

滝本さんは台所に洗い物を溜めがちなので、こういう一手間が楽になるアイテムをあげると喜びそうですよね。ふふ。

それにしても、こうやって何か形あるものを作るのは充実感がありますね。

滝本さんも、パソコンやスマホで遊んでばかりいないで、たまには手を動かしてみるといいと思いますよ。

デジタルの世界というのは便利な反面、恐ろしいところもある世界なんですよ。

デジタル世界にばかり没頭していたら、デジタル人間になっちゃいますよ。

怖いですね。

だからたまにはこうやって、編み物のようなお手本のある手仕事をやって、心のバランスを取りましょう。

形あるものを手で作ると、脳に良い影響があるんです。

また、お手本を基に作業することで、心が休まります。

現代は独創性が重視される一億総クリエイター時代で、皆が何か新しい、誰も見たことのないものを作ろうとして、躍起になっています。

小説を書いてる滝本さんなんかも、そうらしいですね。

『掘り進むべき方角が、これで正しいのかわからない長いトンネル……そんなものを何十年も、

『たった一人で掘り続けるのが俺の仕事さ』なんて、滝本さんが眉間《みけん》にシワを寄せて語るのを聞いたことがあります。

それはただカッコつけて言ってるだけで、本当はそんなに辛い仕事ではないと思います。でも答えのない場所に答えを見つけようとする作業が、人の心に終わりのないストレスをもたらすことも本当でしょう。

ですから、そういうストレスを抱えている人は、たまには『これが正解』というお手本がある作業をしてみてください。編み物、習字、図画工作……どれも素敵な趣味になります。ほんの少しの時間を取って、上手なお手本を参考に、何かを作ってみてください。

ほっと心が休まりますよ！

第四話
はたらく滝本

1

朝、品川で電車からバスに乗り換えた俺は、窓の外を眺めながら考え込んだ。

(俺もずいぶん進歩したものだ。朝の品川駅というビジネスパーソンの地獄を無傷で通り抜けるとは。数年前の俺であれば、通過しただけで体力がゼロとなって、アパートに引き返していただろう)

だが、そのようなHSP……敏感すぎるハイリー・センシティブ・パーソンとしての弱点を、俺はすでに克服していた。

満員電車に揉まれたとしても、体力ゲージはせいぜい三割ぐらいしか減らない。

(なぜなら今の俺は『チャクラ』が整っているからな……)

東京湾の倉庫に向かうバス車内で、俺はレイがいたら確実にツッコミを入れられたに違いないモノローグを、脳内で呟いた。

(そう……チャクラ……チャクラがすべての生きにくさを解消する)

チャクラ、それはサンスクリット語で円盤や車輪を意味する言葉だ。その神秘的な響きから多くのマンガ、アニメで超常的なエネルギーの源とされてきた。

世界的に人気がある忍者バトルアクションマンガの『NARUTO』では、チャクラは忍術のエネルギー源とされている。

機動戦士ガンダムの富野由悠季監督が、鬱からのリハビリとして作ったロボットアニメ『ブレンパワード』においては、人型生体機械のオーガニックマシンがチャクラ光なるものを放出して敵と戦う。

このようにアニメ・マンガにおいて、チャクラは戦闘力に直結したものとして描かれてきた。だが我々のようにバトルとは無縁の一般市民とて、チャクラのことを無視して生きるわけにはいかない。

なぜなら現代人の多くを悩ませる生きにくさ、その原因の多くは『チャクラの乱れ』に由来するからである。

脊柱に沿って七つあると言われているチャクラの中でも特に、脊柱基底、下腹部、臍《へそ》の三つのチャクラは、人間がこの社会で力強く生きていくのに重要である。

これら下部のチャクラが不安定だと、人は根無し草のように浮ついた存在となり、自らの肉体に安住することが苦痛となり、その上、他者からのネガティブなエネルギーを無防備に受け取るようになる。

ここから多くの生きづらさが生じる。このHSP的な生きづらさを解除するには、チャクラをなんとかしなければならない。

チャクラをなんとかしなければ、この先生きのこることは難しいのだ。

だが、ここで焦って拙速にチャクラをなんとかしようとすることも、身の破滅に繋がる。

巷には『呼吸法でチャクラを整えよう』などという本がたくさん売っているが、呼吸によるチャクラの制御は危険である。

ここ最近、俺のマイブームになっている王羲之も、『呼吸によって気を操作し不老不死に至るべし』という内容の、道教の経典『黄庭経《こうていけい》』を揮毫している。そして実際、呼吸によって気をコントロールすることは可能に思われる。

だが、それははっきり言って危険な所業である。呼吸による乱暴な生命エネルギーの操作は、自らを癒すよりも壊す方向に働く可能性が高い。

なぜなら人間が一台の自作PCだとすると、呼吸法でチャクラを活性化しようとする試みは、『なんとなく電源ユニットの電圧を上げてみた』という乱暴な行為に相当するからである。

そんなことをすれば性能アップよりもむしろ、システム全体に不可逆的な不具合が生じる可能性の方が高い。

では結局、チャクラの調整など不可能だというのか？

生まれ持ってチャクラのバランスが崩れている者は、一生、その生きづらさを抱えて生きていかねばならないのか？

いいや、そんなこともない。

チャクラは確かに調整することができ、それによって生きづらさの大部分を解除することは可能だ。

だが、その調整を安全に行うには、まず『超人』になる必要がある。

一般人ではチャクラを安全に調整することなどできない。だが超人であれば、チャクラをほどよく調整できる。

それゆえに、『生きづらさ』を解除するためには、まずなにより超人になるべきなのである。

超人になってしまえばチャクラの一つや二つ、いかようにでも調整できる。またその結果として、自らの内なるＨＳＰやＡＤＨＤやＡＳＤやＨＤＭＩやらの生きにくさを生み出す性質を、雲散霧消できる。

（いつかこの俺の超人的な叡智《えいち》を広め、この国に生きる多くの者の生きづらさを解消できる日がくればいいのだが）

などと、ひたすらチャクラと気と現代社会について考え込んでいると、バスは東京湾岸の倉庫に到着した。

「よし、行くか……」

俺は暗い顔をした日雇い労働者たちに交じってバスから降りた。

ロッカーに貴重品をしまいつつ、見知らぬ人間が怖い、初めての仕事が怖くて落ち着かないというＨＳＰ性質を軽減させるため、己が下腹の丹田に力を込める。

軽作業用の手袋を装備すると、俺は金属探知機のゲートをくぐって作業所に向かった。

2

金属製のどっしりとしたテーブルを、四人の男女が取り囲んでいる。

テーブルには乱雑に絡まったケーブルや、半壊した機械パーツが段ボールで次々と送り込まれてくる。

俺は他の作業員と共同で、絡まったケーブルを選り分けて束ね、パーツを分類して小箱に入れる作業を続けた。

顔を上げて倉庫内を見回すと、似たような作業をしている班が他に十ほどあり、皆、黙々と手を動かしている。

さらに倉庫の他の領域では、段ボール相手にカッターナイフを振るう部署や、汚れた液晶ディスプレイを謎の液をふりかけた布で拭きまくる部署などが存在し、皆忙しく働いていた。

「…………」

俺が断片的に得た知識によれば、この倉庫には、巨大通信企業の全国の支店で故障した備品が送り込まれているようである。

それら要修理の備品を分類し、掃除し、さらに修理できるものは修理部門に回すという作業を、この倉庫で行っているらしい。

ただし俺に与えられる情報はどれも断片であり、作業内容も高度に分業化されているため、今、自分が行っている作業、ケーブルを分類して束ねるという行為が、全体の中でどのような意味を持っているのかは定かではない。

ただ漠然と、こんなことをしているのかなというイメージを持ちながら、巨大生命を構成する小さな細胞として、他の作業員と共に黙々と作業をこなしていく。

それにしても俺の作業スピードは遅い。

遅い原因はいくつか考えられる。

一つ目は、このような物理レベルでの労働スキルが低いというものだ。俺はこの人生で、どちらかと言えば精神的な労働を続けてきた。それゆえに、物理労働スキルが低いことは責められるものではない。

二つ目の理由は、見知らぬ人と一つのテーブルで働くのは緊張するということである。いかにチャクラを整え、HSP性質を軽減させることに成功したとはいえ、緊張するものは緊張するのだ。

三つ目の理由は、モチベーションが低いということである。

思えば俺のバイトへのモチベーションは、常に低かった。

初めてバイトに申し込んだのは大学時代だった。俺は小田急線の生田駅前にあったコンビニに履歴書を持っていった。

『危険な客が来ることもあるけど、君、何か運動はやってたかな?』

青い制服を着た店長にそう聞かれた俺は答えた。

『卓球をやっていました』

『はは……卓球は役に立たないかもしれないね。この店、結構忙しくなるけど大丈夫かな?』

『無理かもしれません』俺はコンビニを去った。

次に俺は駅前の中古ゲーム屋に履歴書を持っていった。採否は後で電話すると言われたのでその日は帰宅した。いつまでも電話はかかってこなかった。

次に俺は、町田の高原書店という古書店に履歴書を持っていった。

漢字書き取りテストや、『君の好きな本はなにかな?』というハードな面接を乗り越えた俺は、ついに正式なバイトとして高原書店に採用された。

お客さんもそこで働く人達も俺に優しく接してくれた。レジ担当の俺に、上品な身なりのお客さんが声をかけてくれた。

『君! 辛いこともあるかもだけど頑張ってね』

俺は頑張ることができなかった。

高原書店は雰囲気が良く品揃えも良い古書店であり、当時の町田の文化的中心地だった。文化の香りに惹かれ、多くの読書家が高原書店には集っていた。

ちなみに直木賞作家の三浦しをん先生も、高原書店でバイトをしていたようである。そのときの経験が三浦先生の傑作小説『まほろ駅前多田便利軒』として結実していると、俺はいつだかネットの記事で読んだ。

三浦先生とは後日、ボイルドエッグズ新人賞の選考委員として何度かお会いすることになるのだが、まさか作家になる前に、バイト先でもニアミスしていたとは。

しかし俺の高原書店でのバイトは一ヶ月で終わった。HSP性質が限界に達した俺は、三浦先生とお会いすることもできぬままバイトをやめた。バイトで金を稼ぐことが無理と悟った俺は、アパートで小説を書いて金に変えた。

あれから十数年の時が流れた。小説で稼いだマネーはすべて消え、今また俺は外で働く必要に迫られている。だというのに、俺の物理労働力は十代の頃よりもさらに低下している。

「ダメだダメだダメだダメだダメだ……」

倉庫で過去を想起しながら手を動かしていると、ケーブルがどんどん絡まっていった。

落ち着こうとして深呼吸するも、貯金がゼロどころかマイナスであることの恐怖が、リアルに迫ってきた。

超人になるための修行期間、俺は労働せず瞑想ばかりしていた。

金など小さな問題に過ぎない。

まず超人になりさえすれば、現実を自分の都合のいいように創造する力が得られる。

そう思った俺は修行を続け、なんとか超人になることができた。

金の問題も、超人の力によってなんとか乗り越えつつある。

だがその実態は、虚空から金が無限に湧いてくるという、俺の思い描いていたものとは違った。

超人の力によってＨＳＰ性質を治し、それによってバイトして日銭を稼ぐという、思ったよりも地味な方法によって、今、俺は金の問題を乗り越えようとしていた。

しかも実のところ、ぜんぜん乗り越えられていなかった。

倉庫内でわたわたと焦って手を動かすも、余計に謎のケーブルは絡まっていく。

俺の呼吸は浅くなり、超人の力によって抑えていた俺の呪い……ＨＳＰ性質が今、その恐るべき闇の顎を全開にして俺を飲み込もうとしている。

「ううう……」

同じテーブルで作業している作業員の、俺への怒りと苛立ちが感じられる。理論的には、これは俺の怒りと苛立ちが外界に投影され、自らに跳ね返ってきたものに過ぎない。だが感覚的には、明らかに他者が俺に向けている怒りと苛立ちが感じられる。

そのネガティブエネルギーに萎縮した俺は、さらに焦って手を動かすも、より一層、謎のケーブルは手元でほどきようもなく絡まっていく。

「ちょっと、あの……」

「ううう……ん？」

「このケーブルは、まずアダプタから取り外して、それからバンドでまとめた方がいいですよ」

顔を上げると、同じテーブルの作業員が俺にコツを示してくれていた。

「ああ。このケーブルを……」

「そうです。まずは抜いて……バンドでまとめる。そうそう」

彼女の指導により、なんとか俺は完全なパニックに陥ることなく、午前の仕事をこなすことに成功した。

それでもほぼ完全に精根尽き果ててヘロヘロになった俺は、半ば意識を失いながら食堂に向かった。

自宅の貯金箱には虎の子の五百円玉一枚が残されているだけであり、財布には帰りの電車賃しか入っていない。だが無料の水を飲んで一休みすることはできる。

俺はウォーターサーバーの水を紙コップ一杯に取ると、空いた席で一気にあおってため息をついた。

「はあ……」

そのとき視線を感じた。

顔を上げると斜向《はすむ》かいの席に、同じ班で仕事していた作業員が座っていた。

さきほど俺に、ケーブルさばきのコツを教えてくれた女性だ。

ジャージを着て、髪を無造作にポニーテールにまとめている。歳は二十代前半ぐらいだろうか。

俺が軽く会釈すると彼女は話しかけてきた。

「ここは初めてですか？」

「あ、ああ……さっきは君のおかげで助かった」

「初めてだと難しいですよね。だいたいの仕事は」

「そう！　そうなんだよ。この前の倉庫でも、俺の教育係のおばさんにものすごい嫌みを言われて心が折れて、むかつくから黙って家に帰ってやった」

「帰るときは、ちゃんと派遣会社に連絡してからの方がいいですよ」

「そ、それは確かに……次からはそうする」

「あまりこういう仕事に慣れてなさそうですね」

「まあな。普段は別の仕事してるからな」

「えっ？　何してるんですか？」

彼女は興味深げに身を乗り出してきた。

俺は自らの仕事を堂々と口にした。

「ミュージシャンだ。俺はミュージシャンなんだよ」

3

『またまたぁ』という反応を心のどこかで期待していたが、女性はまっすぐな視線で俺を見つめてきた。

「す、凄い！　ミュージシャン！　じゃあこの仕事は……」

「副業ってやつだな」

「いいですよね。クリエイティブな本業があっての肉体労働。バランスが取れてます」

「ああ。たまにはこうやって体を動かして働くのも悪くない。金がないときには特にな」

「ミュージシャンは、やっぱりお金がなくなったりするんですね」

「そうだな……俺は金にはそんなに興味を持ってこなかったからな。潮の満ち引きのように金がなくなるときもある」

「へえー。いいですね！　超然としてるんですね」

「自分のライフワーク、今、自分がこの世に生きている意味。そういったものを摑んでいれば、金なんていうバーチャルな指標に一喜一憂することもないとわかるさ」

「そんなものですか」

ここで女性は、初めて疑わしげな目を俺に向けてきた。俺は慌てて補足した。

「むろん……金という幻想は強力だ。この俺とて金が五百円しかないときはパニックになる。この世に生きる多くの者が、金の心配で命をすり減らしている現状も理解している」

「私もすり減らしてますよ。こういう仕事で生活費を稼ぐのは大変すぎます……どうしたらいいんですかね」

ここで俺は一つ、倉庫の食堂という落ち着かないロケーションではあったが、この女に金と人生についての叡智をレクチャーしてやる態勢に入った。

実のところ、修行を終えて超人と化した俺の周りには、このように導きを求める人々が集いがちである。

超人の精神は全宇宙と同期されているがため、シンクロニシティによって、有用なコミュニケーションが自然と用意されるものなのである。

この女性とは初めて会ったばかりというのに、かなりビットレートの高い情報のやり取りができている。それはこの会話が、シンクロニシティによって宇宙にお膳立てされたものであることの証左だ。

「…………」

俺はしばし目を閉じ、心の中の銀河コアと、その奥にある絶対無に意識をチューニングすると、そこから無限の叡智を引き出し始めた。

「君はまだ若くてわからないかもしれないが……金……それはただの数字に過ぎない」

「じゃあ、別にお金なんて稼がなくていいってことですか？」

「いいや……金はただの数字だが、それは豊かさの象徴でもある。人は豊かになるべきだ」

「だからどうやったら豊かになれるんですか！」

「豊かさ、それは誰から与えられるものでもない。豊かさ、それは本を正せば、すべて君の心の中から生じているんだよ。君の心を今の二倍、豊かな心にすれば、君は二倍の金を受け取れるようになるんだよ」

「どうやれば豊かな心になれるんですか？」

「いろいろな方法はあるが、決定的なのはなんと言っても『超人』になることだ。超人とは物事の道理、社会的な常識、運命によるリミットを超えて、自らの心を自在にアップデートできる。超人であれば、自らの意思によって心を豊かにすることなど容易い」

「じゃあ教えてください、超人になる方法を」

「わかった。今から真面目に話すから聞いてくれ。まずは自らの人間としての生を全うすることだ。人生の重荷を担いで、やるべきと感じたことを限界までやるんだ」

「それは……辛そうですね」

「辛いぞ。だがそれがいいんだ。この段階は砂漠を歩く駱駝《らくだ》に喩えられる。駱駝は重い荷物を背負って砂漠を歩く。この段階を踏むことによって、人の自我は鍛えられ、限界まで強くなる」

「なるほど。たくさんの重荷を背負って、自らを鍛えて超人になればいいんですね」

「いいや。超人になるには、駱駝の次の段階に進まなくてはならない。あるとき駱駝は気づく。これ以上、先に進むには重荷をすべて手放さなければならない、と。そう気づいた駱駝は、担いできた荷物を一つ一つ捨て、それを嚙み砕く獅子となるのだ。人はあるとき、学んだものをすべて手放さなければならないのだ」

「獅子！　強そうですね。それが超人ですか？」

「いいや。人は古い荷物をすべて手放したとき、広大なる砂漠の中で方向感覚を失う。自分が向かうべきオアシスの幻想すら手放した獅子は、無垢な幼子とならなければならない。幼子は虚無の砂漠の中で、自ら自由に遊び始める。その幼子の周りに今、本物のオアシスが生まれ始める。そこは甘い水が流れ、涼しい風が吹く豊かな土地だ。人々はそこに集って火をおこし、新たな文明を築くだろう」

「幼子。かわいいですね！　それが超人ですか？」

「いいや。実のところ、この超人ロードでの全事象は同時的に発生している。駱駝、獅子、幼子という人間の三つの相は、時間の中の幻に過ぎない。実は超人は今ここにいて、今、君の中にある。これこそが、始まりと終わりは一つだということである」

「よくわかりません。具体的に、私は何をすればいいんですか？」

「簡単だ。君の意思がすべてを決める。今、『超人になろう』と心から望み、それを意思することだ。君が望めば、君の中の超人因子は目覚めるだろう。あとは君の内なる超人が君を導いていく。その声に虚心に耳を傾けるんだ。自分の自我ではなく、内なる超人の声、今はまだ小さくささやかなその声に耳を傾け、それに忠実に行動し続けるんだ」

「や、やってみますっ！」

がたんと椅子を引く音が聞こえて気を取られかけたが、こんなにも長く生身の人間と会話するのは久しぶりである。

もっと楽しいトークを続けたい。目を開けてしまうとつい相手が異性だと思って自意識過剰になってしまうから、俺は瞑目したまま、さらに言いたいことを言い続けた。

「ところでだ。超人の話はもういいとして……さっきも言ったが、俺は実はミュージシャンなんだ。しかも普通のチャラチャラしたミュージシャンじゃない。人類愛に目覚めたミュージシャンなんだ。キース・エマーソンの幻魔大戦の主題歌みたいなやつを作りたいんだ。音楽には人の心を高める作用があるんだ。その力を使って俺は、聴いた人の寿命が延びる音楽を作りたいんだ。無理だと思うかい？　でも想像してごらん。誰もが寿命千年になった世界を。それによって少子化問題が解決した世界を。いずれ俺の音楽が、そんなふうに世界を変え……あれ？」

目を開けるとすでに昼休みは終わり、食堂には誰も残っていなかった。

「…………」

俺は狐につままれたような気分で食堂を出ると、倉庫の作業所に戻った。

俺の班のテーブルでは、すでに作業員たちがケーブルほどきを再開していた。

「す、すみません。遅れました」

俺は頭を下げてテーブルに着くと、さきほどまで食堂で会話していた女性の姿を捜した。

いない。

「あの……午前までそこにいた人は……」

俺は班の最年長の男に聞いた。彼は言った。

「青山さんね。いきなり急用があるって言って走って早退していったよ」

「そ、そうですか……」

俺は顔を伏せてケーブルほどきの作業を続けながら、恐るべき真実に気づいた。

もしや青山は、この俺と一緒のテーブルで午後の作業をしたくなかったがために、逃げるように早退していったのではないか……。

その考えは真実と思われた。

なぜなら俺は、食堂での青山との会話の中で、三つの大罪を犯していたからである。

大罪その一は『マンスプレイニング』だ。これは男が女性を意識的、あるいは無意識的に見下しながら、自分が知っている知識について無駄に長い説明をすることである。

俺は『金を稼ぐ方法』と『超人になる方法』について、べらべらと調子よく、上から目線で長い説明をしてしまった。これぞ典型的なマンスプレイニングである。

第二の大罪は『年齢マウント』である。俺は彼女より自分が年上であることを利用し、彼女が聞きたくもないトークを長々と話してしまった。

『へえー。いいですね！』という彼女の合いの手は、若者が年上の者に見せる条件反射的な枕詞に過ぎない。それを真に受けて俺は、若者相手に持論をべらべらと喋りまくってしまった。

第三の大罪は『超人ハラスメント』である。超人である俺は、実のところ、人類の九割九分よりも高い意識を持っている。それを鼻に掛けて俺は、彼女の精神性を高めてやろうなどというおこがましい気持ちで彼女に接してしまった。

「最悪だ……もうダメだ……終わった……」

俺は罪悪感に押しつぶされながら、ケーブルをほどいてまとめる作業を続けた。しかしケーブルは、ほどこうとするほどに絡まるばかりである。

だんだん気持ち悪くなって、目の前が暗くなってきた。

「す、すみません、早退します」

俺は同じ班の作業員に頭を下げて倉庫を出て、バスに乗って品川から川崎を経てアパートに帰った。

今日の仕事は失敗だ。

日払いの賃金も得ることができなかった。

だが、俺にはまだ五百円がある。

アパートに残した五百円で飯を食おう。

そう考えながら、ふらつく足取りでアパートのドアを開けると、レイが俺を出迎えた。

「おかえりなさい、滝本さん！　パーティしましょ！」

「……パーティ？」

「詳しくはこれを読んでほしいんだけど」

レイはノートパソコンを俺に手渡すと、大量の駄菓子が並べられた折り畳みテーブルを指差した。

「それよりも、まずは一緒に食べましょ。滝本さんの五百円で、いいお菓子をたくさん買っておいたから。さあ、楽しいパーティの始まりよ！」

「…………」

俺はベッドに倒れ込みながら、ノートパソコンの文章に目を通した。

レイちゃんの知恵袋　その4

『たまには贅沢してみる』

皆さんこんにちは！　元気ですか！

元気な人も元気じゃない人も、一緒に盛り上がっていきましょう。人生はお祭りですよ！

はっ。失礼しました。

最近、私はちょっと内職をしてまして、そっちの方がけっこう軌道に乗ってきて、テンションが上がってるんですよね。どんな内職かと言うとWebライターという最先端の仕事です。

さまざまな食品や薬品の効能について、Wikipediaを見ながら記事を作り、一文字あたり○・三円で納品する仕事です。

自分の口座に少しずつお金が貯まっていくのを見るのは、嬉しいものですね！

でも今日の知恵袋では、Webライターの心得を書きたいわけではないのです。

私が書きたいのは、お金を節約しすぎるのもよくない、ということです。

最近、滝本さんは消費活動を抑えています。どのくらい抑えているかというと、読みたいマンガも買わず、マンガアプリのボーナスを貯めて、ちびちびと一日一話ずつ読むくらいに抑えています。

コンビニでも百円以上のお菓子を買わず、『甘さと値段の比では、このモナカが最高コスパなんだ』などと言いながら、数十円のお菓子をいつも買っています。

『滝本さん、お腹が空いたからピザでも取らない？』

そう私が聞いても、滝本さんはスマホで銀行口座を見て顔を青くするばかりです。

もしかしたら滝本さんの口座、かなりお金が減ってるのかもしれません。

だからって、いい歳をした社会人が、まさかピザ一枚買えないってことはないでしょう。

近頃はもともと少ない本を売り払って、テレビも売り払って、部屋がガランと殺風景になっています。

こんな部屋でピザも食べず、パサパサした鶏むね肉やら玄米やらを食べている滝本さんを見ていると、気が滅入ってきます。

節約ばかりしていると、心が貧乏になってしまいますよ！

病は気からと申しまして、貧乏も心からなんですよ！

たとえお金がなくても、心まで貧乏になるな！

滝本さんにはそう言いたいです。

そこでここは一つ、私が一肌脱いで、生活の豊かさというものを、滝本さんに感じさせてあげます。

そのために今日はパーティを開きます。

ちょうど滝本さんの貯金箱に五百円が入っていたので、まずはこれを持ってコンビニに行きます。

そして、お菓子コーナーをじっくりと眺めてみましょう。

チロルチョコ、カルパス、ブラックサンダー、うまい棒、五百円あれば、なんでも好きなお菓子を買って贅沢できるんです！

一応、滝本さんの好きなモナカも買っておきましょう。

「四百九十六円になります」

「現金でお願いします」

ふふ、世界最高品質と名高い日本の美味しいコンビニ菓子を、たくさん買っちゃいました。

これをテーブルに並べて、滝本さんが帰ってくるのを待ちます。

仕事で疲れた滝本さんも、このお菓子を見れば元気になることでしょう。

たくさんのお金がなくても、こうやってちょっと気を配ってお菓子を買えば、すぐに贅沢な気持ちを味わえるんです。

あ、滝本さんの足音が聞こえてきたので、今回の知恵袋はここで終わります。

ぜひ皆さんも、ご自身の経済状況に応じたレベルで、ちょっと贅沢してみてくださいね。

豊かな気持ちで生きていきましょう！

第五話
はたらく滝本　その2

1

電気が止まった。

スマホも止まった。

社会との接点を絶たれた俺は、アパートの暗がりの中で静かに朽ちていく運命かと思われた。

「本当にごめんなさい、滝本さん。まさか、あの貯金箱の五百円が滝本さんの全財産だったなんて……」

レイはおろおろとした様子で部屋をうろついた。俺は窓を指でとんとんと叩いた。

「暗いな、この部屋。昼だっていうのにカーテンを全開にしても暗い」

「ど、どうしたの滝本さん……」

「この部屋に俺が住んでるって知りながら、あいつら、隣にあんな馬鹿でかいマンション建てやがったんだ。あいつらのせいで俺は陽の光を浴びてビタミンDを合成できない。あいつら、俺に死ねって言ってるんだ……」

「落ち着いて滝本さん！　そもそも、こんなになるまで働かなかった滝本さんが悪いのよ。ビタミンDを合成できないのは、滝本さんが外に散歩に出ないのが悪いのよ」

「俺だって働こうとしたさ！　たまに散歩もしてる！　なのに社会が俺を爪弾きにするんだ！」

レイはふう、とため息をついた。

「はいはい。滝本さんはかわいそうね。わかったから、早く次の仕事を探しに行って」

「ちっ。めんどくせえな。なんでこの俺が、金ごときに時間を使わなきゃならないんだよ」

俺はゴミ箱を蹴飛ばしながらも派遣会社にコンタクトを取ろうとした。だが、電話料金未納で回線が止められている。

俺は近所のコンビニに向かった。サンダルを履いて追ってきたレイが、怪訝そうな顔を向けてくる。

「コンビニに来ても何も買えないわよ。お金がないんだから」

俺はこめかみをとんとんと指でつついた。

「ここを使え。コンビニはWi-Fiの電波を発している。あとはわかるな？」

「なるほど、IP電話ね！」

俺はコンビニの駐車場の塀によりかかりながらスマホを操作し、IP電話で派遣会社に連絡した。

「もしもし。滝本竜彦と申します。先日はあのー、途中で早退してしまい大変すみません。次は頑張りますので、新しい仕事を紹介していただきたく……えっ？　長期の仕事？　面接？　今夜？　駅前に十八時に待ち合わせ？　はい、よろしくお願いいたします……」

＊

夕方、手を振るレイを尻目にアパートを出た俺は、西にある駅前に向かった。

残り資産は四円のため、自分の足という最終移動装置を用いて、駅前までの四十分の道を歩かねばならない。

その道のりをせめて豊かなものにすべく、俺は川崎大師の参道を通った。

夕焼けに染まる参道では、まず『とんとこ飴切り』が目についた。

これは川崎大師の名物とも呼ぶべきもので、祝日や正月には職人さんが、飴を包丁でとんとことリズミカルに切っていく実演が行われる。

とんとこ飴は長く伸びるため、延命の効果がある。また、とんとこ飴は切断によって作られるため、厄を切る効果がある。

延命と厄除け……どちらも俺の超人計画に必要なコンセプトである。だが残念ながら、俺の財布には四円しか入っていない。

俺はとんとこ飴をスルーして、さらに参道を歩いた。すると黄色やピンクのカラフルな開運だるまが目についた。

開運……今の俺に必要なコンセプトである。だが残念ながら俺の財布には四円しか入っていない。俺は開運だるまをスルーして参道を抜け、その先にある寺院に向かった。

この寺院は大師、すなわちグレートマスターの称号を持つ男に関連したもので、参拝するだけで、その男からご利益を授かることができる。

グレートマスターは死を超越しており、それゆえ平安時代の承和二年、すなわち八三五年から現在に至るまで、山奥の霊廟で瞑想を続けている。

死の超越とご利益……それはまさに超人計画に必要なコンセプトである。

俺は寺の賽銭箱に全財産の四円を放り込むと祈った。

「グレートマスターよ、俺の超人計画を成功へと導いてくれ！　ついでに金運をアップしてくれ！」

『いいだろう。滝本よ。その代わりお前も不老不死になったら、全国の人々の幸せのために頑張って働くのだ』

「おお、任せろ。とりあえず千歳ぐらいまでは現役で働くつもりだ」

俺はグレートマスターとの問答を終えると、賽銭箱から後ずさった。

すっかり暗くなった境内の石畳に足音を響かせながら、このあとのバイトへのコンセントレーションを高めていく。

＊

派遣会社の担当者との待ち合わせには、なんとか間に合った。

若くこざっぱりしたビジネススーツの青年は、俺を駅前のマクドナルドに連れていった。

「滝本さんは何を飲みますか？　私が頼みますので」

「あ、ありがとうございます……コーヒーをください」

青年は今日の仕事についての事前説明を終えると、マクドナルドを出た。

「ではこれから現場に向かいます。バスに乗りましょう」

バス停で担当者と並んだ俺は、念のために聞いた。

「あのー、バス代も払っていただけるんですよね？」

「えっ？」

担当者は『何を言ってるんだ、この男は』という視線を俺に向けた。

コーヒー代は経費としてシステムに組み込まれているが、どうもバス代は違うらしい。

「実は俺、いや私、今ちょっとお金がなくて……」

「バス代はお貸しします……後日、会社に返しにきてください」

担当者は悲しげな表情を浮かべながら、二百二十円を俺に渡した。俺はそれをバスの運賃箱に入れた。

「………」

窓の外を流れる夜の川崎の街明かりを浴びながら、バス代すら払えないことから生じる惨めな気持ちを瞑想によって落ち着けていると、隣に座った担当者が口を開いた。

「ところで」

「な、なんでしょう？」

「滝本さん、前職など、なにかされてましたか？　長期の契約ということなので、今夜、現場で履歴を聞かれると思うのですが」

「ミュ、ミュージシャン……」

「ははは……本当ですか？」

「よかったら聴きますか？　先日とうとう一曲目ができたので」

「いえ……何かこう、そこからお金を得たというような職の経験は」

「しょ、小説を少し」

「ははは……本当ですか？」

バスは夜の川崎を東に戻り、俺のアパートを越え、橋を越えて埋立地の工業地帯に入った。

俺は思わず窓にかじりついた。

「おおっ。なんと綺麗な。これが有名な川崎の工場夜景ってやつなんですね」

まさにミッドガルのごとき光景が、バスの窓の外に広がっていた。

天を貫くようにいくつもそびえ立つ鉄柱から煙が吹き出し、工場のライトに青く照らされ、もくもくと夜空に立ち上っていく。

また、一際高い鉄柱からは炎が噴き出し、天を赤く染めている。その鉄と錆のディストピア感あふれる光景の只中で、担当者は立ち上がった。

「このバス停で降りましょう」

担当者のあとをついてバスを降りると、強いケミカル臭が鼻をついた。公害は大丈夫なのか？　もしや俺は石油プラントで働くことになるのか？

「あのー、私、危険物取り扱いの資格を持ってないんですが」

「いえ。こっちの方です」

担当者は石油プラントに背を向けると、製鉄所のゲートをくぐった。

瞬間、大学時代にかなりの時間を費やした世界初のＭＭＯＲＰＧ、ウルティマ オンラインの記憶が、俺の脳裏に蘇った。

理不尽に襲いかかってくる野盗に気をつけながら、洞窟でツルハシを振るう俺の青春。

あの殺伐としたブリタニアの地で、俺は鉱石を掘り出し、炉で溶かしてインゴットを作る仕事に従事していたものだった。

「なるほど、製鉄ですね。それならまあ、やれないこともないです」

「違います。段ボールを運ぶ仕事です」

担当者は製鉄所に併設されている倉庫を指差した。

2

年老いた警備員から入館許可証を受け取った担当者は、倉庫に向かって歩き出した。

彼は施設内の横断歩道で立ち止まると、俺に真剣な顔を向けた。

「絶対にここで一時停止してください」

「な、なんでですか?」

「搬入のトラックが危険、ということがまず一つ。次に、どこから見張られているかわからない、というのが一つ。滝本さんがルールを破ったのがバレれば、うちにクレームが来ます」

「なるほど……」

うなずいた俺は眉間のサードアイ、すなわち超人になる修行の副作用として何年か前に開いた霊的な目を使って、辺りを注意深く見回した。

すると、倉庫の奥の暗がりに潜む何者かの視線を感じた。

何者かの視線……それは生きた人間のものとは限らない。なぜなら、このような歴史ある労働現場には、多くの残留思念が宿りがちだからである。

そう……過去の虐げられたプロレタリアートたちの怨念が、この倉庫には残留しているのだ。それは生きた労働者の思念と混じり合い、この倉庫に一種の有機的なエネルギーフィールドを形成していると考えるべきだろう。

それは何もこの倉庫に限ったことではない。

どの集団も特定のエネルギーフィールドを持っている。それは集団特有の世界観や思考パターンを保持する性質を持つ。その力は強力であり、個々人がおいそれと立ち向かえるものではない。

それゆえ『郷』……すなわち独自のエネルギーフィールドを持つ特定集団の中に入るなら、集団の価値観が自分のものと違うとしても、それに逆らってはいけない。

「わかりました、担当者さん。この倉庫のルール、気をつけて守ります」

「それがいいでしょう」

横断歩道の前で足を止めた俺は、右を見て、左を見て、さらに前方の倉庫の中心にわだかまる思念の集合体に向かって一礼した。

「失礼します……」

恐る恐る横断歩道に足を踏み出す。

瞬間、空気が濃くなり、とぷん、と液体の界面に身を投じるように、何らかの境界を越えたのを感じた。

この倉庫が持つエネルギーフィールドに足を踏み入れたのだ。これまでの常識が通じない異界に身を投じたことから来る緊張が、俺を包んだ。

＊

先を歩く担当者は、プレハブ小屋の隣の煙たい空間を指差した。

「あそこは喫煙所です。休憩時間にタバコを吸うなら、そこを利用するといいでしょう」

「タバコはねー、やめたんですよ、ははは」

「そうですか……では、あちらが休憩所です」

担当者はプレハブ小屋に俺を導いた。中学の教室を思い起こさせる殺風景な休憩所には、机の上にいくつもの雑誌が散乱していた。

俺は一冊、手にとった。車の改造をテーマとした雑誌のようだ。

「気になりますか？」

「いやー、車はね。ちょっと運転が怖いんですよ」

「ではこちらはどうですか？　ギャンブル雑誌ですよ」

「いやー、ちょっと算数が苦手なもので、ギャンブルは難しくてよくわからないんですよ」

そのときだった。

俺を包む空間に、ピリピリとした敵意が満ちたのを感じた。

しまった。

タバコと車とギャンブルを否定したことで、俺はこのエネルギーフィールドに、異物として認識されてしまったらしい。

「ぐっ……」

これまでニュートラルだったこの空間が、俺に対してデバフ効果を持つ敵地と化した。俺は必死でこれまでの失言を取り消そうとした。

「あ。そういえば昔、エヴァのパチンコに十万くらい飲まれました。タバコも誰かがくれるなら吸います。担当者さん、一本ください」

「そろそろ時間です。事務所に行きましょう」

担当者は俺の言葉をスルーすると、プレハブ小屋を出て倉庫に向かった。

一歩歩くごとに強まる場違い感、その圧力を感じながらも、すでにこの空間に調和する機会は失われていた。前を進む担当者の背を、ただ黙々と追い続けることしかできない。

「…………」

林のように資材棚が立ち並び、いたるところに黄色と黒のトラテープが張り巡らされた迷路のごとき倉庫の深淵へと飲み込まれていく。

目の前を歩く担当者の背を見失えば、この倉庫で迷人となって朽ちる運命である。

必死に担当者の背を追っていると、ふいにどこからか地獄の亡者を拷問する鬼のごとき怒声が響いてきた。

振り返ると、資材の林の向こうに、身長は二メートルに達し、体重は俺の三倍はあろうかと思われる巨漢が見えた。

あの有名な地獄潜りMORPG、DIABLOの地下二階に出現し、プレイヤーを見つけた瞬間、『新鮮な肉だ!』と叫んで肉切り包丁を振り下ろしてくる殺人肉屋のごとき巨漢が、段ボールを抱えた労働者に罵声を浴びせていた。

恐怖に魅入られた俺は、足を止めてその黙示録的光景から目をそらせなくなった。

「何してるんですか、滝本さん。事務所はすぐそこですよ」

「え、ええ……」

俺は資材の向こうで怒鳴り続けている巨漢からなんとか視線を切ると、再び担当者の背を追って事務所に入った。

「では私はこれで」

担当者は応接室のテーブルに書類を置くと、逃げるように立ち去っていった。

＊

応接室では暗いオーラを背負った作業着の男が、パイプ椅子に座っていた。

その初老の男は額の汗をぬらぬらと輝かせながら、立ち上がって名刺を俺に渡した。

「よろしくねえ」

「よ、よろしくお願いします」

天井の蛍光灯は寿命が切れかけているのか、周波数の隙間が見えるかのごとき、ざらついた光を俺に投げかけてくる。

不快な眩しさに目をしばたたかせながら俺が席に着くと、作業着の男も正面に腰を下ろし、テーブルの書類をめくった。

「ふふふ……君の名前は滝本竜彦……いい名前ですねえ。どこに住んでいるのかなあ」

「こ、ここから歩いて三十分くらいのところに住んでいます」

この倉庫に籠もる残留思念と一体化したかのごとき異様なるオーラを放つ男の前で、俺の声は萎縮して震えていた。

このままではいけない。

俺は深呼吸すると丹田に力を込めて強気に出た。

「さ、さっそく今日からでも働きたいんですが」

「いいねえ。若くて元気ですねえ。まずは面接をさせていただきましょうかねえ」

作業着の男はテーブルに身を乗り出して、俺を至近距離から舐め回すように見つめてきた。

心の準備ができないまま、面接が始まった。

3

「それで滝本君、大学を中退してから今まで、何をしていたのかなあ？」

初手、作業着の男の質問に対して、ミュージシャンと答えたいところである。

なぜなら俺はミュージシャンだから。

音楽で世界を変える……それが俺のライフワークなのだから。

だが俺とて常識ある社会人である。この場ではライフワークとか、そういう抽象的なことを聞かれているのではないとわかっている。

この作業着の男は、実際に金銭の授与が発生するような、狭義の仕事経験を聞いているのだ。

仕方ない。俺は素直に答えようとした。

「……しょ、小説」

「小説？」

だが口ごもってしまう。

自らを小説家であると答えるのは、どうしてもためらわれた。

なぜなら、この俺こそが、あの天才小説家、滝本竜彦であると知られたら、深く尊敬されてしまうからである。

特に近年では、人々からの尊敬の度合いが歴史上の人物レベルにまで高まってきているのを心の中で感じる。

実際、俺が一作目の小説を出版したのは二十年以上も前のことだ。時間の流れが加速しているこの現在において、二十年前のコンテンツは、もはや歴史上のものである。

すなわちもはや俺は、普通っていた大学のＯＢである二葉亭四迷と同一カテゴリーの存在と言っても過言ではないのである。

嫌だ！

そんな伝説上の人物として祭り上げられて、無用な尊敬を浴びるのはもう嫌なんだ！

確かに俺は世界レベルの天才小説家だ。

でも天才だって、普通の人間なんだ！

わかってくれ！

俺だって日々苦労して、地味な努力を重ねて生きているんだ。

俺をレジェンド枠として扱うのではなく、生きた一個の人間として扱ってくれ！

そんな心の声がほとばしる。

だがそうは言っても、人はときに他人を神格化したがるものである。それはいわば人間の本能なのだ。

よって、ときには神格化されたレジェンダリー人間として扱われるのも、他者への奉仕の一つと言えよう。

俺は意を決して職業を明かした。

「実は小説を書いています」

「へええ。凄いですねえ。出版などされているのかなあ？」

「は、はい。デビュー作は角川から出版されています。タイトルは、ネガティブハッピー・チェーンソーエッヂ」

「ね、ネガ……？」

「ネガティブハッピー・チェーンソーエッヂ」

魔界塔士の故事にある通り、チェーンソーとは神を殺す武具なのだ。つまりこのタイトルは、己の神を殺すことの恍惚と不安を表現している。

「へええ、難しいタイトルだねえ。ちょっと調べさせてもらうね」

作業着の男はスマホでその書の実在を確認すると、俺の履歴書のコピーに『2001　ネガティブハッピー・チェーンソーエッヂ出版』とボールペンで書き込んだ。

「それで滝本君。この本を出版されたあとは何をしていたのかなあ？」

「え、NHKにようこそ！」

俺は満を持して自らの代表作を口に出した。

「NHK……テレビ局の話かなあ？」

「い、いえ。ここで言うNHKとは、日本ひきこもり協会の略で……ふ、ふふふっ！」

タイトルの傑作さに、思わず笑いが溢《こぼ》れる。

作業着の男も微笑みながら、『ＮＨＫ＝日本ひきこもり協会の略』と履歴書に書き込んだ。

「それで滝本君、この二作目の出版のあとは何をしていたのかなあ？」

自分の人生のすべてがさらっとスルーされていく惨めさに堪えきれず、涙目になりながらも俺は答えた。

「ちょ、超人計画！」

「それはなんなのかなあ？」

「それはこの私、滝本竜彦が超人になる計画を書いた本です」

「面白そうだねえ！　つまりマーベルの話ってことかなあ？」

確かに、一九四一年のこと、ひ弱で軍の徴兵基準を満たせないスティーブ・ロジャースは、ナチズムへの義憤と愛国心に駆られ、軍の『超人兵士計画』に志願し、特殊な血清を投与されて、超人兵士『キャプテン・アメリカ』となった。だがそれは俺の超人計画とは関係ない。

「ウィンター・ソルジャーは傑作だよねえ」

そのことには同意する。だが俺の超人計画は、オメガ級兵器のムジョルニアをも防ぐ、ヴィブラニウムの盾を装備した男とはなんの関係もない。

「黙ってしまってどうしたのかな、滝本君。君の超人計画とはなんなのかを教えてくれますかねえ？」

「超人……それは自らの現実を、自らの意思によって創造する力を持ちます」

「聞こえないよ。もう少し大きな声で答えてほしいなあ」

「超人の力で新しい世界を創る！　それが私の超人計画です！」

「へええ。面白いことを考えたもんだねえ。どんな世界を創るつもりなのかなあ？」

「誰もが千年生きられる世界……」

「とんでもない高齢化社会だねえ。そんな社会には多くの問題があると思うけどねえ」

「いいえ……健康寿命をぐいーんと延ばすことが、今、この地球人類が直面している少子高齢化への、ファイナルアンサーになると考えます」

「なるほど、興味深いねえ。それじゃあ最後に、何か滝本君の意気込みを聞かせてもらおうかな」

「わかりました。私の意気込み……それは超人のように頑張るということです」

「おお、いいねえ！　超人のように頑張る感じ、ちょっと見せてもらっちゃおうかねえ」

ここで俺は瞑目した。

超人の力は極めて広いアスペクトで心の内と外に作用するが、そのわかりやすい発現の例として『現実改変』というものがある。

地球レベルの大規模な現実改変も、その最初の一歩は、常に個人レベルの、生活に密着した場から生じる。

俺は今、目の前の現実を改変するために、超人の力を解放することにした。

目を開けて言う。

「今、惨めな感じです」

「そ、そうなのかい？　いろいろ聞いちゃって悪かったねえ」

「でも……頑張ります」

人生を賭して書いた小説、そういったもので得た金はすべて消えた。名声を得ることも叶わなかった。

そんな俺の未来に待つのは暗く長い肉体労働だ。その肉体労働の中で、俺は何度も怒鳴られながら段ボールを運び、日に日に強まっていく関節の痛みに怯えながら、わずかな日銭を稼ぐのだ。

この惨めさを今、超人の力によって改変してやる。

よく見ていてくれ。

俺は再び瞑目すると、より強く超人の力をブーストした。

まず肉体の緊張が解けていく。超人は物理的な諸条件から肉体を解放するすべを知っているのだ。俺の呼吸は深まり脳波はシータ波を描いた。

次に惨めさの感情が消えていった。超人はこの世のすべては色即是空であることを知っているだけではなく、その叡智を現実に適用して、あらゆる苦を浄化できるのだ。俺はさっぱりした気持ちになった。

次に、『自分は惨めな存在である』とする思考そのものが改変されていった。この職場で俺は、大いなる成長と進化に役立つ体験を得るだろう。このポジティブ思考のジェネレート速度は、『よかったさがし』を得意とするあの少女ポリアンナの二倍は出ている。

いいや、二倍じゃ足りない。十倍だ！

リミッターを解除した俺は、超人の力を全力で発現させながら叫んだ。

「うおおお、頑張ります！」

これが俺の現実改変の力だ！

俺は惨めじゃない。

惨めじゃないんだ！

「い、いいねえ。元気だねえ。それじゃあ週に何日くらい入れるか教えてもらおうかねえ」

俺は素早く目元を拭うと答えた。

「ええと……週に四日ぐらいでお願いしたいです」

「その他、何か質問はあるかなあ？」

「この職場にはバスでなく自転車で通おうと思うんですが、その場合、交通費は……」

「交通費は規定通り支給するよ」

「た、助かります！」

「これ、制服と安全靴。ロッカーはあっち」

作業着の男は俺をロッカールームに案内した。俺は制服に着替えると初日の仕事を始めた。

予想通り、あの地獄の鬼のごとき巨漢の怒声を浴びながらの作業であったが……。

「なあに、かえって免疫が付くぜ！」

＊

明け方まで働いた俺は、もう一度、目元を拭うと倉庫を出た。

「うう……」

歩いて三十分の帰り道、何度も植え込みに座り込んでしまったが、なんとかアパートに辿り着くことができた。

部屋の奥のソファでは、カーテンの隙間から差し込む朝日を浴びて、レイが寝息を立てていた。

彼女の膝に載っているノートパソコンには、以下の文章が表示されていた。

レイちゃんの知恵袋　その5
『五感を刺激する』

遅いですね、滝本さん。

こんな深夜に、まだ働いているんでしょうか。慣れない肉体労働で、辛い目に遭っていないか心配です。

でも、たまには体を動かす仕事をして、いつものパソコン作業から解放されるのもいいことかもしれませんね。

そう！　高度に分業化されたこの社会に生きる現代人は、一つの仕事ばかりをして、心が凝り固まりがちなんです。

昔の原始人は走って狩りをし、肉を焼いて食べて、歌って踊り、暇なときには洞窟の壁に絵を描いていたんです。

それは知力、体力、想像力をフル活用する、イキイキとしてフレッシュな生き方です。

なのに現代人の滝本さんときたら、日がな一日スマホやパソコンをポチポチしながら、やれ小説だの音楽だの、吹けば飛ぶようなデジタルな創作活動のことばかり考えています。

それは人間としてどうなんでしょうか？

人間とは、血も肉もある存在なんですよ？

もっと体を動かしたハツラツとした活動もしないと、脳ばかりが発達した頭でっかちな宇宙人になっちゃいますよ？

いいえ、実は脳ばかり使っていると、脳自体も退化して小さくなってしまうんです。

それはよくありません！

ですからいつも室内で作業している人は、たまには外に出て体を動かしてください！

自然の空気や街のざわめきの中で、五感を使って、心にいろんな刺激を感じましょう！

滝本さんみたいに、たまに肉体労働してみるのもいいことです。

そこまでしなくても、たまには自宅やオフィスを出て、五感を刺激するカフェや図書館で作業してみましょう。

作業の合間に、近くの公園を散歩して、季節の花の色と香りを感じてみるのも素敵です。

ぜひ皆さんも生活の中に、五感を刺激する時間を取り入れてくださいね！

第六話
緊急指令！　テストステロンを分泌せよ

1

製鉄所内の倉庫で段ボールを運ぶ日々が続いた。

慣れない肉体労働を終えてアパートに帰宅すると、もう何もやる気になれない。

だがここで労働ばかりの日々を送るようになってしまうと、人間は終わりだ。

人間はどこかで心の潤いを補給せねばならない。何かしらの趣味、娯楽によって心を楽しませなければ、人は生きている意味を見失い、性格が暗くなってしまう。

だが金がない。

長期契約の派遣労働によって多少なりとも経済状態は安定したが、まだまだマンガアプリに課金するのも辛い状況である。

そこで俺は、安くできる新たな趣味を探った。

休日、駅前のモアーズというショッピング施設をぶらついていると、それは見つかった。四階のダイソーの文具コーナーで、俺は思わずうめいた。

「うっ、これは……文房四宝、すなわち墨汁、半紙、筆、硯じゃないか！」

古代中国のハードドラッグ、五石散を調べているうちに、俺は書聖、王羲之のことを知った。

彼のことを調べるうちに、最近の俺は書道そのものに興味を持ちつつあった。

「文鎮を入れても税込みで五百五十円か……これならなんとかなるな」

俺は財布の中身を何度も確かめながら、書道用具一式をレジに持っていった。

「そうだ、法帖……書道のお手本も買う必要があるな」

Amazonで検索したところ、王羲之の『蘭亭序』の法帖は二千円近くもした。とても買える額ではない。

だが天の計らいのごとく、ダイソーの階下にあるブックオフで『蘭亭序』を見つけた。

「千円、か……これならいけるか……」

古本で半額とはいえ、これを買ったらしばらくは、オートミールのみの食生活を送らねばならない。それはなんの精神性もない、ただ貧乏ゆえのヴィーガン生活である。

だがこの法帖さえあれば、王羲之の書を学ぶことができるのだ。

「ええい……ままよ！」

俺は肉への欲を断ち切ると法帖を買い、その日から臨書を始めた。

＊

臨書とは書道の古典を手本とし、それをよく観察し、真似て書くことである。

観察と真似はすべてのアートの基本であり、実のところ、それは俺の得意とするところでもある。

音楽では、この前ブックオフで買った、『童謡を聞くだけで音感が身につくＣＤブック』を手本とし、それを真似ている。

バイト中、段ボールの上げ下ろしのテンポに合わせて『ふじの山』を口ずさむ。

これによって力強い童謡のリズムとメロディを、脳神経と骨身に刻み込むことができるのだ。

また俺の本業である小説では、他の作家の名作小説をノートに書き写す、いわゆる写経を、今もたまにやっている。

これまでの写経経験の中で特に楽しかったのは、グレッグ・ベアの『鏖戦《おうせん》』である。

かつては絶版のアンソロジーにのみ収録されていた中編作品だが、近年復刊されて読みやすくなった本作。その中では異星種族と人類の、いつ終わるともしれぬ戦いが、それぞれの視点から多様な文体で書き分けられている。

作品冒頭では、中国の漢王朝における歴史記録の話が描かれる。

次のシーンでは、進化した人類の戦士たる妖精態の少女、プルーフラックスが、巡航艦『混淆《メランジー》』内の教室で、敵の嚢漿《のうしよう》の破摧《ザップ》に関する講義を受ける。

さらに次の場面では、人類の敵、施禰倶支《せねくし》の一個体、阿頼厨《あらいず》が主役となり、捕獲した人間の胎児を育成研究する話が描かれる。

時間、性別、種族を超えて視点が移動するそのテキストを写経するごとに、俺の意識もまた銀河レベルに拡張していくのが感じられた。

そう……観察と真似によって、人は自らの狭い自意識を超えて拡張していくことができるのである。

金がなく、海外旅行も国内旅行もできない我が身だ。

だとしても『ふじの山』を歌えば、頭を雲の上に出し、四方の山を見下ろす日本一の気持ちを感じることができる。

　ＳＦ小説を写経すれば、銀河と人類の運命に想いを馳せることができる。

　そしてこの王羲之の法帖を臨書すれば、あの蘭亭での曲水の宴に、四十三人目の客として参加することができる。

　たとえ川崎で貧乏生活を送る身であろうとも、我が心は融通無碍《むげ》であり、天地万物を内に包含するのである。

　そのように心を広く保ちながら、趣味と仕事を繰り返していく。

　やがて俺の生活の中に、安定したルーティーンが形成され始めた。

　倉庫で悪鬼のごとき巨漢に怒鳴られながら段ボールを運び、帰宅後、『蘭亭序』を半紙に書き写す。

　そんな生活を続けるうちに、俺の中にあった淀み、資本主義の毒のごときものが、少しずつ浄化され、剝がれ落ちていった。

　もはや名声も求めまい。

　そんなものはゴミだ！

　身の丈に合わない金もいらない。

　金なんてものは、戦争の原因となる悪でしかなかった。昔、マンモスを追っていたころは、金なんてものはなかったのだ！

　食い物も別に肉なんていらない。オートミールは栄養価の高い食品なんだ。おしゃれな意識の高い食い物なんだ。熱湯をぶっかけるだけで食えるんだ！

　これが『足るを知る』ということなんだ！

2

季節が巡った。

深夜の寒さ対策が必要になってきた。

背中にカイロを貼り付けて、段ボール運びのバイトに出るようになったころ、『蘭亭序』の臨書が終わった。

「よし、次は『九成宮醴泉銘《きゅうせいきゅうれいせんのめい》』だ」

俺は新たな法帖をブックオフで買って、さっそく臨書を始めた。

王羲之の『蘭亭序』が、さささっと漢字を書くのに適したスタイル、すなわち行書の至高のお手本だとすると、欧陽詢《おうようじゅん》の『九成宮醴泉銘』は、カチッとしたフォントのごとき楷書の究極のお手本である。

俺は背筋を伸ばして『九成宮醴泉銘』を半紙に書き写していった。

そんなある日のことだった。

俺は気づいた。

レイの姿が見えない。

「おい……レイ、どこに行ったんだ？」

風呂場にもおらず、クローゼットの中にもいない。ソファには編みかけのマフラーと、3DSが転がっている。

「まったく、仕方ないやつだなあ。またココカラファインにでも行ってるんだろ。自分が出したものはちゃんとしまえよ」

俺はぶつぶつ言いながら、ソファに転がるレイの私物をクローゼットにしまった。

しかし、レイはいつまで経っても帰ってこなかった。

レイの姿を見ることができぬまま、一週間が過ぎた。

「最近、バイトと書道にかまけて相手をしてなかったからな。怒って隠れてるんだろ？　悪かったよ。謝るから出てこいよ！」

俺はアパートの虚空に向かって叫んだ。

返事はない。

仕方ない。気は進まないが、強引にレイをこの空間に呼び戻すことにした。

しょせんレイは脳内彼女であり、そのイメージは俺の脳によってジェネレートされているのだ。

つまりその気になれば、俺はレイをいつでも呼び出せるのである。

「おらあ、出てこいよ、レイ！」

俺は想像力を用いてレイの姿を思い描こうとした。だが、その姿かたちが思い出せない。髪の色、目の色、声色はどんなだったか。

イメージは形を結ばず、レイは俺の前に姿を現すことはなかった。

＊

俺はパニックに陥り、室内をうろついて叫んだ。

「レイ、戻ってきてくれ！　頼む！」

だが、いくら叫んでもレイは姿を現さない。隣室の男が壁を蹴ってくるばかりである。

「レイ……消えてしまったのか」

がっくりと床に膝をついた俺は、レイの面影を求めて、本棚から成年向けマンガを取り出した。

前世紀の終わり頃、十八歳の俺が書店で購入したこの『失楽園』というマンガ本は、エヴァンゲリオンというアニメの成年向けアンソロジーである。

それにしても、人気アニメの成年向け二次創作が堂々と一般流通していたとは、今では考えられないことである。

権利関係はどうなっていたのか？

とにかく確かなのは、この成年向けマンガは、二十年前の『公園の焚書』をくぐり抜けて、今も俺の手元に残る唯一の成年向けマンガだということだ。

「…………」

俺はしばし瞑目して過去を思い出した。

＊

二十年前……オリジナル『超人計画』を書いていたあの頃。

朝から晩までエッチなマンガを読み続け、それによって超人になるためのエネルギーをすべて虚しくロストしていた俺は、ある日、自らを変えるための決意をした。

俺のエネルギーを奪っていくこれらのエロマンガを、すべて燃やしつくしてやる、と。

俺は雨の降る近所の公園の砂場に、長年こつこつと集めてきたエロマンガを積み上げると、燃料をかけて火をつけた。

だがその無慈悲な焚書によっても、レイが表紙のこの『失楽園』三巻だけは、どうしても燃やすことができなかった。なぜならこれは、とても素敵な表紙イラストだったからだ。

＊

回想を終えた俺は、日に焼けた『失楽園』のページを涙を流しながらめくった。

「レイ……何年も俺をサポートしてくれてありがとう」

そんなことを呟きながらページをめくっていると、今はもういないレイとの楽しかった思い出が、切ないBGMとともに、脳裏にいくつも蘇ってきて涙が止まらなくなった。

「ううう……なんで消えてしまったんだ、レイ……」

だが、さらに『失楽園』のページをめくっていると、悲しみとはまた別の気持ちが、俺の中にむくむくと湧き上がってくるのを感じた。

「…………」

そういえば俺のレイの元になったこの青い髪のキャラクターは、かつての日本における最高のセックスシンボルだった。

今では考えられないことだが、これは紛れもない事実である。

前世紀末の日本。

あの九〇年代の闇の中で、老若男女皆がこの青い髪、赤い目の二次元クローン少女に欲情していたのだ。

「そうだ……こういうのでいいんだよ。こういうので」

絶妙に泥臭いエッチなマンガのページをめくるごとに、テレクラ、ルーズソックス、ノストラダムスといった、世紀末の闇の単語が俺の脳裏に蘇る。

同時に、令和のソフィスティケイテッドされた審美眼からは、劣悪であると評価せざるを得ないエッチな絵によって、俺の劣情が掻き立てられていく。

「そうそう……こういうのが一番エロいんだよ」

俺は涙を拭うと、パラパラと『失楽園』をめくり続けた。

そのときだった。

背を丸め、床に広げたエロマンガを一心不乱にめくる俺に、背後から何者かの声がかけられた。

「気持ち悪い。気持ち悪いわよ、滝本さん」

「うおっ、レイ！　戻ってきてくれたのか！」

振り返ると、いつの間にかレイが部屋の真ん中に立っていた。

「戻るも何も、私はずっと滝本さんの近くにいたわよ！　なのに滝本さん、まるで私の姿が見えないみたいに、私のことをずっと無視して！　許さないからね！」

なんと。

レイは消えたわけではなかった。ただ彼女を認識する能力が、俺から失われていただけだったのだ。

「どれだけ呼びかけても気づいてくれないから、私、不安で……うう……ひっく、ぐすっ」

「す、すまなかった。心配かけたな、レイ……」

俺はレイが泣き止むまでその背をぽんぽんと叩き続けた。

＊

しばらくするとレイが泣き止んだので、俺は状況を整理した。

今、事実としてわかっていることは二つ。

一点目は、バイトと書道に明け暮れる生活を送っていたら、レイの姿が見えなくなったということ。

二点目は、エッチなマンガを読んでいたら、再びレイの姿が見えるようになったということ。

「この二点、お前はどう分析する？　レイ」

「そうね。きっと滝本さんの脳機能が衰えたせいで、私の姿が見えなくなったのよ」

「脳機能？」

「私の存在を認識するのは滝本さんの脳だから。滝本さんの脳機能が衰えれば、当然、私のことも見えなくなるわね」

「怖いこと言うなよ。俺はまだ四十代だ。脳が衰えるなんて、そんなことあるかよ……ははは」

「あり得る話よ。毎日、単調な生活を続けていたら、誰だって脳の機能は衰えていくわ」

「それはそうなのかもしれんが……だとすると、なんで俺の脳機能は復活したんだ？」

レイは顔を赤らめながら答えた。

「たぶん……滝本さんがそのエッチな本を見て、若々しい気持ちを取り戻したからじゃないかしら」

婉曲的な表現をしているが、つまりレイは、俺が性欲を取り戻したことで、俺の脳機能が復活したと言いたいらしい。

まさかと言いかけたが、この前コンビニで立ち読みした健康雑誌の内容を思い出した。

「そ、そう言えば、男性ホルモンであるテストステロンの低下は、脳の認知機能の衰えに繋がるらしいな」

「それよ！　枯れたおじいちゃんみたいな生活をしてるせいで、滝本さんは男として、人間として、大切なものを失いつつあるのよ！」

そんなことが……男性機能が失われるとレイの姿が見えなくなるなんてことが、本当にあるのか？

冷静に検証してみなければならない。そのために、まずはもう一度、性欲を消してみよう。

俺は性欲を浄化するワークを始めた。

3

俺と性欲の闘いは長い。

小学生のころ、廃トラックの下に捨てられていたエッチな本を見つけて以来、俺の意識を誘引しようとするエッチなメディアとの闘いを、俺は長年続けてきた。

その闘いは負け続きであり、二十代になると俺は完全にエッチなメディアの依存症となっていた。

このままでは俺はダメになる。いや、すでにダメになっている。危機感を覚えた俺は、大好きだったエッチなマンガを公園で燃やした。

しかしマンガは燃やせても、インターネットを燃やすことはできない。

昼夜、ネット回線を通じて俺に送り込まれてくるエッチなデータが俺の脳を侵食し、コントロールを奪っていく。脳の主導権を奪い返すには、もはや自分自身の禁欲力を高めるしかなかった。

そういうわけで十年ほど前、禁欲を決意した俺は、まず肉食をやめた。

主食はミルサーで砕いた玄米だ。これにより俺の肉体から、生命力とともに汚らわしい性欲が浄化されていった。

さらに俺は、禁欲のための自助グループのオフ会に参加した。

その自助グループで禁欲理論と実践を学んだ俺は、ついに完全なる禁欲力を得たのである。

今こそその力を使って性欲を再浄化するときだ。

「行くぞ……消えろっ、俺の性欲よ！」

俺は機動武闘伝Gガンダムの主人公、ドモン・カッシュが明鏡止水の境地に至る際に作る印、智拳印を結び、清らかなる黄金のエネルギーを喚起した。

それにより、自らの汚れたオーラがまたたく間に浄化されていく。

「ふう……気持ちがさっぱりしたぜ。まったく、こんな前世紀の汚れたエロマンガなんて、見たら脳が汚れるだろ。だいたい俺もいい歳なんだ。性だの色恋だの浮ついたことから離れて、もっと書道というクラシカルな趣味に精を出すべきだぜ」

俺は手元の『失楽園』を部屋の隅のゴミコーナーに放り投げると、『九成宮醴泉銘』の臨書を再開した。

貞観六年、すなわち西暦六三二年の夏のある日、唐の太宗は九成宮なる離宮に避暑に赴いた。その西城を散策し、高閣の下に立ち止まった太宗は、足元の土がかすかに湿っていることに気づいた。そこで杖を地面に突きさすと、なんと冷たい泉がこんこんと湧き出したではないか。飲んでみると、その水は清らかで甘かった。

その水は、傷や汚れを拭い去り、人の心を浄化するものだった。

その水は万物を育み、あらゆるものをありのままに映し出す、鏡のごときものだった。

天の下した瑞兆のごときその醴泉は、唐の帝室が、徳をもって国を治めていることに応ずるものだった。

それゆえ俺も欲を鎮め、徳をもって丁寧な暮らしを送っていれば、この醴泉の清らかなるパワーにあずかれるはずなのである。

俺は欧陽詢の書を写しながら、万病を治し寿命を延ばし、俺の超人計画を完成に導く醴泉を、心の中に呼び起こした。

その清冽なる湧き水により、俺の心は浄化され、俺の意識は刻一刻と明晰になっていく。

だが……。

「おい、レイ」

半紙から顔を上げて辺りを見回すと、レイの姿は見えない。

やはり仮説は正しかった。

俺の性欲が浄化されると、レイの姿が見えなくなってしまうのだ。

水清ければ魚棲まずということか。

「………………」

ここで俺はさらなる仮説検証のため、部屋の隅のゴミコーナーに放り投げられた『失楽園』をまた手元に引き寄せ、ページをめくった。

前世紀の劣悪なる性描写が、俺の心に汚らわしくもセンチメンタルな性欲を呼び起こす。

「うへへ。そうそう、こういうのがいいんだよ。たまんねえな」

さらにページをめくると、背後から声がかけられた。

「ちょっと、滝本さん。本当に気持ち悪いわよ」

頬を真っ赤に染めたレイが背後に立っていた。俺は慌てて『失楽園』を閉じた。

「失礼。それよりも……これで仮説が完全に検証されたってわけだ。枯れた生活を送りすぎて性欲が失われると、レイ、お前の姿が認識できなくなってしまう」

「そんなのダメよ、絶対。滝本さんには私の助けが必要なんだから！」

「わ、わかったよ。テストステロンを分泌して脳機能を保持するために、エッチなマンガを読んでいくぜ」

俺はまた『失楽園』をめくった。

だが『失楽園』は、しょせん時代遅れの成年向けマンガである。俺はその刺激にすぐに慣れ、飽きてしまった。

「どうすればいいんだ……どんな刺激によって、俺はテストステロンを分泌させればいいというんだ？」

「これを使って！　滝本さんのプロフィール、登録しておいてあげたから！」

レイは俺にスマホを放り投げてきた。

そこにはマッチングアプリのプロフィール画面が表示されていた。

「マ、マッチングアプリだと？」

「そうよ。私は考えたのよ。今の滝本さんに必要なのは、エッチなメディアなんかじゃない。三次元の人間との恋愛が必要なのよ！」

それは前世紀から繰り返し語られ、耳にタコができるほど聞かされてきた話である。

「またあの話かよ。うんざりするぜ。バーチャルな世界に没頭してないで、生身の人間と恋愛しろっていう。そんなものは恋愛資本主義の陰謀なんだよ！」

「違うわ！　私が言いたいのはね、滝本さん、あなたに安全地帯、コンフォートゾーンを出てほしいってことなのよ！　今の滝本さんは、居心地のいい自分の小さな世界で落ち着いちゃってるのよ！」

「ぐっ……」

それは確かにそうかもしれない。

心の中では古代中国から未来の銀河まで、幅広いスケールで視点移動を繰り返す俺だが、物理レベルでは倉庫とアパートを往復しているのみである。

こんな単色に塗りつぶされた生活をあと一週間も過ごしたら、俺の脳機能には不可逆的なダメージが入るに違いない。

一刻も早くこの生活に新しい色を……できればピンクの心ときめく新色を追加せねばならない。

そのためには、確かに、誰かと会って心をときめかせる必要がある。

「だ、だとしても、絶対にマッチングアプリなんてやらないからな！」

俺はスマホのブラウザを閉じ、電源も落としてゴミコーナーに放り投げた。

レイは詰め寄ってきた。

「なんでよ！　今の時代、みんなアプリで出会ってるのよ！　偏見を持たないで！」

「うるさいうるさい！　マッチングアプリなんてものはなあ、人間をデータの集合に貶める悪魔の発明なんだよ！」

「なによ、わかりやすくていいじゃない。フリックするだけで、気に入った相手を選別できるのよ。あ、そうだ！　滝本さんのプロフィール、もっと細かく入力したいから、一緒に考えましょ」

レイはちゃぶ台の半紙に、墨と筆で俺のスペックを書き出していった。

「ええと、まずは滝本さんの年収ね。すごい！　今年はバイトを始めたから百万円を超えるじゃない！　身長も百六十センチ以上あるわよ！　高校も出てる！」

「くっ……ダメだ。こんなスペックでは、マッチングアプリではとても戦うことができない！」

人間世界の事情に疎い脳内彼女に、俺は説明してやった。

確かに年収百万超は、俺の感覚ではかなり立派であると感じられる。だがこの人間社会では、年収百万では尊敬されないのだ。

また俺は、自分の身長がちょうどいいサイズ感であると思っている。だが一説によると、この身長の男には人権がないとされていた。

また俺の人生で誇れる数少ないことの中には、高校卒業がある。何年も登校して十五時過ぎまで椅子に座るという苦行を、弱冠十八歳の俺は、見事に最後までやり遂げたのだ。だが、誰もそのことを褒めてくれない。

それゆえ俺のスペックをマッチングアプリのプロフィールに書いても、それは負け戦の始まりであり、むしろ俺の存在価値をただめちゃくちゃに毀損されるだけに終わるのだ。

「しかも俺は四十を超えてて頭も禿げてるんだ！　このエイジズムとルッキズムに支配された悪の世界では、俺は戦う前から敗者なんだよ！」

「そ、そんな……だとしたら滝本さんはもう一生、恋愛ができないじゃない！」

「ああ、その通りだ！　恋愛なんてもういいんだよ……」

「た、たいへん！　恋愛から撤退した中年男性は、すぐにセルフネグレクトに陥ってしまうらしいわよ！」

「別にいいんだ。レイ、お前がいてくれるから……いつの日か、このアパートの布団の染みになるまで、お前とこうして適当な話をしていられれば、それで俺は幸せなんだ……」

「その私のことも脳機能の衰えで、だんだん見えなくなってるじゃない。どうするのよ！　このままではほんとにお先真っ暗よ！」

「た、確かに、これはちょっと洒落にならないな」

一日ごとにテストステロン分泌量が減ってるのを感じる。男性ホルモンを失った俺は、肌と生活の潤いを失い、ただよぼよぼと衰えていく一方である。

この右肩下がりの傾向をなんとかするには、やはりコンフォートゾーンを飛び出て、色恋というインパクトを俺の人生に呼び込むしかないのか？

だが絶対に、絶対に、マッチングアプリはやりたくない。それだけは嫌だ。マッチングアプリ、そんなものをやるのは人間としてのプライドを捨てることだ。そんなものは機械に支配されたIT人間のやることなんだ。俺はもっと人間らしい、ロマンチックな出会いを求めているんだ。

となれば……。

「仕方ない。こうなったら封印を解くか」

「封印？」

「前もちらっと話したが……俺は何年か前、渋谷、横浜、新宿、有楽町などで道を歩く人に声をかけるという活動をしていた」

「ま、まさか……滝本さん、街でナンパをしていたっていうの？」

レイの顔に驚きが浮かんだ。

＊

ゼロ年代初頭のオリジナル『超人計画』において、俺は『渋谷でナンパしよう』という計画を立てた。

だが、当時の俺は本気のひきこもり青年であり、そんな奴がどれだけ他者との自由な交流に憧れを持とうとも、それは少年が宇宙飛行士に憧れるような儚い夢に過ぎなかった。

大気圏を突破して真の宇宙飛行士になるには、重力を振り切って飛ぶ、強いロケットエンジンの開発が必要なのだ。

自意識という、他者との自由なコミュニケーションを阻害する重力を振り切る力が、オリジナル『超人計画』を書いていた当時の俺には欠けていた。

だから当時、俺はどうしても渋谷で見知らぬ人に声をかけることはできなかった。

いや、そもそも渋谷に一人で行くことすらできなかった。あんな若者の街は、人が多くて怖そうだったから……。

だがその後、真剣に修行を続けて真の超人になった俺は、自らの自意識を振り切るパワーを手に入れた。

その無限の力を実証し、若かりし日の夢……渋谷でナンパするという夢を叶えるため、数年前の俺は単身、繁華街に赴いて道を歩く人に声をかける実践的なワークを始めた。

「結果、街という環境を利用して、自らの自意識を浄化し、対人関係のスタイルをアップデートする『フリーコミュニケーションワーク』を、俺は開発することができたんだ」

「なんだかよくわからないけど、とにかく滝本さん、あれだけやりたがっていた街でのナンパができるようになっていたのね！　すごいわ！」

「ナンパじゃない。フリーコミュニケーションワークだ！　俺は今こそ、その封印を解く！」

「外に出るのはいいことよね。たまには街にいってらっしゃい」

「言われるまでもない、行ってくるぜ。街の女に声をかけて、テストステロンを高めてくるぜ！」

俺は上着を羽織ると、今の自分の発言や行動が、コンプライアンス的に大丈夫なのか気にしながら渋谷に向かった。

レイちゃんの知恵袋　その6
『友達を作る』

ささて、滝本さんは渋谷に向かっちゃいました。自宅待機の私は滝本さんの帰りを待ちながら、今回の知恵袋を書いていこうと思います。

でも、ちょっと信じられませんね。二十年前は『ひきこもり作家』という肩書を前面に出して、繊細で弱い自分を売りにしていた滝本さんが、ちょっと見ないうちに、本当に渋谷でナンパできるようになっているだなんて、にわかには信じられません。

滝本さん、本当は渋谷なんかに向かわず、近くのココカラファインで時間を潰しているのでは？

LINEを送ってみます。

『滝本さん！　渋谷に着いたら写真を撮って送ってみて！』

しばらく待っていると、ハチ公前で自撮りしている滝本さんの写真が送られてきました。かなり硬い表情ですが、どうやら渋谷まで出たのは本当のようです。

だとしてもねえ。

私にはわかっています。滝本さんに、ナンパなんてできるわけないんです。

コンプライアンスに気をつけているつもりなのか、それとも照れ隠しなのか、『フリーコミュニケーションワーク』なんていう造語を使ってますが、滝本さんが渋谷でやろうとしているのは、いわゆるナンパであることに間違いありません。そしてその試みは、どうせ失敗するに決まってるんです。

なぜなら道を行く知らない人に声をかけるなんて、そんなことシャイな滝本さんには絶対にできるわけないからです。それが魅力的な異性であれば、なおのことです。

いいえ、滝本さんだけじゃありません。この洗練された現代では、社会の文脈にそぐわないコミュニケーションは、誰もが忌避するものなんです。

嘘だと思ったら想像してみてください。通りすがりの気になるあの子に、何の脈絡もなく声をかけられますか？　無理ですよね。

無理でいいんですよ。そんなことする必要はありません。

そんなことより大切なのは、身近な人との縁を大切にし、少しずつ友達の輪を広げていく、そういう地道な努力なんです。

どこにでも人との縁はあります。

コンビニで買い物するときも、店員さんに「ありがとう」と言いましょう。できれば笑顔も見せましょう。

各種SNSでも、心を込めていいねボタンを押し、丁寧に、優しい言葉でメッセージをやり取りしましょう。

そうやって顔見知りや友達を、ゆっくり増やしていくのです。

砂漠に植樹するように、豊かなコミュニケーションを身の回りに少しずつ増やしていきましょう。そうすれば、毎日はだんだん楽しくなっていきますよ。

試してみてね！

第七話
滝本＆ザ・シティ

1

テストステロンを高めるため、俺は街で女に声をかけることにした。

地の利を得るため、まずWikipediaで渋谷の項目に目を通す。

「なになに。渋谷は若者の街として知られ『西武百貨店』『渋谷パルコ』『１０９』などのデパート・専門店・飲食店などが立ち並ぶ……」

駅の改札を出た俺は、スマホのブラウザを閉じた。

しょせん文字情報などは、『今ここ』から俺の気をそらさせるノイズでしかない。そもそも帰りの交通費ぐらいしか持ってない俺に、デパート情報など不要だ。

俺は曇りなき眼によって路上のリアルを見つめるべく、スマホから顔を上げた。

ハチ公像がある駅前、そしてあの有名なスクランブル交差点を、多様な人種が寄せては返す波のように行き交っている。

「…………」

俺の脳の処理能力を遥かに超えるこの多様性を見ていると、頭がくらくらしてきた。

あの昭和の単一な時代が懐かしく思い出されてならない。

昔、実家の町で異国語を話すのは、ハワイから来たマイケル先生くらいしかいなかった。あのころ、世界は今よりもずっとシンプルだった。

「いい時代だったよな。飛行機の中でタバコも吸えたしな」

だが今は、そんな懐古をしている場合ではない。フリーコミュニケーションワークに集中しなければならない。

俺は目を閉じ、雑踏の中で智拳印を結んだ。

そのときだった。

『そもそもなんなのよ、フリーコミュニケーションワークって』

レイからメッセージが送られてきた。俺はハチ公前で外国人観光客の群れに揉まれながら、スマホを操作してレイに返信した。

『説明してやろう。フリーコミュニケーションワークとは、他者との自由な交流の試みの中で、自己を成長させる内的ワークのことだ』

『つまりナンパのことよね。なんだかんだ言って滝本さんも、そういう野蛮な欲望を持った一個の雄だったってことね。ふふ、いいのよ。恥ずかしがらなくても』

『違う！　フリーコミュニケーションワークは、コンプライアンスにも配慮した人間成長のための洗練されたワークなんだ！　ナンパと違って、しつこくしないし、完全に暇そうな人にだけ声をかけるという鉄のルールがあるんだ！』

巷のナンパ本などには、『無視されてからが本当のナンパのスタート』『女に迷惑をかけることこそが善』『心を持たぬ機械のように、押して押して押しまくれ』などと書いてある気がする。

だが、俺の提唱するフリーコミュニケーションワークでは、一瞬でも迷惑そうな雰囲気を対象から感じたら、すみやかにその場から離れるという不文律がある。

実際にやってみよう。

俺はハチ公前で智拳印を結んでコンセントレーションを高めると、目の前を遅い足取りで歩いている暇そうな女性に声をかけた。

「あのー、すみません」

女性は俺の頭から足元まで一瞥すると、不快げに顔をしかめて歩き去っていった。

「…………」

俺はうつむいてその場を去ると、アパートに帰って布団を被って寝た。

2

ずーん、という重苦しい気持ちから回復したのは一週間後のことだった。

その日の書道を終えた俺は、メルカリで購入した一張羅を羽織った。

「よし……そろそろまたフリーコミュニケーションワークに出てくるぞ」

ソファに座るレイは、古いiMacのキーボードから顔を上げてこちらを見た。

「もうよしなさいよ。また寝込むのがオチよ」

「な、なあに、かえって免疫が付く」

「声が震えてるわよ」

確かに先日は、他者からの冷たい視線を浴びて寝込んでしまった。しかし、フリーコミュニケーションワークにおいては、人から無視されたり、ネガティブな態度や言葉を受けることは、最初から織り込み済みの事態なのだ。

「そう……大人の男は社会で地位を得るほどに、ちっぽけなプライドや体面を大切にしてしまう。そういう守りの姿勢は人を腐らせる。守りを捨てて街に出て、自分の殻を破るんだ！」

「滝本さんには守るべき地位もプライドも、最初から何もないでしょ」

「うるさいな！　とにかく今日俺は、渋谷でたくさんの女に声をかけるって決めたんだ！　人生に革命を起こすんだ！」

「ま、待ってよ、滝本さん！」

レイを無視してアパートを出て渋谷に向かう。

＊

一週間ぶりの渋谷に到着した俺は、再度、魅力的な女性に声をかけようとした。

よし。

ターゲット確認。

あの暇そうな女に声をかけてやる。

駅前をうろつく俺は、獲物を狩る野獣の目を女に向けた。

「…………」

だが、どうしても体が言うことを聞かない。

自分と何の関係もない人間に、脈絡なく声をかける。そんな異常行動を取ることを、俺の心と体のすべてが嫌がっている。

どうやら前回のフリーコミュニケーションワークで負った心の傷が、まだ癒えていないようだ。

だとしても今動かなきゃ、なんにもならないんだ。

「動け、動け！　今日は絶対に百人の女に声をかけるんだ！」

俺は自らの震える太ももをばんばんと手で叩いた。

そのときだった。

俺のスマホに、レイから以下のテキストが送られてきた。

レイちゃんの知恵袋　その7
『直感を大事にする』

滝本さん！　渋谷でのナンパはうまくいってますか？

どうせ滝本さんのことですから、無理なノルマを考えて、自縄自縛に陥っているんじゃないですか？

自意識過剰になって動けないまま、ただ時間だけが虚しく過ぎているんじゃないですか？

そんなときは一旦、自分で決めたノルマや目標を全部忘れてください。そして、直感に従って行動してください！

人間は機械じゃないんです。

この世界も、自分自身も、頭で決めた計画通りに動くようなものじゃないんです。

もっと力を抜いて、ふわっと生きてみるのもいいんじゃないでしょうか？

リラックスして、頭を空っぽにして、そのときどき、ふっと心に浮かんだことを、気軽にやってみてください。

そうすれば、きっといい流れに乗れますよ！

3

直感に身を任せれば、何かいいことが起こる。

そんなレイの言葉を信じたわけではない。

だが、女に声をかけようとしても、どうしても体が動かない。それは事実だ。

このままでは、石化したように身動きが取れぬまま、夜になるのが目に見えている。

「仕方ない。とりあえず腹が減ったから何か食ってみるか。たまには小説の仕事も進めたいしな」

俺は近くのカフェに入ると、一番安いパンを買って、窓際のカウンター席に座り、無料の水で流し込んだ。

ついでにスマホのバッテリーを充電するため、充電器を鞄から出した。

そのとき、隣に座る女性がこちらを見た。

ビジネススーツに身を包んだ彼女は、丸の内のビルの隙間をさっそうと闊歩していそうな雰囲気を醸し出している。

「あの……」

「ん？」

「すみませんが、一瞬だけ充電器を貸してもらえませんか？」

「ああ、どうぞ」

俺は自慢のAnkerの高速充電器とケーブルを、ビジネススーツの女性に渡した。

彼女は電池切れのスマホを充電して再起動し、ＬＩＮＥで何かのメッセージを送ると、俺に笑顔を向けた。

「助かりました。今日に限って充電器を忘れていたんです」

「なるほど。そういうことなら、もうちょっと充電していったらどうですか？」

俺の申し出を受けて、ビジネススーツの女性は充電を続けた。

その間、彼女はバッグから、アナログの目覚まし時計のようなものと、ノートパソコンを取り出して仕事を始めた。

「…………」

俺も鞄からMacBook Airを取り出し、小説を書き進めようとした。

だが、なかなか集中できない。

「うう……」

早々に執筆を諦めた俺は、隣の席のビジネススーツの女性に目を向けた。

彼女は一心不乱にキーボードを叩き続けている。

どこからそんな集中力が湧いてくるのか？

もしかしたら彼女が作業前にカウンターに置いてセットした、目覚まし時計のごときガジェットに秘密が隠されているのか？

「これはね、タイムタイマーっていうんですよ」

俺の視線に気づいた彼女は、キーボードを叩く手を止めると、そのガジェットを渡してきた。

「ADHDの子供の学習によく使われるタイマーなんです。残り時間が視認しやすくて、大人の仕事にも便利ですよ」

「なるほど」

「私はこのタイムタイマーで、ポモドーロ・テクニックというものを使って仕事しているんです」

「ポモドーロ・テクニック。聞いたことあるな……二十五分間仕事をして、五分休むのを繰り返す仕事術でしたか」

「それです。一緒にやってみます？」

俺がうなずくと、ビジネススーツの女性はカウンターにまたタイムタイマーを置いて二十五分にセットすると、猛然とキーボードを叩き始めた。

俺もタイムタイマーの針の進みに押され、気づけば隣の女性に負けじとばかりのスピードでキーボードを叩き、小説本文を高速でエディタに打ち込んでいた。

「ほら、あっという間だったでしょ？」

「し、信じられない。もう二十五分経ったというのか……すごいアイテムですね。このタイムタイマーというものは」

「あげます」

「えっ？」

「私、明日からアメリカに出張で。荷物は減らしたいので、よかったら記念にあげますよ」

「いいんですか？」

女性はApple Watchに目をやると、カウンターから立ち上がり、バッグを肩にかけた。

「これから打ち合わせなのでもう行きますね。充電器、ありがとうございました」

タイムタイマーを受け取った俺は、香水のかすかな残り香に包まれながら、その後ろ姿を見送った。

4

タイムタイマーをいじりながらカフェを出ると、何者かに声をかけられた。

「ちょっとー、聞きたいんですがー」

顔を上げて見ると、俺の目の前に立っていたのは金髪碧眼の美女だった。

「な、な、なんですか？」

「このビルわかりますか？」

金髪碧眼の美女は、スマホの地図を俺に向けた。

「あ、ああ……道案内ね。どれどれ」

俺はスマホを覗き込んだ。

「あっちの方か。案内しますよ」

俺はタイムタイマーをポケットにしまうと、その金髪碧眼の美女を目的のビルに導こうとした。

数分渋谷を歩き、ふと隣を見ると、美女の後ろに、小学校低学年ぐらいの少年が隠れていることに気づいた。

俺の視線に気づいた美女は、歩きながら言った。

「こちら私の息子。一緒に会社の食事会に行く」

「なるほど……日本は長いんですか？」

「二年ぐらい」

「どこから来たんですか？」

彼女は最近よくニュースで名前を聞く北方の国の名前を出しながら、少し気まずそうな顔を見せた。

俺は話題がポリティカルな方面に流れないよう気を遣いつつ、彼女の母国で使われる文字に難癖をつけた。

「キリル文字って読みにくくないですか？　特に筆記体だといたずら書きにしか見えない」

「そんなことない。日本の漢字の方がダメ。数が多すぎる」

「それは確かに。俺は書道をやっているんですが、とても難しい」

「書道はこの子も学校でやった。ね？」

母に促され、金髪碧眼の少年は俺を見上げた。

天使のごとくかわいい少年が、ゴミゴミした狭い路地の中、澄んだ瞳を俺に向けている。

その無垢さに威圧された俺は、思わず大人が子供に問いかけがちな、どうでもいい質問を発した。

「学校で、なんて字を書いたのかな？」

「友達」

「ふむ。友達、か」

その言葉を口の中で繰り返していると、目的のビルに到着した。

少年が俺に手を振った。

俺も手を振り返すと駅前に戻った。

スクランブル交差点近くのベンチに腰を下ろす。

「はあ……友達か。俺は一人で何をやってるんだろうなあ」

思わずそんな声が漏れる。

街は暗くなってきて、少し肌寒さを感じる。

そろそろ帰るか。

俺はベンチから腰を浮かせた。

そのとき、すぐ近くから何者かの嗚咽が響いてきた。

「うう……ひぐっ、ぐすっ」

声の方向を見ると、ベンチのすぐ隣に若い日本人が座っており、彼女は肩を震わせて涙を流していた。

何か陰惨な事件にでも巻き込まれたのだろうか。

まあ俺には関係ないことである。

「…………」

俺は隣から聞こえてくる泣き声を無視し、ＳＮＳのタイムラインをチェックした。

しかし、いつまでも嗚咽は響き続けた。それは止まるどころか、刻一刻と悲しげな響きを高めつつあった。

それでも彼女の泣き声を無視しようとした俺の脳裏に、電撃文庫の小説『ブギーポップは笑わない』の一節がよぎった。

『君たちは、泣いている人を見ても何とも思わないのかね！』

「…………」

『あきれたものだ。これが文明社会ってわけか！』

仕方ない。

俺は泣いている女性に声をかけた。

「あの」

「ひぐっ、ううっ」

「だ、大丈夫ですか？」

「うあああああ！」

俺が話しかけたことで、女性の中の何かが決壊したらしい。泣き声がさらに大きくなった。

道行く人々が俺に視線を向ける。

これではまるで俺が彼女を泣かせているようではないか。

早く彼女の涙を止めなければ。

俺は涙の原因を探った。

「どこかが痛い？　お腹？」

「う、うう！　ひぐっ！」

彼女は嗚咽をより大きくしながら、ぶんぶんと首を振った。

「痛くないということは……何か悲しいことがあった？」

「うぐっ、ひぐ！」

彼女は嗚咽しながらうなずいた。

「もしかして何か犯罪の被害に遭った？」

回答次第でお巡りさんのところに連れていく必要に迫られる。

だがありがたいことに、彼女は首を横に振った。どうやら犯罪に巻き込まれたわけではないらしい。

ならば、彼女の気持ちをなだめ、涙を止めればミッションコンプリートだ。

「…………」

俺は彼女の背中に慎重に触れた。

嫌がる様子を見せなかったので、俺は彼女の背を手のひらで軽く叩いた。

すると、彼女の嗚咽は小さくなっていった。

仕上げに、俺はいまだ小声で泣き続ける彼女を、近くのドーナツ屋に連れていった。

砂糖でコーティングされたドーナツと温かい飲み物を提供すると、ついに彼女は完璧に泣き止んだ。

帰りの交通費ギリギリまで財布の中身が減ったが、その甲斐あって、人間らしい言語によるコミュニケーションが取れるようになってきた。

俺は彼女から聞き取ったことをまとめた。

「つまり……サークルの飲み会に遅刻したら、先輩と友達に人間性を否定されたってことか？それであんなに泣いてたのか？」

「『いつも遅刻するお前は何やってもダメだ。性根が腐ってる』って言われて……う、うううう！　そんなことないのに！」

想像よりも遥かにどうでもいいことで泣いていたらしい。

「友達は大事だぞ。大切にしろよ」

俺はまた涙を流し始めた彼女をなだめながら駅まで送り届け、改札に押し込んだ。

「はあ……世の中にはいろんな奴がいるもんだな」

ため息をつきながら、またもとのベンチに戻って腰を下ろす。

「少し休んだら家に帰るか」

ポケットからタイムタイマーを取り出して、目盛りを五分に合わせた。

そのときコスプレ風の衣服に身を包んだ女が、俺の隣に座った。

5

かわいいファッションのその女は、暇そうなオーラを発しながら、スクランブル交差点をぼうっと眺めていた。

「…………」

五分間、隣の女はスマホもいじらず、スクランブル交差点の人と光の流れを眺め続けていた。

タイムタイマーがポケットの中で電子音を発した。

俺は再度、タイムタイマーを五分に合わせた。

しかし、やはり隣の女は暇そうにベンチに座って、たまにぶらぶらと足を揺らしているばかりだ。

タイムタイマーは俺に何かの行動を促すかのように、ポケットの中で再度の電子音を発した。

「…………」

『暇そうな女を見ても何とも思わないのかね！　これが文明社会ってわけか！』

そんなブギーポップの、実際には存在しないセリフまでもが俺の脳裏に響く。

その幻の言葉に背中を押された俺は、気がつけば隣に向かって声をかけていた。

「あの」

瞬間、目を丸くしてこちらを見た女は、カタコトの日本語を発した。

「私、日本語わからない。わからない！」

俺はとっさに使用言語を日本語から英語に切り替えて聞いた。

「君は英語を話せるか？」

「英語……それなら少し話せる」

「どこから来たんだ？」

彼女は東アジアの国名を答えた。

「ああ、俺は好きだぜ、君の国のご飯。一度、ビジネスで行ったことがあるんだ」

「私は日本の方が好き。私の国、私は嫌い」

かわいいファッションの女は、流れていく渋谷の人と光を見つめながら、スカートから伸びた太ももの上でぐっと拳を握った。

「日本のどこが好きなんだ？」

「いいところがたくさんある」

「たとえば？」

「寿命が世界で一番長い。それに雰囲気も良い。私の国、あまり私は馴染めない」

話がポリティカルな方向に流れるのを懸念した俺は、自分が話したいことを話すことにした。

「確かに日本人の寿命は長い。そのうえ俺は、自分の寿命をもっと延ばして、永遠に生きようとしているんだ」

女は笑った。

「リブ・フォーエバー。昔の歌。好きなの？」

「ああ。君はもし永遠に生きられたら、何をしたい？」

「わからない」

「俺は旅したい。だからずっと英語を勉強してきた。家の中で、一人でな。誰かと英語で喋るのは、これが初めてだ」

だから意味が通じているのかは、わからない。

この会話が成立しているのかどうかもわからない。

歳も性別も国籍も違う人と、こんな都会の雑踏の中で話ができているなんて、奇跡のように思われてならない。

凄いことだ。

人は誰もが全員、違う人間だというのに。それがこんなにも大勢、街の中で触れ合い、離れ、また触れ合いながら歩いている。

ここで俺はいつまでも生きていたい。

そして多くの人と話したい。

君のような人と、何度も繰り返し。

できることなら、いつまでも。

「…………」

そんなことをたどたどしく、壊れた英語で口に出していると、彼女のホテルの話題になった。半年分のバイト代を放出しただけあって、そのホテルは清らかで、窓からは東京の夜景が、無数の光の粒のようにきらめいて見えるという。

俺は何気なく言った。

「俺もその景色、見てみたい」

「ダメ！　ダメダメダメ。ダメ！」

女はジェスチャーと共に強く拒否した。

何かまずいことを言ってしまったのだろうか。

しばらく考えて、俺は理解した。

「すまん。人が泊まってる部屋を見てみたいだなんて、不適切だったな」

「…………」

異国から来た女は、膝の上で拳を握ったり開いたりしていた。

気まずくなった俺は、自分の得意分野の話題に頼ることにした。

「そうだ。君はアニメを観るか？」

「アニメ？　私は詳しい」

「いいや、俺の方が詳しい。俺は専門家と言っても過言ではない」

「ふん。私は学校でアニメを研究している。八〇年代であればガルフォースが好き。九〇年代であれば獣兵衛忍風帖が好き。わかる？」

「も、もちろん。ガルフォースはＳＦだ。獣兵衛は忍者の話だ。そうだろう」

「観たことある？」

「ない……確かに、君の方がアニメに詳しいようだな」

俺が負けを認めると、女は得意そうに日本アニメの歴史を早口で滔々と語り出した。

難しい英単語が頻出し、リスニングが追いつかない。

俺は彼女のトークに割り込んだ。

「アニメは語るより観るものだろ」

「観たいの？　私と」

女は俺を見つめた。

そのとき、前もってセットしておいたApple Watchが、俺の手首で振動した。

「……終電の時間が近いようだ」

「終電？」

「これを逃すと俺はアパートに帰ることができなくなる。だから……」

『君のホテルでNetflixを一緒に観ないか』というセリフが喉まで出かかっていた。

俺はそれを抑え込むと、ベンチから立ち上がって彼女から一歩、遠ざかった。

「俺はそろそろ帰る必要がある。日本旅行、楽しんでくれ」

「……バイバイ」

旅行者は一瞬、俺に手を振ると目をそらした。

俺は駅に向かった。

改札を通り抜けようとする。

瞬間、俺は足を止め、振り返ると、流れ込んでくる人の波に逆らって、さきほどのベンチに駆け戻った。

人混みをかき分けてたどり着くと、ベンチには、もう誰も座っていなかった。

「…………」

その場でぐるりと見回して、さきほどまで交流していた人を捜したが、夜の街のどこにもその姿は見当たらない。

基本、この世界は豊かであり、少し行動を起こすだけで、抱えきれないほどの良いことをもたらしてくれるのだった。

だとしても俺はいつも、それを受け止めることができない。

かわいいファッションの女も、金髪碧眼の母子も、ビジネスパーソンも、すでに俺の世界から消え去っていた。

「やっぱり俺は、アパートで習字してる生活がお似合いなのかもしれないな……」

今日一日のフリーコミュニケーションワークでわかったこととしては、俺には恋愛はまだ早いということである。

いやそれ以前に、他人とのコミュニケーションそのものが、俺には早すぎるコンテンツなのかもしれない。

「…………」

一つ一つどれもが大切な人との縁、それを作るチャンスをすべて無駄にドブに捨てていくこの俺は、もうこの街から消えるべきだ。一刻も早く。

「…………」

俺はまた駅に戻り、改札にSuicaを当てた。

ピッと音が鳴るのと同時に、誰かが背後から声をかけてきた。

＊

「あの！　滝本さんですよね！」

「え？」

振り返ると、ジャージを着た大学生ぐらいの女が改札前に立っていた。

「私、青山です！　覚えてますか？」

「どちらの青山さん？」

「ほら、バイトしたじゃないですか！　一緒に！」

俺の脳裏にもやもやと、どこかの倉庫でケーブルのまとめ方のレクチャーをする女の姿が浮かんだ。

「ああ、あの青山さんね。どうもどうも」

俺は会釈しながら改札ゲートを通り抜けようとした。

「待ってください」

「うっ」

服の裾を引っ張られて、ゲートの通過を阻止される。

「あの倉庫でお会いして以来ずっと、滝本さんに言いたいことがあって」

「あの、終電があるので。ていうかなんで俺の名を」

俺は再度、Apple Watchをチェックした。この終電を逃すと運賃が足りず、本当に帰宅できなくなってしまう。

「あの日、私、倉庫から走って家に帰りながら、ずっと考えていたんです。滝本さんが私に告げた言葉のこと。超人のこと。すごいいいアイデアがいくつも閃きそうな気がして」

「ほんとにあの、もう終電が」

「なのにいくら考えても何もわかりませんでした。だからまた会って話を聞きたくて名簿で名前を調べたんです。滝本さん……私、なりたいんです。超人に！」

「ごめん、ほんとに！」

俺は青山とやらの手を振りほどこうとした。だがその手は力強く、俺の服の裾を放さない。

「ああ……終電……」

「私の家、歩いて行けるところにあるんです」

青山は俺を改札ゲートから完全に引き抜くと、深夜の街を道玄坂方面へと歩き出した。

第八話
アプレンティスの来訪

1

終電を逃した絶望を抱えながら、俺は青山の背を追った。

ジャージを着た大学生風の彼女は俺を先導し、道玄坂から文化村通りを、無言で西方に歩いていく。

「…………」

渋谷駅から遠ざかるごとに、歩道をすれ違う人の数は減った。夜の車道を流れるテールランプは、シティポップのＭＶを思わせる。

「おい、どこに向かっているんだ？」

俺は数歩前を歩くジャージに声をかけた。青山は足を止めた。

「だから家……家です！　私の！　おかしいですか？」

「なんでいきなり俺を家に連れていくんだ？」

「わかりません。とにかくお話を聞きたくて……お、おかしいですよね」

コンビニ前で振り返った青山、彼女の髪には寝癖がついており、化粧っ気もない。

一方、ジャージには気を遣っているようで、パールイズミというロゴが胸に輝いている。

確かサイクルウェアのブランドだったか。体にぴったりとフィットしたその輪郭をコンビニの逆光に輝かせながら、青山はかすかに頬を赤らめているように見えた。

バイトで数分話しただけの男を強引に自宅に連れていこうとする自らの行動を、今になって恥じているのか。

「…………」

俺もドキドキしてきた。

（いかん。このままでは自意識過剰な昔の自分に戻ってしまう。なんとかして、余裕ある大人の仮面を被るんだ）

人はいくつもの社会的な仮面、ペルソナを被って生きている。俺は手持ちのペルソナの中で、最も健全なものを起動した。

（ペルソナー！『講師』！）

実は俺は、たまに専門学校で非常勤の講師として働いている。春と夏の長期休暇には、その副業収入がパタッと途絶えてしまう。それがここ最近の、俺の絶望的な貧しさに繋がっていた。

しかし今、経済的に助けてはくれなくとも、教壇で培った経験は、俺を子供っぽい自意識過剰から救ってくれるはずだ。

「青山さん」

俺は講師の目で青山を見た。

すると彼女は、いつも俺が学校で相手にしている生徒と同じくらいの年齢だとわかった。そうとわかれば何も気圧されることはない。

「なんでしょうか？」

なんにせよ終電はないしお金もないのだ。どこかに連れていってもらえなければ困る。俺がうなずくと、青山は西方に向けてまた夜道を歩き出した。

「いいんですか？」

「行こう」

2

青山の家は、予想を遥かに超えた遠方にあった。

駒場東大前を越えてもまだ歩き続ける青山に、俺は疲れきってこれ以上歩けない旨を伝えた。

「そ、そうですよね。私は数駅なら走って帰るんですが、普通は疲れちゃいますよね。もう電車もバスもないので……キックボードに乗りませんか？」

青山は俺を電動キックボード乗り場に導くと、スマホの画面を見せた。

「このアプリで乗れます」

「おっ、初回無料だと？」

青山のスマホ画面に躍る『初回無料キャンペーン』の文字に活路を見出した俺は、さっそくそのアプリを自分のスマホにインストールし、年齢確認書類を登録して交通ルールテストを受け、六十分無料クーポンを得た。

アプリでキックボードの鍵を開け、ウィンカー、クラクション、ハンドルを確認し、スタンドを上げてボードに片足を乗せる。

前方を確認すると、先に車道に乗り出していた青山が、遠くで明滅する信号を指さした。

「行きましょう。この道をまっすぐです」

「お、おう」

発車した青山を追って軽く地面を蹴り、助走をつけてからアクセルボタンを押すと、ぐぐっとキックボードは加速した。

最大速度二十キロ。

自転車で車道を走るのとそう変わらない速度ではあるが、地面との距離が近いためか、予想以上の加速を感じる。

「おおっ、これは……」

スリルあるアクティビティにより、脳内に多様な麻薬物質が溢れていく。

昼間のフリーコミュニケーションワークでは、女性との触れ合いにより、大量の男性ホルモンが分泌された。だが、今の俺に真に必要だったのは、このようなスリルある肉体活動だったのかもしれない。

ちなみに、俺の人生の中で最もスリリングだった瞬間と言えば、フルコンタクト空手の試合である。俺はアクセルボタンを押し込みながら回想した。

＊

『滝本君、次の試合出てみませんか？』

ゼロ年代後半のある日、当時通っていた空手道場の先生が聞いた。俺は勢いを重視して答えた。

『出ます』

その日から俺の熱いトレーニングが始まった。家の周りを走り回り、夜の公園でシャドー組手をし、立木を叩いては拳を痛める日々。

だが、どれだけプロテインを飲んでも、ろくに筋肉がつかない。こんなトレーニングではダメだ。

もともとひ弱な俺が、普通のことをやっては強くなれないのだ。

そこで俺は『ロシアンパワー養成法』なる本を読んで、ロシアの本場のサンボの力を自らに取り入れようとした。

ケトルベルという持ち手が付いた鉄球をぶんぶん振り回し、弾力性あるチューブをぐいぐい引っ張り、持久力ある速筋を養っていく。

食事も変えた。一般に筋肉をつけるにはタンパク質が大事と言われているが、ロシアンパワー養成法では、じゃがいもが大事とされている。

半信半疑で大量のじゃがいもを基本とした食生活に切り替えたところ、それまで何をしても身につかなかった筋肉が俺の体に宿り始めた。

だが、まだ足りない。そもそもの空手自体が下手なのだ。

試合で勝つヴィジョンが全く見えない。そこで俺は、神秘の技を使う古流空手の達人のセミナーを受講した。

そこで俺は空手マスターの驚くべき秘技……時空と重力を自在に操る術をこの身で味わった。

黒帯空手家たちの蹴りや突きを、子供をあやすように跳ね返すマスター。俺を含む五十人のセミナー参加者に全力で押されても、たった一人でその群衆を押し返すマスター。俺は感銘を受けた。

『まじかよ！　物理法則はどうなってるんだ、物理法則は！』

後日、空手マスターが書いた本を読むと、物理法則そのものを、空手の力で曲げているらしいことがわかった。俺は感銘を受けた。

『馬鹿な。それはもう「スター・ウォーズ」に出てくるジェダイの力、宇宙に満ちる不思議なフォースとか、その類のものじゃないか！』

感銘を受けた俺は、自らもその謎の力を得る決意を固めた。

深遠なるインド哲学の経典、『ヨーガ・スートラ』にも、自らの心を統御することに熟達した達人、すなわちシッダは、シッディなる超能力を得ると書かれている。

そう……人は何らかの手段で意識性を高めることにより、この世の物理法則を乗り越えられるのだ！

試合直前、俺は三戦《サンチン》の型を深い瞑想とともに行い、大宇宙の力を用いて敵に打ち勝とうとした。

俺は全身を殴打され、痣だらけになって一回戦で負けた。

「…………」

苦い記憶を思い出していると、キックボードは下北沢近くの住宅街に着いた。

3

青山はキックボードをステーションに返却すると、『青雲荘』と館銘板が張られた集合住宅に俺を連れていった。

「はい。ここが私のアパートです」

「こ、これは……」

廃屋か、という言葉を俺はギリギリで飲み込んだ。

外壁は蔦に覆われ、一階の窓がいくつも割れ、塀が内側にかしいでいる。

あと数年もすれば自重で崩壊しそうだ。

「ここって、まだ人が住めるところなのか？」

「現に私が住んでるじゃないですか！　私がこの手で家賃を稼いでいるんですよ」

青山は誇らしげに胸を張った。

「それは……若いのに立派なことだな」

こんなアパートに入ったら気が滅入りそうだ。自分の貧乏はまだネタとして楽しめないこともないが、若い女性のリアルな貧困を目の当たりにすると、国を憂う気分になってしまう。

俺はスマホで近くのファミレスを検索した。

＊

ガストで俺の向かいのソファに座った青山は、財布の中を確認してから言った。

「なんでも食べていいですよ。今夜はデパートの催事場の設営で、結構いいバイト代もらえたんで」

「それは助かるが……」

昭和の高度成長期に建てられたようなアパートに住んでいる青山、彼女に飯を奢らせるなど、人道にもとる行為に思われてならない。

「遠慮しないでください。無理を言って付いてきてもらったお詫びなので。それに……お願いがあるんです。滝本さんは超人なんですよね？」

「ま、まあな」

「だったら超人になるための方法を知っているんですよね？」

「一応な」

「それを教えてほしいんです、いますぐに！　私にもできるようわかりやすく。なんでも頼んでいいですから」

青山は注文用タブレットを押し付けてきた。

「と、とりあえず、ここまでの出張費ということで、ドリンクバーだけ頂こう。それで青山さん……あんたはなんでそんなに超人になりたいんだ？」

カロリーの高そうなジュース類をいくつかドリンクバーから汲んできた俺は、糖分を補給しながら聞いた。青山は野菜ジュースを飲みながら答えた。

「そんなことはわかるでしょう、滝本さんは超人なんですから。超人にはなりたいですよ、私だって」

俺は曖昧にうなずきながら脳内の超人関連ワードを、ＡＩのように垂れ流した。

「ニーチェも言っている。超人は大地の意義……だから地球のためにも超人になっといた方がいい。それは確かだ」

「ですよね！　私、初めて希望を感じたんです！　超人というものがこの世にあると知って」

「…………」

「もしこの世に普通の人しかいなかったら、生きている意味はないですからね。言ってる意味、わかりますよね？」

「うーん……」

判断が難しいところである。俺は独自配合した炭酸ジュースをストローですすりながら考えた。

熱っぽく語る青山、彼女の中で何かの情熱が燃えているのは明らかだ。超人になるために、なにより大切なのは情熱である。

だがその情熱の少なくとも半分以上は、ポジティブなものであらねばならない。

自らの特別性を求める中二病的な情熱や、他者への攻撃性を伴う情熱……そんなネガティブな動機から超人への道を歩き始めるなら、それはやがて人格の劣化や崩壊といった恐るべき結果を招くだろう。

「悪いが、まずはちょっとテストさせてもらうぞ」

「テスト、と言いますと？」

「車の免許を取るにもまず適性検査があるだろう。超人になるにも、ある程度の適性がないと、闇堕ちの危険がある。ちなみにこのテスト、受験料がかかる」

「いっ、いくらですか？」

「うーん、税込みで七百五十円くらいかな」

「払いますよ！」

「よし。ハンバーグで立て替えておこう」

俺はタブレットを操作して、さきほどから気になっていたチーズＩＮハンバーグを注文した。ロボットが食事を運んでくるまでの間、青山の人格チェックテストをする。

「では質問。杖をついた老婦人が車の通行量の多い横断歩道を渡ろうとしている。青山さん、あんたはどうする？　三択で選んでくれ」
1．進んで老婦人の手を取り一緒に渡る。
2．気分によっては老婦人の手を引いて渡らないこともない。
3．老婦人の手を引いて渡り、途中で手を放して料金を請求する。
「なんですかこの選択肢は。こんなの『一緒に渡る』一択でしょうが！」

俺はポケットから手帳を取り出してメモした。

『青山の属性＝善』

「ふむ。歴史あるウィザードリィ式属性診断によれば、青山さんの性格は悪くないようだな。だがそれだけで超人になれるとは限らない。おっ、ハンバーグが来たな。うまいうまい。テストを続けるぞ」

「どうぞ。私、テストは得意なんで」

俺は空になったハンバーグの鉄板をテーブルの端によけると、数式を手帳にメモして青山に渡した。

「解いてみてくれ。中学で習う１次関数だ」

「ばっ、馬鹿にしないでください！　このぐらいわかりますよ。私をなんだと思ってるんですか！」

青山はさらさらとペンを走らせた。

なるほど、中学レベルの数学知識はあるらしい。

「だがこの次はどうかな？」

俺は先日、コンビニで買った『小学校から高校までの数学やりなおしドリル』で得た知識を呼び起こし、高校レベルの問題を出題した。

「んん？」

青山は眉根を寄せた。

「ははは、わからないか？　これがわからないようでは超人になるのは難しいぞ。超人には高度な抽象的思考能力が求められるのだから」

「ちょっとこれ、問題がおかしくないですか？」

「え、本当か？」

俺は手帳を覗き込んだ。確かに何かがおかしい気がするが、どこがおかしいのかは、コンビニで買った数学ドリルで得た知識ではよくわからなかった。

俺は手帳を閉じた。

「まあいい。健全な批判能力もあるようで、それは望ましいことだ」

「いざ弟子にしてもらったらちゃんと服従しますよ」

「弟子ってそんな、時代錯誤な……」

「それだけ本気で超人になりたいんです、私は！」

「うーん……じゃあ次が最終テストだ。それに合格したら考えてみよう」

「なんですかその最終テストって。なんでも受けて立ちますよ」

「十円玉、三枚持ってないか？」

青山は財布から硬貨を取り出した。

俺は両手でその三十円を包むと、ジャラジャラと振った。

「よし。これを使って今から易占いをし、それによって青山さんを弟子とするかの最終テストとする」

「易ってあれですか。よく夜道に椅子とテーブルが置いてあって、そこでおじさんが箸のような長い棒を何本も使って運勢を占うという……」

「それだ。本来は天下国家に関する意思決定のツールなんだが、新たな超人の誕生はまさに国家レベルのインパクトをこの世界に与える。それゆえ易による占断はこの場に相応しい」

「なんだかドキドキしますね。でも十円って、ちょっとかわいくて笑っちゃいますね」

「ふん。伝統的なメドハギの茎による筮竹《ぜいちく》は無くとも、青山さんが超人となることを天が望んでいるのか判断するには、この三十円で事足りる。行くぞ！」

俺は手の中で三枚の十円玉をシェイクして、ファミレスの机の上にバンと置いた。

「十円玉は、裏、裏、表。これは裏が多いから『陰』を表している」

俺は手帳に、陰を意味する破線を書きこんだ。

それからまた三枚の十円玉を振る。今度は表、表、裏が出た。

「これは表が多いから『陽』ってことですか？」

俺はうなずくとさきほどの破線の上に、陽を表す実線を引いた。

この作業をさらに四回繰り返した俺は、六つの陰陽からなる一つの卦を得た。

その意味をスマホで調べる。

「これは……『蒙』の卦か。その卦辞は『童蒙、我に求む』。変爻である六五は『童蒙吉』」

「そ、それっていいんですか、悪いんですか！」

青山はテーブルに身を乗り出して、俺のスマホを覗き込んできた。

「ふむ、『童蒙』である青山さんが、俺の弟子になることを求めている……そんな今の状態を、この卦は表しているようだな」

「童って、児童のことですか？ 私そんなに若くないですよ！」

「まあ大雑把に若者ってことなんだろう」

「蒙って啓蒙の蒙ですか？ これは私の頭がいいってことですよね？」

「いいや、これは無知蒙昧の蒙だな。つまり『童蒙』ってのは、経験の足りない無知な若者のことだ」

「なっ……なんなんですかこの占い。こんなのただの悪口じゃないですか！ 返してください、三十円」

青山はテーブルに並ぶ十円玉を回収すると、俺に疑わしげな目を向けてきた。

「だいたい占いなんて、そんな非科学的な行為で私の適性を測ろうなんて、それが本当に超人のやることなんですか？」

「それに関しては間違いない。超人的な素養を持つアーティストは、自らの無意識を探索するツールとして、占いに手を染めがちだ。国語の教科書で有名なヘルマン・ヘッセは、畢生の大作『ガラス玉遊戯』で、易と東洋哲学を大々的にフィーチャーした話を書いてノーベル文学賞を獲った。カルト映画で有名なアレハンドロ・ホドロフスキー監督は、タロット占いのプロで、古のタロットを自らの手で復刻したほどだ」

そう言えば、友人の作家の乙一先生がホドロフスキー監督のファンで、いつだか俺の誕生日に『エル・トポ』のDVDをくれた。魔術的超人思想が塗り込められたその映画を観て感銘を受けた俺は、タロットの研究を始めた。

人の無意識というものは、ある一定以上の深さにまで潜ると、言語や論理によっては測ることのできない、曰く言い難い混沌としたエネルギーの領域になってくる。その混沌に分け入り、何かしらの意義ある作業をそこで為すために、タロットに描かれた各種のシンボル体系は、大きな実用的価値を持っていた。

また、女性とお茶などする際、タロットは間を持たせるのに絶大な力を発揮する。

俺は鞄に常備しているカードを取り出した。

「せっかくだからタロット占いもしてみようぜ。恋、仕事、学業の悩み、何でも占ってやるぞ」

「そんなのいりませんよ！　私はですね、とにかく一刻も早く超人になりたいんです！　弟子にしてくれるんですよね」

「うーん……」

「わ、私はこう見えても人を見る目はありますからね。常識もありますからね。こんなこと他の誰にも頼みませんよ。私はだいたい直感で、なんでもわかるんです。相手が自分にとって、ためになる人かどうか」

「直感が利くなら、自分が超人になる方法など、俺に聞くまでもないだろう。書店に行って自分に合った本でも探して、得た知識を地道に実践すればいい」

「それはそうかもしれません。でも自分より経験のある人に直接お話を聞くのは大事です。時間の短縮になりますからね。滝本さんの弟子になることで、三年から五年の時間短縮が見込める気がするんです」

「う——ん……」

俺は腕を組んで考え込んだ。

青山さん。意外にしっかりとした考えを持っている人なのかもしれない。易の占いも彼女を弟子にすることを吉として推している気がする。

だが……仮に俺が青山を弟子にするとして、それで俺に何の得があるというのだろう。

俺とて社会人なんだ。

ボランティアなんてやってる場合じゃないんだ。

「もちろんお礼もしますよ！」

「そっ、それならっ……こんなことを言ったら軽蔑されてしまうかもしれないが……」

「いいですよ。なんでも言ってみてください」

俺はごくりと生唾を飲み込んでから要望を口にした。

「く、くれないか」

「何をですか？」

「お、お金……」

さきほど気づいたのだが、渋谷からキックボードで数駅移動したため、帰りの運賃が完全に足りなくなっていた。

「いくら欲しいんですか？」

「とりあえずこのくらい……」

俺は手を開いて五本の指を立てた。

若者にお金をせがむのは、年長者として大いに恥ずべきことである。だが五百円もあれば、始発の電車でアパートに帰り、寝る前におにぎりの一個も食べることができるだろう。その豊かさを得るためなら軽蔑されても構わない。

などと考えていると、青山は財布から一万円札を五枚取り出して、テーブルに並べた。

「失礼しました。お金の話は私から切り出すべきでしたね。どうぞ、納めてください」

俺は絶句した。

「足りませんか？　月謝ということで毎月払いますから、これでなんとか」

「…………」

俺は青山の気が変わる前に、五万円をいそいそとポケットに突っ込んだ。

青山は笑顔を見せた。

「私、半年でなりたいんです。超人に。なれますよね？」

なれない、と答えたいところだったが、そうすると返金を求められるかもしれない。

「……できるだけ短期間で超人になれるようセッションを組み立ててみよう」

「お願いします、滝本先生」

「じゃあ、今日はこんなところで……続きは次回のセッションで」

日時と場所を手早く決めた俺は、青山にもう帰るよう促した。

ファミレスに一人で残り、ポケットから取り出した五万円をテーブルに広げて眺めていると、やがて窓の外の空が白み始めてきた。

店を出た俺は、電車とバスを乗り継いでアパートに戻った。

4

「おーいレイ、今帰ったぞー」

「滝本さん！　心配したのよ！　誘拐されたんじゃないかって」

玄関でレイが俺の胸に飛びついてきた。徹夜で俺を待っていたのか、目が充血している。

「すまん。でも『今夜は遅くなりそうだから先に寝ててくれ』って連絡したじゃないか」

「だって……渋谷で何か良くないことが起こったんじゃないかって、どうしても心配で……」

「良くないことどころか、すごくいいことがあったぞ。見ろ、この金を！　超人の力で稼いだんだ！」

俺はレイの手を取ってコンビニに向かおうとした。

「これまで貧しい思いをさせてすまなかったな。なんでもうまいものを食わせてやるぞ」

だが逆に腕を引っ張って止められる。

「なんだかよくわからないけど、とにかく臨時収入があったのね。だけどダメよ滝本さん！　そんなときこそ平常心を保って！　このお金は私が押し入れの奥に貯金しておきます。それに……はいこれ。寝る前にやって」

レイは俺を居間に引っ張っていくと、半紙と筆を渡してきた。

「なんだ、こんなときに書道なんて地味なことやってられるかよ。前みたいにパーティしようぜ」

「いいから書いて。何か外でいい出会いがあったみたいだけど、そんなときだからこそよ。いいことがあったとき、人は浮足立ってしまうものだから。滝本さんは特にそうだから。ね？」

「……ちっ。わかったよ」

俺は硯と半紙に向かった。

先日ブックオフから新しく仕入れてきた『雁塔聖教序《がんとうしょうぎょうじょ》』という法帖を机に広げて臨書する。

唐の二代皇帝の太宗が、三蔵法師の懇請に応えて自ら考えたというテキスト……中国土着の陰陽五行思想と、当時の先進思想である仏教が渾然一体と混じり合ったそれを黙々と書き写していく。

すると、女と金の刺激によって昂ぶっていた俺の心が、少しずつクールダウンしていった。

「その調子よ。続けて……ゆっくりと深呼吸しながら」

しばらくレイは俺の横に座って筆の動きを眺めていたが、やがて自らも iMac に何かのテキストを打ち込み始めた。

臨書を終えた俺が iMac のディスプレイを覗き込むと、そこには以下の文章が表示されていた。

レイちゃんの知恵袋　その8
『習慣を育む』

私は知っています。大金を得たとき滝本さんは、いつも気が大きくなって無駄遣いしてしまうんです。たまに外で人と会ったときも、テンションが高くなって、アパートに帰ってきてからピザを二枚頼む、Amazonでマンガを爆買いするなどの躁っぽい異常行動を取りがちです。

もちろん、臨時収入を喜ぶのはいいことですけど、幸運を祝いながらも、いつもの生活を変えずに守ってください。

人生は、良いことと悪いことのアップダウンの繰り返しなんです。

繰り返しやってくる良いことと悪いことのウェーブ。そんなものに一喜一憂して、自分も躁になったり鬱になったりしていたら、いつまで経っても心は穏やかになれません。

ですから、外で生じる上下の波に揉まれながらも、生活のどこかに、いつもと変わらない安定した足場を保ってください。

そのために、ぜひ皆さんも、毎日ほんの少しだけ時間を取って、そこでいつもと変わらない習慣を繰り返し、続けてみてください。

滝本さんみたいに書道などの落ち着いた趣味を習慣にするのは、とてもいいことです。毎日、半紙一枚に何かの文字を書くだけで、すっと心が静かになります。

おやすみ前にハーブティーを飲みながら日記を書くなんて習慣も素敵ですね。気持ちがクリアに整理されて、少しずつ人生の大きな目標が見えてきます。

朝起きたら布団を畳むというささやかな習慣もおすすめです。その日一日のスタートを、爽やかな気持ちで始められること請け合いです。

どれも生活の負担にならない小さな習慣ですが、一週間、二週間と繰り返すほどに力を持って、あなたの人生を安定させるペースメーカーになってくれます。

ほら、見てください。星々は何があろうとずっと同じペースで空を巡って、光っています。

私たちも、毎日の習慣を大切に育んで、自分のリズムを宇宙に刻んでいきましょう！

第九話
鈴虫と金と超人

1

青山から五万円を受け取った俺は、数日もの間、無敵感に支配されて生きた。

苦しい小説執筆や肉体労働、そんなものをしなくても大金が手に入ったのだ。金とは本来、特に何をしなくても手に入るものだったのだ。それがこの世の真理だったのだ。

現にこの地球は、なんの対価を払わなくとも俺の足元に存在し、生活基盤を提供してくれている。

また太陽も核融合を続け、基本無料で莫大なエネルギーを俺に送り続けている。

このように、あらゆる富の源泉は、無償で俺に与えられているのだ。

青山という謎の女を通じて俺が五万円を受け取ることも、そのような宇宙の基本原理が反映されたものと考えられる。

「…………」

だが数日が経ち興奮が薄れると、今度は不安に襲われた。

何の根拠もなく与えられた五万円は、また何の前触れもなく奪われる可能性がある。

『五万円を返してください』というメッセージがいつ来るか不安で、スマホに通知が来るたび俺の自律神経は乱れ、夜に悪夢で目覚めるようになった。

この不安を払拭するためには、やはり対価を差し出すしかない。

俺は五万円相当の価値ある個人講座を組み立てようとした。

『すごい！　滝本さんのプライベートレッスンで、私は超人になれました！』

こう青山に感じさせることができれば、五万円を返さずに済むだけでなく、来月の月謝すら得られるかもしれない。

「というわけで、いいかレイ。お前が生徒役だ」

俺は昼下がりのアパートで脳内彼女のレイに向き合うと、超人になるための講座のシミュレーションを始めた。

「俺の講座を聴いて、何かわかりにくいところがあったら教えてくれ」

だが、ソファに座るレイは、思わぬ脇道へと俺をいざなった。

「ふふ。教師と生徒って、なんだかドキドキしちゃうわね」

レイは足を組んだ。スカートの裾から伸びる白い太ももが俺を刺激する。

「お、おい。真面目にしろよ」

「真面目よ。もしかしてその青山さんも、滝本さんのことが好きなんじゃないの？」

レイは少し前かがみになると上目遣いに俺を見上げた。学生服の胸元、その奥の柔らかな膨らみが覗けそうだ。

俺は目をそらした。

「バッ、バカ言え。だいたい年齢差を考えろ。あいつはたぶん、俺の半分もこの世に存在してないんだ。そんな者同士の間に恋愛関係が成り立つわけがないだろ！」

「あら、滝本さんにしては珍しく社会常識を気にかけるのね。『年齢、そんなものは幻に過ぎない』とか言いそうなところじゃない」

「たっ、確かに……時間の流れは脳が生み出している幻想だとは、科学方面でもスピリチュアル方面でもよく言われることである。だとしたら年齢もまた、人間の文化が生み出す共同幻想なのかもしれない」

レイはうんうんとうなずいた。

「あまり社会常識から外れないでほしいけど、この件に関しては滝本さんを応援するわ。いつまでも恋を諦めないで。年の差なんて気にしちゃダメよ！」

確かに、俺は少なくとも千歳までは生きる予定の男だ。そんな俺が多少の年齢差を気にしていたら、この世から恋愛対象がいなくなってしまう。

「そう言えばあの三国志の劉備《りゅうび》も、五十歳近くになって、十代の才気豪勇な娘、三國無双シリーズでおなじみの孫尚香《そんしょうこう》と結婚してたよな！」

「そうよ滝本さん、気持ちが若ければなんでもできるのよ！　無双ゲージを溜めていきましょう！」

だがそのレイの言葉で俺は我に返った。

近頃、めっきりアクションゲームをプレイしていない。あれほど初代をワクワクしてプレイした傑作ロボットアクションゲーム、『アーマード・コア』も、最新作をまだ買っていない。なぜなら使うボタンが多いゲームは、今の俺には荷が重そうだからである。そう感じる俺は、もう気持ちどころか脳も老いてる気がしてならない。

だいたい俺は劉備ではなく一介の滝本竜彦だ。こんな俺に、若い女と恋愛する資格などない。

一介のおじさんに過ぎない俺は、汚い生物として蔑まれながら、就職氷河期生まれのこの身を粉にし、砂を噛むような虚しい仕事に命を捧げる生を送るべきなのだ。この国の未来の礎となるために。

「………」

などと辛い現実を直視していると、メラメラと俺の体の奥から、どす黒い闇のエネルギーが湧き上がってきた。

「こ、こうなったらおじさんの力を見せてやる。これまで積み上げてきた金……金の力で若い女と付き合ってやる！」

「闇堕ちしたらダメよ滝本さん！　それに滝本さんは何も積み上げてないでしょ！　銀行口座は空っぽでしょ」

「おっ。それもそうだったな」

金の力で若い女を魅了するという俺のアイデアは霧散した。そもそも俺は、金を提供してもらわなければならない立場なのだ。

そのための対価……超人になるための講座……その構築に今は全力を注ぐべきだろう。

剣聖、宮本武蔵も伝説の武芸書『五輪書』に書いている。強い軍勢を正面から押し込めるのは難しい。それよりも、手を付けやすい『角』から手を付け、そこから状況を打開していくべきである、と。

そういうわけで、俺は『中年弱者男性の恋愛問題』という、解決しがたき悩みを脇に置くと、ペルソナ『講師』を強く再セッティングした。

その上でレイを相手に講義を練習する。

「ええと……では始めていきます。そもそも超人というのはですね。ものすごく簡単に言えば、自らの意志で、自らの望む世界を創ることのできる人間です」

「へえ。そうなのね」

ソファでハーブティーを傾けるレイ、彼女を午後の日差しが照らしている。

アパートの隣に建つマンションに遮られ、弱められた夏の日光は、ディフューザーがかけられたストロボのように、少女の古ぼけた学生服を、部屋の暗がりの中に淡く浮かび上がらせていた。

2

青山との初回セッションが始まった。

『私の家でもいいですよ。すごく狭くて古いんで、ぜひ中を見てほしいですね』

LINEでの打ち合わせにおいて、何を考えているのか、また青山は俺を自宅に招こうとした。

俺は丁重に断ると、慎重に選定した場である喫茶室ルノアールに青山を呼んだ。

この喫茶店はコーヒーを飲んだあと、お茶が無料で出てくるため経済性が高い。

また、かつて俺は、ここの会議室を借りて『現代瞑想研究会』なるワークショップを開いた経験がある。さらには『たきもとヒーリングサービス』なる、心と体の癒しのための対面カウンセリングをやっていたこともある。

そういうわけで、何かとルノアールには慣れているのだ。

「さて、と……今日のセッションの予習でもしておくか」

俺はルノアールの隅の席に座り、一番安いブレンドを頼むと、手帳を開いた。そこには、他者に知識とスキルを伝授するに当たっての大切なポイントが箇条書きでメモされていた。

これは長年の講師業の中で、数多の苦闘の果てに俺が見出したリアルな叡智の結晶である。

声に出して読み上げる。

「ポイントその1……とにかく何が何でも生徒の興味を引き付けること」

メモを読む俺の脳裏に、専門学校での過去の授業の悪夢めいた記憶が蘇った。

あの日、教室にいる生徒全員が俺の授業を無視してスマホを見ていた。それは生徒全員が、俺の授業に飽きていることを如実に表していた。

あの日、俺は学んだのだ。

どれだけ正確な知識や、役立つ情報を伝えようとしても、その瞬間瞬間に生徒の興味を引き付けられない講義の価値はゼロなのだと。それゆえに講師は、まず何よりエンターテイナーであらねばならない。

俺は自らの内なるひょうきんな人格を活性化した。

「ポイントその2……和やかな雰囲気を作ること」

メモを読む俺の脳裏に、悪夢めいた過去の記憶が蘇った。

ある年のこと、俺の授業内で生徒たちは派閥に分かれて互いに対立し、ギスギスした雰囲気を作っていた。

せめて学年の最後だけでも楽しい時間を作りたい。その想いから俺は、卒業間際の授業でTRPG大会を開いた。

イマジネーションを使って物語を創造し、その中で別人になりきって遊ぶテーブルトーク・ロールプレイングゲーム。

その中でなら皆、これまでのギスギスした学生生活を忘れ、楽しく遊んでくれるはずだ。

もちろんそんなことはなかった。

生徒たちは最後まで互いに打ち解けず、ＴＲＰＧの物語の中でも派閥に分かれ、邪神の眷属に各個撃破されて全滅した。

もう二度とあのような間違いを生み出してはならない。

そう……講師は『和を以て貴しとなし』という聖徳太子の十七条憲法を初手で発動させ、その和を維持し、増幅せねばならない。俺は自らの内なるピースメーカーを活性化した。

そのとき、いつものジャージ姿がルノアール店内に現れた。

「お、来たな。青山さん」

俺は和やかな雰囲気を生み出すべく笑みを浮かべ、興味を引き付けるためのオープニングトークを始めた。

「きょ、今日はいい天気だな。少しずつ暑さも引いてきたようだ」

「そうですね。私は何を飲もうかな」

「ワンドリンク分、受講料に含まれているので何でも頼んでくれ」

「じゃあこの『喫茶店のミックスジュース』を」

「それにしても今日はいい天気だな。天気。天気。天気といえば……」

俺は『天気』というキーワードをまくらとして始まる楽しい話を、脳内で検索した。

何も見つからない。

重苦しい沈黙が流れる。

やってきたミックスジュースを一口飲んだ青山が言った。

「そう言えば私、この前、鈴虫を飼い始めたんですよね」

「鈴虫……というと、秋にリーンリーンと鳴くあれか？」

「それです。夜中に気配を感じたんで、探してみたら、アパートの庭というか、窓の外の草むらにいるのを見つけたんです」

「風流だな。そう言えば俺も小さいころ、庭で捕まえた青虫を飼っていたことがあるぞ」

「素敵ですね。私、思ったんですけど、超人というのは、みじめな青虫が綺麗なアゲハ蝶に羽化するようなことではないですか？　普通の人間というのは、地を這う虫みたいなものではないですか？」

「………………」

俺の顔から血の気が引いていった。

青山の発言、これはかなり良くない選民思想の表れだ。

むろん『自分は特別』という感覚は、人間の成長過程における必要悪である。

何かしらの努力とその結果としての成長には、必然的な反作用として、ある程度の特別意識が自然に付随するものである。

だが、まだ超人の『いろは』の『い』も教えていないうちに、ここまで強い特別意識を抱えているようでは、この先が思いやられる。

驕《おご》り高ぶりは言語道断だ。

放置すれば、いずれ青山は、人類に悪を為すＳＦの悪役のごとき存在になってしまう。

「……そうだな」

俺は若者の繊細な自意識を傷つけないよう、比喩的な表現を使って、驕り高ぶりをたしなめようとした。

「人間は虫のようなもの、か。言い得て妙だな。だが……虫にもいろいろな種類がいるぞ。一番強いのは、なんといってもヘラクレスオオカブトだろう。あの長い角が王者の証だ」

「そんなの見た目だけじゃないですか。強さならクワガタ、それもスマトラオオヒラタクワガタが最強ですよ！」

「た、確かに、挟み込む物理の強さならクワガタに分があるのかもしれん。だがな、そんな一種類のパラメータで、優劣を決められるようなものじゃないんだ。ムカデやサソリのような毒虫だっているんだぞ」

「毒……それは強そうですね。私が浅はかでした」

「わかればいいんだ、わかれば。それじゃ今日の講義を始めるぞ……」

自分が何を伝えようとしていたのか見失いながら、俺は超人になるための個人講座を始めた。

3

超人になるためには、自らの心の中にある『超人因子』を目覚めさせればよい。

そのとき人の意識は拡張し、『ゾーン』あるいは『フロー』などと呼ばれる特別な意識状態へと突入する。

それはアスリートや、何かしらのクリエイターが、人生を賭して求め続ける心の状態である。

ゾーン、あるいはフローの発現下にあるとき、時間感覚は変わり、今この瞬間が永遠と繋がる。

そこで肉体的な運動をする者は、自らの体が超人的な離れ業をしていることに気づく。そこで何かしらの創作活動をしている者は、自らが多くの人間に強い影響を与えるマスターピースを作っていることに気づく。

人間の文化と社会を進化させるあらゆる良きものは、このゾーンから生まれるのだ。

それゆえに、このゾーンを求めて多くの偉大な経営者は、意識をその状態に調整するための外的なトリガーを用いてきた。

大麻やLSDを摂取していたスティーブ・ジョブズ氏は、フロー状態の中で普通とは違った考え方ができるようになり、世の中を変える多くのアイテムを顕現させた。

また、ペイパルの創業者であり、テスラとスペースXのCEOであり、脳とコンピュータをつなぐブレインマシン・インターフェイスを開発するニューラリンクの設立者であるイーロン・マスク氏は、日常的に公の場で大麻を吸い、さらには強力なサイケデリクスであるケタミンを定期的に服用しているとのことである。

そういったものが現在、シリコンバレーで日常的に使われ、しかもそれがリアルタイムで我々の生活に、電子ガジェットを通して影響を与えている。

これはかつてのヒッピームーブメントの『ターンオン・チューンイン（スイッチを入れて波長を合わせろ）』などというスローガンが、時代の一巡の果てに、現実的な力を持って、この社会に根づいたものと捉えることができる。

そのスローガンに従って我々が今ここで入れるべきスイッチとは、ゾーンに入るためのスイッチであり、フローに乗るためのスイッチであり、自らの中の超人因子を覚醒させるためのスイッチである。

その秘められたスイッチを押そうとして、西洋文明では何かしらの薬物を摂取しがちだ。

それは映画『マトリックス』の中では、自らの人生を主体的に創る力に目覚めるための薬として提示される、あの赤のカプセルに象徴されている。

だが薬物という物質的なものをトリガーとして自らの意識を調整することは、決してすすめられたものではない。むしろそれは、意識の統御力が、ある一定以上の高みに進化することを妨げるリミッターとして働くことになるだろう。

薬物、アルコール、タバコなどに頼っては、自らの意識の力が強まるどころか弱まってしまう。

だから我々は、物質的なトリガーはできるだけ使わず、クリーンな意識そのものの力によって、自らの超人因子を健全に目覚めさせなければならない。

「つまり薬物を使うのはダメ、ゼッタイということだ。ここまでの話、わかったかな？」

「はい！　とにかくその超人因子ってのを目覚めさせればいいんですよね！」

ルノアールのテーブルに前のめりになった青山は目を輝かせている。

「ま、まあ早い話、そういうことだが……」

圧に押されながらも俺は説明を再開した。

仮に健全な方法で超人因子を目覚めさせ、ゾーンに至り、宇宙のフローと一つになり、その中でつかの間の超越体験を得たとしても、安心してはいけない。

なぜなら目覚めた者は、当然のごとくまた眠ることになるからである。

現に我々は、ふとした拍子に超人因子を目覚めさせ、しばし超人として覚醒しては、またそれを眠り込ませて常人に戻ることを、何度も何度も繰り返しているのだ。

仕事の修羅場などでゾーンに入った経験は誰にでもあるだろう。だがその覚醒意識は長くは続かない。それは一晩寝ると忘れ去られてしまう儚いものである。

「ずっと目覚めさせておくことはできないんですか？　その超人因子というものを」

「我々の三次元的生活には、一種の重力が働いている。超人レベルまで高まった精神は、常にその重力によって引き下げられる運命にあるんだ」

「どっ、どうすれば重力を振り切れるんですか？　ロケットですか？」

俺は青山が使った『ロケット』という表現の続きを用いて、比喩的に説明した。

「我々は、まず衛星軌道上に宇宙ステーションを浮かべなければならない」

「宇宙ステーション！　ロマンですね！」

「さらにそこに軌道エレベーターを繋げる必要がある」

「軌道エレベーター！　カーボンナノチューブで作るやつですよね！」

「ああ。そのような機構を精神の内に創ることができれば、いつでも簡単に、精神を大気圏外の高みに昇らせることが可能だ。また必要であれば、いつでも地上に戻ってきて、そこで人間らしい地に足のついた活動をすることもできる。これによって人は天と地のマスターになるのだ」

「わ、私は何をしたらいいんですか？　私も今すぐそのエレベーターを創りたいです！　方法を教えてください」

「一番メジャーな方法はアレだ。瞑想だ」

「瞑想というと目を瞑って心を無にするやつですよね。やってみます！」

青山は腕を組んで目を閉じた。

十秒後に寝息が聞こえてきた。

バイトで疲れているのだろう。気持ちよさそうなその眠りを妨げたくはなかったが、お金をもらっている以上、最後まで講義を続けねばならない。

俺はテーブルに身を乗り出して、軽く青山の肩を叩いた。

「はっ！　ここは……」

「ルノアールだ。青山さんは瞑想の練習をして寝てしまったんだ」

「ねっ、寝てないですよ。私、瞑想できました。けっこう得意かもしれません」

「……もうちょっと別の方法を探そうか。青山さん、最近、家で時間が空いたときに何をしてるか教えてもらえるか？」

「よくYouTubeで動画を観てますね。いつか私もYouTuberやってみたいです」

「おっ。いいんじゃないか？」

「YouTuberですか！　YouTuberになると超人になれるんですか？」

「その仕事を自らの精神性を深めるための『道』とするなら、どんなことをしても超人になることは可能だ」

「なります、私、YouTuberに！　どうやってなればいいんですか？」

「ええと、まずはアカウントを作ってだな。チャンネル名を作って、バナーを作って」

「何のビデオを投稿したらいいんですかね」

「ワンテーマのシンプルなチャンネルをおすすめする。最近、興味あることは何かあるか？」

「うーん。鈴虫ですね」

「それがいいんじゃないか？」

「なるほど、鈴虫チャンネルですね、やってみます！　あ、機材を買わないとですね」

「いや、当面はその iPhone で十分だろう。機材より大事なのは心持ちだ。華道や弓道のような、精神修養の『道』として、YouTube にビデオ投稿するんだ。そのためのガイドラインを渡そう」


俺自身、小説執筆を、自らの精神修養のための『道』として長年使っている。そのために構築済みのモジュールをカスタマイズし、青山のための『YouTuber 道』としてテキストにまとめた。

企画、撮影、動画公開、その後の残心という各フェイズを、弓道の射法のように、マインドフルネスを高めながら実行することで、自ずと精神性が深まっていく。


「エアドロで送るから受け入れてくれ」

「はいっ！」

AirDrop で青山に『超人意識を目覚めさせるための YouTuber 道』のテキストを送り、彼女の質疑に答えながら細部を修正して完成版とする。

「なるほど！　こうやって動画制作を一つ一つ心を込めてやっていけば、自然に意識が高まって、超人になれるってことなんですね！」

「よくわかってるじゃないか。その通りだ」

「私、YouTuber という仕事は、多くの人に観てもらってお金を稼ぐことが大事なんだと思ってました。でも、そういう汚い欲望よりも、心の中の豊かさが大事なんだってことなんですね！」

「……いいや。それは違うぞ。間違ってる」

瞬間、これまでノリと勢いでなんとなく醸成されてきた良い雰囲気が、一気に冷え込んだ。

青山は一段低い声で聞いた。

「え、何がですか？　私の何が間違ってるっていうんですか？」

せっかく培ってきた『和』を自ら投げ捨てることになるが、仕方ない。生徒の間違いは正さなくてはならない。

「超人の力とは、貧乏を肯定するようなさもしい思想とは違う。勘違いしないでくれ」

すると青山は、目を吊り上げて反論してきた。

「わっ、私がさもしいっていうんですか？　さもしくないですよ！　ただ心の豊かさが大事なんだって思うんです、特にこれからの時代は！」

「ああ。心の豊かさは大事だ。だがそれは、物理的な豊かさと引き換えにするものじゃない」

「でも精神性の高そうな人はみんな、『貧乏は美しい』って言ってるじゃないですか。イエス・キリストも『お金持ちが天国に入るのは、駱駝が針の穴を通るより難しい』って言ってるじゃないですか！」

「頑張れば通れる」

「通れないですよ、何言ってるんですか！　たっ、滝本さんだって貧乏じゃないですか！」

「うっ」

しん、とルノアールの片隅に沈黙の帳《とばり》が下りる。それと共にApple Watchが心拍数の急激な上昇を俺に伝えてきた。青山は言った。

「ごっ、ごめんなさい……でも私、貧乏は嫌いじゃないんですよ。貧乏なのにちゃんと難しいことを考えて頑張ってる人は、むしろ格好いいと思います」

俺は瞑想を防衛的に使って、心の乱れを治癒しながら答えた。

「お、俺は別に貧乏なんかじゃない」

「わかってます。心が豊かなんですよね」

「ちっ、違う、物理的な、フィジカルレベルで豊かなんだよ、俺は！」

「いいんですって。無理しなくても」

俺は急ぎ、自らの物理的豊かさを証明しようとした。だが、財布の中身も銀行口座も、依然としてほぼゼロであり、メルカリで買ったシャツもヨレヨレだ。

しかし、ここで引き下がるわけにはいかない。

超人の力は貧乏を呼び込むものではなく、むしろ絶え間ない豊かさを無から創造するものであることを実例と共に見せつけなければ、クライアントに誤った考えを根付かせてしまう。それはいずれ、この世に悪をもたらすだろう。

それは絶対に防がなくてはならない。

「は、半月だけ待ってくれ。半月後、俺が超人の力で無からジェネレートした物理的豊かさの結晶をお見せしよう。それまでは青山さんも、YouTube の更新を頑張るんだぞ」

「は、はい……」

俺は次回のセッションの日時を決めると、そそくさとルノアールを出て、走って帰宅した。

急いで押入れを漁り、換金可能なものをメルカリに出品していく。レイが使っている古いiMac も出品する。

だが数日が経ち、青山の鈴虫チャンネルに動画がアップされ始めても、俺のメルカリには値切りコメントが付くだけだった。

「五千円値引き希望だと？　足元見やがって、誰がそんな値段で売るかよ！」

「よかった。これは私が使うんだから売ったらダメよ」

そんなことを言いながら、レイはカタカタとiMacのキーボードを叩いている。

しばらくしてＬＩＮＥに謎のアンケートが送られてきた。そのアンケートに答えてしばらくすると、いつもの知恵袋が送られてきた。

レイちゃんの知恵袋　その9

『部屋を掃除する』

最近、部屋が汚くなっていて不快です。

なぜ部屋を掃除しないのか、ＬＩＮＥの機能を使って、滝本さんにアンケートを送りました。返ってきた言い訳を以下にまとめました。

・忙しくて掃除どころではない。
・この汚い部屋を今さら綺麗にする気になれない。
・掃除なんていう、つまらない作業をやる意味が見出せない。

言いたいことはわかります。

近頃、滝本さんは肉体労働と小説執筆と、渋谷でのフリーコミュニケーションワークと音楽制作と、さらに青山さんへの講義の準備で、あれこれ忙しそうにしています。

また、この部屋を全体的に綺麗にするのは、十時間はかかる大仕事と思われます。

だいたい、いくら掃除しても、それでお金が儲かるわけでもないですからね。

滝本さんが掃除を後回しにしてしまうのも、無理のないことです。

ですが！

お部屋とは、そこに住んでいる人の心の状態を反映しているものなんですよ？

思い出してみてください、あの完全にセルフネグレクト状態で過ごしていた二十代の頃を。

滝本さんは、うずたかくゴミが積み上げられた汚い部屋で暮らしていましたね。

あの部屋を見れば誰もが直感的に気づきます。

『あ、この部屋の住人は心のバランスを崩しているな』と。

このように、部屋を見ればその人の心の状態がわかるんです。

そういう観点から現在の滝本さんの部屋を見れば、少しずつ心が荒れてきているのがわかります。

床や机に細かいゴミが散乱し、押入れにはいつか捨てようと思ってまだ捨てていない粗大ゴミが押し込められ、洗面所の鏡は曇っています。

これは滝本さんの心の表面が少しずつ汚れ、さらに無意識の奥にも未処理の感情が押し込められていることを意味しています。鏡に映る自己イメージも少しずつ曇ってきていることを表しています。

辛い肉体労働や、慣れない人間女性との交流が、滝本さんの心を乱しているんでしょう。

このままではいつ本格的に心のバランスを崩して、またセルフネグレクターとして本格的な汚部屋の住人に逆戻りしてしまうかわかりません。

だから私は全力で、滝本さんの部屋を綺麗にする手助けをしたいと思います。

さあ、一緒に掃除をしていきましょう。

やり方は簡単。

ゴミを拾って、ゴミ箱に入れる。

汚れたところは雑巾で拭く。

疲れている日は、一日五分、いいえ、一分だけでもいいのです。

机の上に転がるモンスターエナジーの缶を、一つゴミ箱に放り投げる。たったこれだけで、心はずいぶんスッキリするんです。

全部を一気に綺麗にしなくてもいいんですよ。

気持ちも部屋も、気長に整理していけばいいんですよ。

ちょっとずつ埃を払っていきましょう。

たまには押入れの戸を開けて、その中の暗闇に光を当てていきましょう。

そうすれば、明るい生活が待っていますよ！

第十話

豊かさの引き寄せ

1

「青山さん、いわゆる『引き寄せの法則』ってのを知ってるか?」

俺は前回と同じルノアールで、青山相手に講義していた。今日は『超人の力で金を引き寄せる具体的手法』がテーマだ。

「知ってますよ! 長財布を使えばお金が儲かるって話ですよね。お札は窮屈に折り畳まれるよりも、まっすぐな長財布に入れられる方が好きで、だから長財布ユーザーに引き寄せられてくるという。バカらしくて笑っちゃいますよね」

「い、いや、そんなジェームズ・フレイザーの『金枝篇』に書かれているような、未開の部族がやりがちな類感呪術めいたものじゃなくて……」

「私は今の時代、財布はコンパクトな方がスマートだと思うんですよ。見てください、これ」

青山はジャージのポケットから名刺サイズの物体を取り出した。

「なんだこれ。折り畳んだ段ボールか?」

「段ボール財布です。このチェックの柄の段ボール、見つけるのに苦労しましたよ。遠くのスーパーまで探しに行って、やっと見つけてもらってきましたからね」

「よくできているじゃないか。どうやって作ったんだ？」

「作り方が載っている雑誌を読んだんです。あとで滝本さんに雑誌あげますよ」

俺は曖昧にうなずきながら、そもそも自分が何を話そうとしていたのか思い出した。

「そうそう……『引き寄せの法則』の話だ」

「そんなことより滝本さん。『超人の力を使って豊かさを無からジェネレートする』って話はどうなったんですか？　もうすぐ約束の半月が経ちますよ」

「だから今その話をしようとしてるんじゃないか！　聞いてくれ……自分に都合のいい事物をシンクロニシティによって引き寄せる力は、超人が扱える多種多様な力の一部に過ぎない。すなわち『引き寄せの法則』などというものは、超人が持つ力の一側面を粗雑に表現した言葉に過ぎないというわけだ」

「滝本さん、本当に大丈夫なんですか？　あと一週間でどうやって豊かになるつもりなんですか？」

青山はニヤニヤと意地の悪い笑みを向けてきた。今日で会うのが四度目ということで、猫被りが解けてきたのか、少しずつ性格の悪い部分が表に出てきている。

それを俺への信頼と受け止めることもできるが、今は普通に強いプレッシャーとして作用した。

ここで俺が超人の力をフィジカルレベルに作用させ、なんらかの豊かさを生み出し、それを青山に示すことができねば、俺は師としての尊敬を失ってしまう。

それは次回の月謝である五万円の喪失を意味し、それはまた俺が十円二十円にもこと欠く極貧生活に逆戻りすることを意味している。

何としても避けたい。

だいたい何かしらの『道』の師というものは、こういうとき、まさに超人的な術を披露して弟子をビビらせるものである。

大正時代、『弓と禅』の著者であるドイツ人哲学者、オイゲン・ヘリゲルは日本で弓道の指導を受けていた。だが、その所作の一つ一つに合理的解釈を得ることができず、指導者の教えに不信を抱いていた。

それに対し、指導者である東北帝国大学の弓術部師範、阿波研造は夜の弓道場にヘリゲルを招くと、電灯を点けていないほぼ暗闇の的場に向かって礼法を舞うように二射した。

ヘリゲルが電灯を点けると、彼は驚くべき神業を目撃した。

師が最初に放った甲矢《はや》は的の中心を貫き、二射目の乙矢《おとや》は甲矢の軸を裂いて黒点に突き刺さっていたのである。

その神業に自らの心をもまた射貫かれたヘリゲルは、師への疑いを捨て、良い弟子となっていった。

そう……今の俺が求められているのは、このレベルの神業である。

俺もビシッとかっこいいところを目の前の女子に披露して、尊敬を集めたい。

たとえば何かこう、壺状のものに手を入れて、中から現金を取り出すというような技ができればいいのだが……そのレベルの完全に物理法則を超越した技を行うには、明らかに俺の修行が足りていない。

「と、とにかく次週には、俺は確実に『豊かさ』を持ってくるから見て驚くなよ」

「楽しみですね」

ニヤニヤと意地の悪い笑みを浮かべる青山に対し、とりあえず俺は豊かさを生み出すための講義を続けた。

青山はあまり興味なさそうだったが、それでもメモをとりつつ聴いてくれた。

「さて……豊かさというものは、現代であればYouTubeのPVのような、他者からの注目から生まれることが多い。だが、より根本的な本質に立ち返って考えてみると、豊かさは人間の意識そのものから生まれているとわかる。それゆえに、自らの意識の使い方に習熟することが、豊かさを自在に生み出すためのファーストステップになるんだ」

そんな原理原則についての話を要所要所にちりばめながらも、基本的には青山の『鈴虫チャンネル』のPVをいかにして増やすかという、具体例をベースとした講義&コーチングをする。そうこうするうちに窓の外は赤く染まり、あっという間にセッション予定時間が過ぎてしまった。

「すまない。ちょっと長くなったな。続きはまた来週」

おまけのお茶を一気飲みした俺は、ルノアールのソファから腰を浮かせた。

青山は俺を呼び止めた。

「滝本さん、お腹空いてないですか?」

「むろん空いているが」

「ラーメン食べに行きません?」

「いや……俺の『豊かさ』は、非顕現の目に見えぬエネルギーの渦として喚起されたばかりで、まだ実体化していないんだ」

「お金がないってことですよね」

「…………」

「実は一人じゃ入りにくい店が近所にあるんです。おごりますから付き合ってください」

金のない恥ずかしさにむっつりと押し黙った俺を、青山は近所のラーメン屋へと連れていった。

そこは豚の脂身やニンニクを大々的にフィーチャーしたタイプの店で、野性味ある身なりの男たちによる長い行列ができていた。

確かにこれは女性一人では入りにくい。

などと思っていると、青山は一瞬の迷いもなく店内で食券を二枚買って、一枚を俺に与えると、列に並んだ。

しばらくして店内に通されると、「ニンニク入れますか?」という店員からの問いかけがあった。それに対し青山は、「ニンニクマシマシアブラ多めヤサイ」と、よく通る声で即答した。これは絶対に通い慣れている。

「お客さんはどうします?」

店員に聞かれ、この種のラーメン屋について知識を持たぬ俺は、「あ、あ……」と戸惑いながら、青山と同じ呪文を返した。

やがて、大量のニンニクと脂身が載った丼が目の前に運ばれてきた。

「これ……食えるのか?」

「こうやるんですよ。天地返し!」

青山はゴワゴワした麺を丼の底から掬《すく》い上げて、もやしと脂身に載せると、それをワシワシと掻き込み始めた。

2

半死半生でアパートに帰った俺は、胃の中のものを消化するため一眠りした。

五時間後に気持ち悪さが消えたので、そろそろ本格的に『豊かさ』を呼び寄せる作業を始めることにする。

ベッドから跳ね起きた俺は腕まくりした。

「さあて、一丁やりますか。『豊かさの引き寄せ』を」

「具体的には何をするつもりなの？」

ブルーライトカット用のメガネをかけてiMacに向かっていたレイが、顔をこちらに向けた。

「まずは引き続き、いらないものの処分だ」

「これはダメよ。私がテキスト執筆と内職に使うんだから」

「わかってる。そのiMacは旧式すぎて、メルカリで売っても送料に負けるぐらいだ。だいたいもうメルカリでやり取りしてる時間はない。手っ取り早く換金できるものを鞄に詰めてブックオフに持っていく。手伝ってくれ」

俺とレイはドラムバッグにどさどさと古本を流し込んだ。

それを担ぎ、バス代を節約するため徒歩で駅前までレイと共に四十分歩き、買取カウンターにどさっと置く。

その後しばらく店内をうろついていると、査定完了のお知らせが店内放送で流れた。

「お。千円超えたか」

「あれだけ重いものを担いで千円……滝本さん、かわいそう」

レイが俺に哀れみの目を向けた。

「千円をバカにしたものじゃないぞ。千円あればなんでもできる」

ブックオフと同じビルに入っているスターバックスに、俺は千円片手に颯爽と入店すると、なんらかのビバレッジ、すなわち水以外の飲み物を頼もうとした。

「だ、ダメよ滝本さん！　それは部屋中の売れそうなものを全部売ってやっと手に入れた、なけなしの千円なのよ！　ただの飲み物に使っちゃうなんて正気じゃないわ！」

「はっ、バカだな、スターバックスのドリップコーヒーは、世界中のコーヒー産地から厳選された高品質のアラビカ種コーヒー豆を使用した定番商品なんだ。バラエティあふれるコーヒー豆を通して、スターバックスのコーヒージャーニーを楽しめるんだぞ」

俺はレジカウンターの列に並びながら、スマホで調べた情報をレイに伝えた。

「で、でも！　滝本さんは『豊かさ』の証拠を、人間女性の青山さんに見せなきゃいけないんでしょ？　その元手になる大切な千円を、こんなことに使っちゃうなんて……そうよ、このビルの上にダイソーがあるから、そこで何か人間女性が喜びそうなプレゼントを探しましょうよ！」

「小学生じゃないんだぞ！　百均のアイテムをプレゼントされて喜ぶ女がどこにいるんだ。そんなことをしたら、豊かさどころか侘しさを増幅するハメになる」

「現実を受け入れましょうよ。滝本さんは現に貧乏で侘しい生活を送っているんだから」

「げ、現実だと？　そんなものを受け入れたら、俺は、俺は……」

明らかに向いてない倉庫作業をして、一生を終えることになってしまう。それを思うと心臓がバクバクしてくる。

だが、レイはわかっていないのだ。この現実とは、自分の好きなようにデザインするためにあるのだ。そのための最初の一歩が、このスタバでの優雅なカフェタイムである。

俺は窓際のカウンターに腰を下ろすと、窓の外の活気ある駅前の光景にオーバーレイして、『自分が望む現実』のヴィジョンを思い描いた。

「やっぱり豊かさと言えばあれだ。タワーマンションだよな」

説得を諦めて俺の優雅なカフェタイムに付き合うことにしたらしいレイは、目を閉じると夢みがちな顔で言った。

「私は暖炉のあるログハウスがいいわ」

緩やかにゆらめく暖炉の炎……それは確かに、俺としてもロマンを掻き立てられるところである。

小学生のころ、祖母の家には居間の真ん中に薪ストーブがあって、雪の降る日に、薪をぽいぽいと放り込んでは、それがパチパチと音を立てて燃えていくあの時間が好きだった。

失われし少年時代を思い出して、ふいに目頭が熱くなる。俺は頭を振った。

「だ、ダメだ。これは『豊かさ』というよりも『郷愁』だ。そんな切ないものよりも俺は、もっと力強いマネーのギラギラした感じが欲しいんだ。やっぱタワマンだよタワマン」

俺はコーヒーを大事にちびちびと啜りつつ、スタバのカウンターに屹立するミニチュアのタワーマンションを、ジェスチャーでレイに示した。

「バベルの塔……五稜郭タワー……人は常に高い塔を建ててきた。それはな、自らが神となろうとする人間の飽くなき本能なんだよ。俺はその力への意志を肯定する。タワマンに住みたい」

「夢を持つのはいいことだけど。ねえ、もう少し現実的な夢を見ましょうよ……」

「うおおおお！　来い、タワマン！」

俺はコーヒーをカウンターにダンと置くと、智拳印を結んで瞑想状態に入り、タワマンでウイスキーを傾ける自分自身を幻視し、その未来を全力で引き寄せた。

瞬間、心の中の銀河コアから『豊かさ』のエネルギーがジェネレートされ、それは勢いよく俺の全身に広がった。

「ぐっ……ううっ……」

脆弱な電気回路に大電流が流れ込んだかのごとき衝撃が、俺の肉体に生じた。スタバのカウンターでぎゅっと目を閉じた俺は、動物のシバリングのように細かく震え続けた。

コーヒーが完全に冷えるころ、なんとか豊かさのエネルギーを吸収できた。

目を開けると、レイが俺を心配そうに覗き込んでいる。

「ちょっと滝本さん、大丈夫なの？　タワーマンションに住めそう？」

「………」

正直なところ、タワーマンションが引き寄せられた感じはない。ていうか現状、ただスタバで瞑想したあげく、心の中で高まる何かしらのエネルギーに圧倒されて細かく震えるという、あまり近寄りたくない男になってしまっただけである。

今になって周りの目が気になる。

ヨレヨレのシャツを着た俺という存在が、この爽やかなスタバの空間にそぐわないように感じられてならない。

だが、このような心理的不快感を乗り越えた先に、『豊かさ』はあるのだ。

貧乏人というものは、常に自分の狭い世界に閉じこもりがちだが、俺は違う。

俺はどんな心理的不快感も乗り越え、居心地のいい領域を踏み越え、新たな富の待つ未到の新世界へと乗り出していくパイオニアなのだ。

大阪の新世界にも、一度だけ行ったことがある。昼間から酒を飲んで路上に転がっている老人たちの間をすり抜けて、俺は串カツを食い、あの大阪のシンボル、通天閣に一人登った。通天閣の展望台にはビリケンの像があった。

天に向かって屹立する通天閣、そして尖った頭と吊り上がった目を持つ幸運の神像、あのビリケンを心に強く思い描くと、俺は再度、智拳印を結んで強く祈った。

「うおおおおお！　金！　金をくれ！　神よ、俺に金をくれ！」

だが、目を開けるとそこはスタバであり、特に何かの変化が生じたようには感じられない。

やはり心の中で祈るだけでは、祈りとしての強度が足りないのだ。

「そう言えば……一説には、お札というものはせせこましい折りたたみ財布よりも、ゆったり気持ちよく収まることのできる長財布の方に入りたがる習性を持っているらしいな」

俺はスタバのコーヒーを飲み干すと、上の階にあるダイソーで税込み三百三十円の長財布を購入した。

「ちょっと滝本さん……そんなおまじないみたいなことをしたって、お金が入ってくるわけないじゃない」

「うるさいな、わかってるよ。だがときに人は何かの不合理な行動に頼りたくなるんだ。鰯の頭も信心なんだ！」

ダイソーを出て駅前を歩いていると、アクセサリーの路上販売に呼び止められた。

「お兄さん、ブレスレット、ピアス、安いよ、安いよ」

「おっ。これは金のブレスレットじゃないか」

「かっこいいよ。どう？」

俺は長財布を覗いた。

「ギリギリ買えるな。これをくれ」

「ちょっと滝本さん！」

「うるさいな。金は金を呼ぶ。常識だろ」

レイの小言をスルーした俺は、ギラギラ輝くブレスレットを腕にはめた。

長財布を尻ポケットに入れ、金メッキのブレスレットを着けると、ただ心の中で祈っているよりも自分が金持ちになったように感じられた。やはり俺に必要なのは、この『豊かさ』の実感だったのだ。

すべては信じ、演じることから始まる。

かつて小学生だった俺は、天才作家になろうと決意した。

そこで俺は、日夜、頭の中で『俺は天才、俺は天才』としつこく唱えた。

しばらくすると、だんだん自分が天才に感じられてきた。

今では自分が天才であることは、この地球が球体であるのと同様、天地の真理として感じられる。

同様に、豊かになる道も、まず自らが豊かであることを信じ込むことから始まる。そのためには、小道具を使ってでも『豊か感』をリアルに感じてみるべきなのだ。

俺は長財布とブレスレットから立ち昇ってくる『豊か感』を、うっとりと味わい吸収した。理論的には、この『豊か感』が磁力を持ち、近いうちに何かしらの物理現象として、三次元空間上に結晶化するはずである。

俺は辛抱強くそのときを待った。

しかし一日経ち二日経ち三日経っても、俺の生活は豊かになるどころか、さらにどんどん貧相になっていった。

先日、青山にいただいた五万円は、各種の支払いで瞬間的に蒸発している。

夜の倉庫で段ボールを運べども運べども、得られる金はその日の食費で消えていく。

「なんで暮らしが楽になんねえんだよ！　石川啄木かよ！」

夜中に倉庫作業から戻ってきた俺は、軍手を床に叩きつけて叫んだ。隣室の男が壁をガンと強く殴ってきた。殺伐とした気持ちがどんどん高まっていく。

「みんな偉いぜ。こんなストレスフルな毎日で、悪いこともしないで毎日真面目に働いてるんだからなあ。俺は今にも爆発しそうだぜ」

ソファで寝ていたパジャマ姿のレイが半身を起こし、寝ぼけ眼をこすりながら言った。

「人生、真面目が一番よ。滝本さんも変なことを考えてないで、もう早く寝ましょ。こっちにいらっしゃい」

さらに翌日、翌翌日も、俺の口座残高はゼロに近づいていくばかりであった。やっとのことで数千円の余裕ができたと思ったら、国民健康保険の自動引き落としによって、それは幻のごとく消えた。

「や、やばいぞ。青山に『豊かさ』を証明するどころか、今日の食い物すらないじゃないか」

半ばパニックに陥りながら、顔を突っ込むように冷蔵庫を覗き込む。

奥の方に、食べ忘れていたザワークラウトの瓶が一つ。干からびてガチガチになっているハム状のものが一つ。それとオートミール百グラム弱。これが俺に残された食料のすべてである。

「なんだこの状況は。俺に断食しろっていうのか。軽はずみな断食は心と体のバランスを崩すんだぞ。インド四千年の叡智、ホリスティックな健康法であるところのアーユルヴェーダでも、断食は基本的にはやらない方がいいとされているんだぞ」

「落ち着いて滝本さん！　そうだ、野草、野草を探しに行きましょ。私が調べてあげるから」

レイはiMacで『野草』『食べられる』というワードを検索し始めた。

俺は思った。

堕ちるところまで堕ちた。

そのショックで、心の中に自動的にポエムが紡がれていく。

……人間は、どうして貧富の差があるのだろう。全人類が俺に一円くれたら俺は金持ちになれるのに、どうして皆、俺に一円くれないのだろう。

それは俺が真面目に働いてないからだっていうのか？　俺に労働力がないからだっていうのか？　俺に市場価値がないからだっていうのか？

そんなことはない。

俺は真面目に働いてきた。

この二十数年、来る日も来る日も額に汗して働いてきた。なのに手元にあるのは一日分のオートミールだ。俺はこれを歌にして令和の貧窮問答歌として売り出したい。そうすれば印税が入って飯が食える。

だが俺の書く文章にはたいした市場価値がない。そんな心の声も聞こえる。だいたいにおいて、俺の書く文章にもっと市場価値があれば、そもそもこんな貧しい生活を送ることもなく、明らかに向いていない倉庫のバイトなどする必要もなかったのだ！

俺がバイトするたび、バイト先の優しい先輩が俺に向かって教え諭す。

『滝本君……バイトってさ、どれも簡単な仕事のように思えるかもしれないけど、やっぱり向いてる人と向いてない人がいるんだよね』

そんなことはわかっている！

俺だってこの仕事に向いてないと思いながら段ボールを運んでいる！

じゃあ俺に向いてる仕事はどこにあるんだ？

それは、それは……。

「やっぱ超人……それが俺の仕事だよな」

俺は超人業をもっと真面目にやっていこうと決意した。

どんなことをやっていたって、人生は浮き沈みがある。

金持ちになるときもあれば、貧乏になるときもある。

良い人間関係に恵まれ、天にも昇る心地になるときもあれば、また孤独に戻り、何年も一人で牙を研がねばならぬときもある。

その浮き沈みのあらゆる局面で、人はライフワークを積み上げていくんだ。

だから極貧の時も、目の前のライフワークをサボるわけにはいかないんだ。

「だが、まずは腹を満たさないとな。食える野草を探しに行くか。今度給料が入ったら、釣り道具を買って川崎の海で釣りするのもいいな」

俺はレイが送ってくれた『身近にある美味しい雑草まとめ』をスマホに表示すると、軍手をポケットに入れて部屋を飛び出そうとした。

そのときだった。

玄関でヤマト運輸の方と鉢合わせした。

「あー滝本さん？　お届け物です、こちらにハンコかサインを」

「え、あ、ありがとうございます」

まったく心当たりのないその段ボールはずっしりと重い。

抱えて部屋に運び込んで差出人を見ると、実家の両親からだった。

急いでバリバリとガムテープを剝がすと、中には食料がいっぱいに詰め込まれていた。

米、肉、そしてズボラな人間でも食べやすい冷凍食品、さらには郷土のお菓子と裏の畑で採れた野菜。

無限に湧き出てくるかのように、段ボールの中からは、いくつもいくつも食べ物が現れた。

「まじかよ……このタイミングで食い物が……う、ううっ」

野草を食ってやるというカラ元気が抜けた俺の目から、ポトリと涙がこぼれ落ちる。

「ふう、よかったわね……持つべきものは優しいご両親ね。ありがたく感謝するのよ。滝本さんは親ガチャ成功してるんだから。とりあえずご飯炊くわね」

台所に立とうとするレイを、俺は涙を拭きながら制止した。

「ま、待て。米は使わないでくれ」

「どうしてよ？　ずっと『温かい米、茶碗に山盛りになった米が食べたい』ってブツブツ呟いていたでしょ。念願のお米、一緒にお腹いっぱい食べましょうよ」

「米……それは豊かさの象徴だ。この米を俺は青山のところに持っていく」

「うーん。喜ぶかしら」

「……………」

確かに、俺から米を受け取ったら、豊かな気持ちになるよりも、むしろ悲しい気持ちになってしまいそうだ。

仕方がない。米は自宅消費しよう。

だが……そうすると、俺は何を豊かさの証拠として青山に見せればいいんだろうか。

「あら、これは何かしら？　段ボールの底にこんな本が敷いてあったわよ」

レイが段ボールから取り出した本を、俺は手に取りパラパラとめくった。

「ああ、これはカタログギフトだな。ちかごろ田舎で続いている葬式ラッシュの香典返しに、父か母がもらったものだろう。それを東京で消耗している俺に送ってくれたんだろう」

「ってことは、この本にたくさん載っている電化製品や文房具や食器、どれでも一つ好きなものをもらえるのね？　やったじゃない、滝本さん！　このカタログギフトを使えば青山さんに何か洒落たものをプレゼントできるわよ！」

瞬間、俺の脳裏に勝利のファンファーレが響いた。

やった。俺はやったのだ。

超人の力を使い、無から『豊かさ』をジェネレートすることに成功したのだ。

「何言ってるのよ。全部滝本さんのご両親のおかげじゃない」

「うるさいな。経緯はどうであれ、とにかく俺の手元にこのカタログギフトがあるのは事実だ」

「はいはい、わかったわよ。とにかく青山さんへのプレゼント、何がいいか一緒に選びましょ」

俺とレイはテーブルにカタログギフトを広げると、クリスマス前日の児童のごとき気持ちでページをめくっていった。

「あら、これなんてどう？　銀座名店のお菓子詰め合わせですって」

「食い物なんて一瞬で無くなるだろ。このスイス製十徳ナイフの方がよくないか？」

「こんなの鞄に入れて持ち歩いてたら、おまわりさんに捕まっちゃうわよ。そんなのよりこれはどう？　温泉日帰りチケットですって」

カタログの後方には、日帰り温泉や陶芸などの体験ギフトチケットが掲載されていた。

「ふむ、温泉か。金がなくて長いこと入ってないな。箱根とまでいかなくとも、いつかまた温泉に入って、身も心も温まりたいものだぜ」

「このチケットを使って青山さんを誘ったらいいでしょ。日帰り温泉に」

「ば、バカ！　そんなことできるかよ。そんなのは恋人のやることだ」

「ふふふ、いつだか私たち、箱根の温泉旅館に二人で旅行に出かけたわよね。あの夜のこと、滝本さん、覚えてる？」

顔を赤らめるレイを無視し、俺はカタログをパラパラとめくった。すると、温泉チケットの後ろのページに、まさに今の俺が最も必要としている体験ギフトが掲載されているのに気づいた。

「こ、これだ！」

俺は即座にネットを介してそのチケットを申し込むと、数日後、いつものルノアールに出かけて青山と向かい合った。

そして、超人になるための講座を一回分進めると、講義後の短い自由会話タイムでおもむろに切り出した。

「あのー青山さん」

「はい、なんでしょう」

青山はノートをバックパックにしまいながら俺を見つめた。

「あ、この鞄、よくないですか？　ケシュアって言うメーカーで、安いけどすごく機能的でかわいいんですよ。この前のバイト代で買いました！」

そう誇らしげに語る青山。

俺は思わず目頭が熱くなった。

汚れ切った日本社会にも、こんなにも心の美しい若者がいるんだ。貧しくとも、ささやかな日々の労働の喜びを大切にできる若者がいるんだ。

だが、その『ささやかさ』の中で満足してほしくはない。

『足るを知るのが大事』なんて訳知り顔で囁く、心の折れた大人になってほしくない。

もっともっと、もっと大きく。

それがこの宇宙の基本法則だ。

我々がぼんやりしている間にも、宇宙はどんどん拡張している。それに負けぬぐらい、我々も成長していかなければならない。成長するにつれて、豊かさも爆増していかねばならない。

だが、得てして貧乏な若者の心には『豊かさのリミッター』がかかっている。

アフリカで安心な飲み水がない生活をしている子供は、蛇口をひねれば無限に綺麗な水が出てくるこの日本の生活を想像できない。同様に、バイトでその日暮らししている者は、音楽鑑賞などの心を豊かにするアクティビティにお金を使うという発想を持つことができない。

だから貧しい人間は、いつまでも心が貧しいままであり、それゆえに真の物理的な豊かさを得ることができぬまま一生を終えてしまうのである。

清貧を尊ぶ女子、青山も、そんな貧しさに縛り付けられた人生を送ることは想像に難くない。だが幸か不幸か、青山は超人たる俺に出会った。超人とは自らの運命を何度も書き換え、更新する力を持つ者である。

また超人は、ふとしたはずみで他者の運命をもまた良い方向へと、軽はずみにアップデートしてしまう存在である。

（いいだろう……この超人の力を使って今、青山を豊かな世界、リッチワールドへと導いてやる！）

俺は意を決して青山を誘った。

「へー、いい鞄だね。それはそうと、青山さん、音楽……特にジャズに興味ない？」

「え、私はジャズかなり好きですよ。この前、『BLUE GIANT』って映画を観て感動して、私もサックスの練習しようかと思ったぐらいです。寒さには結構強いんで、私だって河原で三時間くらいなら練習できますよ」

「あのさ、前に俺、言ってただろ。超人の力で『豊かさ』を生み出し、それを青山さんに見せてやる、って」

「もう……いいですってばその話は。別に滝本さんにそんなの期待してないですよ」

「これを見てくれ」

俺はポケットから封筒を取り出し、その中の紙切れをテーブルに置いた。青山は顔を近づけてその紙切れの文字を読み上げた。

「『ブルーノート東京』ご招待カード？　ぶ、ブルーノートってあの、日本で一番有名なジャズクラブのことですか？　『BLUE GIANT』のクライマックスの舞台のモデルですよ！　世界から本当の一流アーティストが集まる大人の世界ですよ！　なんでそんなところの招待券を滝本さんが持ってるんですか!?」

「ふっ。これが超人の力だ」

「すごい！　すごいです滝本さん！　滝本さんに一番似合わないジャズクラブの招待券を手に入れるなんて、普通はできないことですよ！」

「ま、まあな。それでその……どうだい青山さん、行ってみないか、俺と一緒に。ブルーノート東京へ」

青山は一瞬、ぽかーんとした顔を見せたがすぐに顔を赤らめ、目を逸らした。

俺も急激に恥ずかしくなってきた。

四十を超えてほぼ無職の俺が、調子に乗って若い娘をデートに誘ってしまった。

ＳＮＳで叩かれる行為をしてしまった気がしてならない。

「い、嫌ならいいんだ……ただとにかく……俺は豊かさってやつを君に見せたくて……」などとブツブツと口の中で呟いていると、いきなりぐっと身を乗り出してきた青山に手を掴まれた。

「行きましょう滝本さん！　私、行ってみたいです、ブルーノート東京に！」

＊

その後、二人でスマホを見て、どの公演を観に行くか決め、予約した気がする。

夢の中の出来事のようにファンタスティックなフィルターがかかっていてよく思い出せないが、スマホに予約メールが残っている。

ルノアールから出た俺は、その予約メールすら俺の見ている幻覚ではないかと、何度も疑って確かめながら帰宅した。

台所でエプロンをつけて夕食の支度をしていたレイが振り返った。

「あら、おかえりなさい滝本さん。デートの約束、うまく取り付けられたのかしら？　真っ青な顔して、もしかしたらダメだったの？　いいのよ、ダメでも。私がついてるから安心して。今度また温泉にでも旅行に行きましょう。はいこれ、読んで！」

レイは俺のスマホに以下のテキストを送りつけてきた。

レイちゃんの知恵袋　その10
『旅に出る』

人生は冒険の旅だ！

皆さん旅してますか？

人間は昔、今よりももっとたくさん、移動して暮らしてたんですよ。

狩猟採集時代、人は獲物を求めて、あっちに行ったりこっちに行ったり、いつも動いて暮らしていたんですよ。

ですが農耕が始まったら、一箇所に定住するようになってしまったんですよ。

もちろん定住は悪いことじゃありません。一つの場所に腰を落ち着けることで、いろいろ考え事も深まりますし、それによって今の文明が生まれたのです。

ですが、どれだけ文明が発展しても、人間の心と体は、マンモスを追っていた時代からそんなに変化していません。

今も人間の心と体は、何か良いものを求めて、場所から場所へ、てくてく移動していくことを求めているんです。

その本能は、常に私たちを旅行へと駆り立てています。少し気を抜くとすぐアパートにひきこもってしまう滝本さんも、実は内心では旅行を求めているんです。

さあ旅行に出かけましょう！

旅に出れば何もかもがうまくいく！

だって旅は人間の本能だから！

今ここではない別のどこかに、あなたを待っている人がいます。

あの山の向こうに青い鳥がいて、それを手に入れれば幸運に恵まれます。不思議の国ガンダーラには愛が溢れているんです。

ポケットにビスケットを詰めて、青春18きっぷを買って、とにかく電車に乗っちゃいましょう。

行き先なんて別にどこでもいいんです。私としてはまた滝本さんと箱根の旅館に泊まって温まりたいけれど、別に日帰りだっていいんです。

滝本さんと電車に乗って、窓の外を流れる景色を二人で眺めていられるなら、それが私の最高の時間なんです。

忙しいのはわかってるから、半日だけでもいいですよ。

行きましょう、旅行！

きっと元気になりますよ！

第十一話
ブルーノートでデート

1

来週、俺は青山とデートする。

その事実を認識するごとに自律神経が乱れ、呼吸が浅くなるのを感じた。

俺は自分の神経に語りかけた。

（きこえますか？　俺の自律神経よ。若い娘とのデートに興奮する気持ちはわかる。だがすでに青山とは約束を取り付けてあるし、店にも席を予約してある。当日になるまで、俺がすべきことは何もない。だから、どうか落ち着いてくれ）

あはは、自分の体のパーツに話しかけるとは、なんという愚かな奴だろう。人はそう俺を指差して笑うかもしれない。

だが、一寸の虫にも五分の魂があるのなら、俺の体の各パーツも何かしらの意識を持っているはずだ。俺の語りかけに応えてくれるはずだ。

俺は自律神経への語りかけを続けた。

（おーい。もう心臓をバクバクさせるのをやめてくれ。デートは何日も先なんだ。今からこんなにドキドキしていたら、当日が来る前にドキドキパニックになっちゃうだろ。わかってく

れ)

ドキドキは止まらなかった。

やはり自分の体への語りかけなどという非科学的な手法には、なんの意味もないということなのか。

(いや……もしかしたら逆なのか?)

俺の潜在意識が、胸のドキドキというシグナルを通して、何か大切なことを俺に伝えようとしているのか?

わかるべきなのは、むしろ俺の方だというのか?

だが、俺は何をわかればいいというのか。

先ほど自律神経に向けて語った通り、デートのセッティングはすべて完了している。

「…………」

俺はスマホのメモを開き、予約内容を確認した。

そこには、シカゴを拠点に活躍する鬼才ドラマー、マカヤ・マクレイヴンの公演を確かに予約した記録が残されていた。

ゆったりと隣に並んで座れるペアシートを予約したという記録もある。

それによって一人当たり二千七百五十円の追加料金が発生するが、異性と並んで音楽鑑賞するという体験は何にも代え難い。

食事のコースも予約した。アペタイザーは鶏胸肉と豚トロのテリーヌと、バルサミコのヴィネグレット。メインは帆立貝のナージュ仕立て。デザートはクレームダンジュ。

何一つ内容を想像できないが、必ずや美味しいに違いないそのコースは、一人当たり六千三は現金精算せねばならないとのことだった。

百八十円の追加料金がかかった。

だが、異性と並んで音楽鑑賞しつつ食べるコース料理には、それだけの価値がある。

俺はアルコールに弱く、ビールをグラスに一杯も飲むと、その後で五時間ほど地獄の苦しみを味わう体質だが、グラス・シャンパーニュも注文してしまった。

ちびちび飲めば俺の肝臓がギリギリ頑張ってくれるだろう。これは一人当たり二千六百四十円の追加料金がかかったが、酒は大人な雰囲気を味わうための必須アイテムである。外すことはできない。

「あら、すごいじゃない。これは女の子なら、誰でもウットリしちゃうわよ」

斜め後ろから俺のスマホを覗き込んでいたレイが、頰に手を当てて少女マンガのような反応を見せた。

「だろ？　俺だってな、ナイフとフォークの使い方ぐらいわかるんだ。いつも自宅でお好み焼きを焼いて食うときは、ナイフとフォークで食ってるからな」

「でも滝本さん、追加料金がすごいことになってるわよ……大丈夫なの、これ」

振り返るとレイの顔が青ざめている。

「あ、安心しろ。俺には招待券があるんだ……」

「招待券があるからって、本当に全額無料になるものなの？」

「た、たぶんな……まあ念の為、電話して聞いてみるか」

俺はブルーノート東京に電話をかけて、招待券の効力について問い合わせてみた。

結論としては、招待券は一万五千円分の効力があるものだったが、残りの二万六千百四十円は現金精算せねばならないとのことだった。

電話を切った俺はガクガクと震え始めた。

「に、二万六千百四十円だと？　そんなもの用意できるわけないじゃないか」

どうやら俺の自律神経は、ドキドキという感覚を通じて、このことを教えようとしてくれていたらしい。

「なんでこんなに料理やらシャンパンやら追加しちゃったのよ！」

「だって青山と一緒に電話予約したから、どうしても見栄を張りたくて……」

「今からでも遅くないわ。キャンセルしましょう」

「そ、そんな恥ずかしいことできるわけないだろ！」

「見栄を張ってる場合じゃないでしょ！　現金を持たないまま当日になってノコノコ出かけて行ったら、無銭飲食になって捕まっちゃうのよ！」

「ま、まあ待て。公演まで数日ある」

俺は問題を先送りにしてその日は寝た。

翌日、何かの不可思議な力によって問題が解決されていることを期待しながら起きたが、銀行口座は依然として空であった。

ところで、場の量子論によれば、真空には潜在的に無限のエネルギーが満ちているそうだ。

同様に空っぽの俺の銀行口座も、潜在的に無限の豊かさで満ちていると考えられる。

それを何らかの方法によって引き出せないか？

俺はレイと共に駅前に向かい、宝くじ売り場で最高賞金一億円のスクラッチを買った。

すべて外れた。

「貧すれば鈍するとはこのことか。俺としたことが、生殺与奪の権をこんなくじに託すとは、バカめ！」

俺は駅前でだんだんと自分の太ももを叩きながら、次なる策を探った。

どのようにすれば空っぽの俺の銀行口座に、金という豊かさのエネルギーを呼び込むことができるのか？

「仕方ない。こうなったらもう直接的な物乞いをしよう。『ウルティマ オンライン』で培った物乞いスキルを見せてやるぜ！」

俺は深呼吸して残りわずかなプライドを捨てると、人が行き交う駅前の植え込みに座り、スマホに以下の文面を英語で打ち込んだ。

「英語版『ＮＨＫにようこそ！』の読者にお知らせいたします。現在、君たちが愛する『ＮＨＫにようこそ！』の原作者は金に困っています。それは君たちが『ＮＨＫにようこそ！』の海賊版ＰＤＦを読んでいることに起因しています。もちろん正規の本を買ってくれた数少ない方もいるでしょう。プレミアがついてとんでもない値段になっているペーパーバックの古本を買って読んだ方もいるでしょう。そういった誠実な読者には心からの感謝を捧げます。しかし私は知っています。ネットで『ＮＨＫにようこそ！』の英語版小説を検索すると、Google の先頭に海賊版のＰＤＦが出てくることを。私自身、英語学習のテキストとしてその海賊版ＰＤＦを使っています。しかしそれは原作者である私にのみ許されることであって、君たちに許されることではありません。それゆえ海賊版ＰＤＦを読んだ君は地獄に落ちるでしょう。ブッディズムによれば、盗人は死後、地獄で恐ろしい裁きに遭うとされています。そのカルマを浄化するために、原作者である私、タツヒコ・タキモトに PayPal を通じて募金してください。もちろん海賊版を読んでいない心正しいあなたからの募金もお待ちしております。できれば一人当たり、十ドルくらいお願いしたいです」

この英文の最後に募金用リンクを張った俺は、理性が邪魔する前にそれをFacebookの『NHKにようこそ！』ファンページに投稿した。

しばらくすると二百ドルほど募金が集まった。

「ええと……二百ドルってのはいくらになるんだ？」

かたわらのレイがスマホの電卓を打った。

「凄いわ滝本さん！　三万円近くにもなるわよ！」

「そ、そうか……円安のおかげで外貨を稼ぐとめちゃめちゃ儲かるんだな！　よし、このまま募金を続けていくぞ。俺の読者にも一人ぐらいアラブの富豪がいるだろ。そいつのオイルマネーで俺は生きていく！」

そのために、さらに強く募金を訴える文を書き、Facebookの『NHKにようこそ！』ファンページに投稿しようとしたとき、海外の読者からDMが届いた。

「なになに？　親愛なるタツヒコ・タキモトへ。あなたのファンページの投稿を見ました。お願いですから、貧乏くさい真似はやめてください。とても心が悲しくなります。あなたのような作家はそのようなことをすべきではありません……だと？　なんだこのやろう、お前に俺の何がわかるってんだよ！」

だが言われてみると、確かに今の俺の行動を見たら、世界の読者は悲しい気持ちになりそうだ。

憧れの作家が生活に困窮し、こんなしょうもない金の無心を全世界に向けて発信するだなんて、この世はなんという夢も希望もない場所なのか、と俺の読者は生きることを悲観してしまうかもしれない。そうなると死人が出る。

「ちくしょうめ……まだまだ儲けられそうだが、仕方ない。一応、俺にも職業倫理はあるんだ。俺は夢を売る仕事なんだ。ファンに悲しい思いはさせたくない」

俺は自宅アパートに帰宅しながら、泣く泣く募金ページを消去した。

「だが、とにかくこれで当面の金の問題は解決だ。あとは当日を待つだけだな！」

「楽しみね、滝本さん。当日はおしゃれをしていってね」

「おお。俺なりに精一杯のおしゃれをしていくつもりだ。手持ちのシャツはどれも元の色が判別できなくなるまで色が褪せてるが、色なんてどうでもいい。俺の部屋にはアイロンがないが、湯を沸かしたやかんの底を使えばアイロンの代用となる。何の問題もない」

「ズボンは何を穿《は》いていくの？」

「いつものジーパンでいいだろ。裾がボロボロになっているが、ジーパンはボロいほどおしゃれだって、中学のころ誰かが教室で言ってるのを聞いたことがあるからな」

「完璧ね滝本さん！　……ってそんなわけないでしょ！」

ばしーん。レイが俺の背を叩いた。

「うっ、何をするんだ」

「もうちょっとはおしゃれしていかなきゃダメよ！」

「なんでだ！　ブルーノート東京のオフィシャルページのFAQには『ドレスコードはございません。お気軽にお越しください』って書いてあるだろ。だから別にヨレヨレのシャツでもいいんだよ！」

「よくないわよ！　その回答には続きがあるでしょ。『公演／アーティストにあわせてお洒落もお楽しみいただきますと、よりブルーノート東京でのライブを満喫いただけるかと存じます』って！　滝本さんのヨレヨレのシャツがフィットする公演／アーティストなんてこの世に存在してないわよ！」

「だったら何を着ていけばいいって言うんだ？　言っとくけどな、新しい服を買う余裕なんてこれっぽっちもないからな！」

そう叫ぶ俺を尻目に、レイはクローゼットに顔を突っ込んで奥をゴソゴソと探り、何かを引っ張り出した。

「げほっ、げほっ、なんだこれ。埃まみれじゃないか」

「スーツよ。これを着て行ってらっしゃい」

レイは埃まみれのカビ臭いスーツを俺に押し付けてきた。

瞬間、このスーツに初めて袖を通した日の記憶が、俺の脳裏に蘇った。

あれは二十一世紀が始まってすぐのこと。霞がかかったように曖昧な記憶ではあるが、うっすらと思い出せる。

そう……あの年、俺は『ネガティブハッピー・チェーンソーエッヂ』という作品で、角川学園小説大賞の特別賞を受賞した。

都心にある巨大なホテルでの授賞式に出席した俺は、そのあとの新年会で、他の受賞者と共に、錚々たる先輩クリエイターの皆様に挨拶させていただいた。

そこにはなんと、あの機動戦士ガンダムの富野由悠季監督もおり、ありがたくも二言三言、お話しさせていただいた気がする。

監督はおっしゃった。

「君たち、今は若いけどすぐに歳をとるからね。油断してたらダメだよ」

曖昧な記憶ではあるが、そんな内容のことを富野監督は我々受賞者に告げた気がする。

そのとき授賞式直後で舞い上がっていた俺は、富野監督の言葉に冷や水を浴びせられた気持ちになった。受賞直後の若者には、もうちょっと優しい言葉をかけてもいいのではないだろうか？

何言ってんだこの人。

俺には関係ねえ。

だが、富野監督が忠告してくださった通り、あっという間に時間は流れ、あのとき二十代前半だった俺は、もう四十代半ばだ。

通常であれば家庭があって、家があって、車があって、子供がいてしかるべき歳だが、俺にはそういったものは何もない。

もしあのときの俺が、富野監督の忠告を真剣に捉え、もっと時間を大切に生きていたなら、今とは違う人生を過ごせていたのだろうか？

家庭……車……そういったものを、俺も手にすることができていたというのか？

「いや……」

富野監督は、そういった地球の重力に引っ張られたようなことじゃなくて、もっと高遠なことを、俺ら受賞者に伝えようとしていたのではないか？

つまり刻《とき》の海を超えて、光に任せて飛んでみろということを伝えたかったのではないか？

そうだ……我々クリエイターは、ぼんやりと生きることなく、一生懸命に働きながら、心の光を世界の人に見せなければならないのだ。

「…………」

そんなことを思い出しつつ、俺はカビ臭いスーツ……あの授賞式に着ていった俺の一張羅に袖を通した。瞬間、そこに残ったわずかな若さが俺の中に蘇るのを感じた。

「あら、似合うじゃない滝本さん。ちょっとお腹が苦しそうだけど」

「ふん。これで今度こそ、デートに向けてのあらゆる問題が解決されたってわけだな。よし、これで行ってくるぜ！」

2

「うっ、苦しい……」

表参道駅の改札を出た俺を、突如、苦しさが襲った。

四十代になると、体にいろいろな問題が出てくるらしい。

まさかその『問題』が、このタイミングになって襲ってきたというのか？

俺は駅舎の壁に手をついて目を閉じ、己が肉体を内観した。

「手足、OK。肝臓、膵臓、脾臓に異常なし……」

五臓六腑のコンディションには特に問題はないようだ。心拍は乱れているが、Apple Watch に通知が来るほどでもない。

「となると、この苦しさは心因性のものか。ははは、それもそうだな……」

まずこの表参道という土地そのものが、俺にとってはデバフ効果を持っている。

まさか、地形にバフ効果も、デバフ効果もあるわけないだろ。この現実世界はシミュレーションRPGの名作、『タクティクスオウガ』じゃないんだ！

そんな意見もある。

しかし事実、『表参道』はその文字だけで俺の精神を削ってくる。

俺のような、川崎の工業地帯で生きている男が来てはならぬ土地に思えてならない。

つまり、心に邪念多き者が寺院という聖域を恐れるのと同様、俺という貧乏生活を送っている者にとって、表参道はそこに立っているだけでHPが奪われるフィールドなのである。

だが、そうとわかれば、このデバフに甘んじるつもりはない。

「ふんっ……！」

俺は空手修行時代に学んだ呼吸法を用い、裂帛の気合を、下腹部の臍下丹田《せいかたんでん》にチャージした。

わずかに地に足がついた気がしたので、そのままGoogleマップの案内に従って、ブルーノートに向かう。

根津美術館前の交差点で信号が変わるのを待っていると、後ろから肩を叩かれた。

振り向くと青山が立っていた。

「おっ……いつからそこに」

「駅を出たら前を滝本さんが歩いてたんで、いつ気づくかなと思いながらずっと尾行してましたよ。いつまでも気づかれないんで飽きちゃいましたけど」

「ていうか……その服、どうしたんだ？　今日はジャージじゃないのか？」

「ジャージなわけないじゃないですか！　私だってたまにはおしゃれぐらいしますよ」

彼女のシルクのブラウスが柔らかく光っていて、なんだか特別なものに見える。裾に繊細な模様が刺繍されていたが、それが何を意味しているのかは、わからない。

ジャージの代わりに穿いているスカートの布は色が深く、高そうな雰囲気を漂わせている。靴は光沢があり、ステップを踏むように横断歩道を渡るたび、キラキラと輝いてる。歩き方が、いつもより少しだけ自信に満ちているように見えたが、それは美しい靴のせいなのだろうか。

彼女の隣に並ぶと耳で小さく輝く何かが揺れていて、手首には薄い金色のブレスレットが見えた。

青山がときおり振り向いたり、手を動かしたりするごとに、日が暮れつつある歩道に小さなきらめきが軌跡を描いた。

彼女の顔もいつもと違っていた。目が大きく見えるし、唇は艶やかで、頬には自然な赤みがさしていた。

全体的に、青山がとても綺麗で、何か高級なものを身につけているようには見えたが、その詳細は俺にはわからない。

ただ、いつもとは違う夜のために、彼女なりにとても気を遣って準備をしてきたことは、はっきりと理解できた。頭がくらくらしてきた。

「…………」

やがてたどり着いたブルーノートの入り口には、今日の公演のスケジュールが貼られていた。俺たちは集まりつつある他の客と同様に、それを写真に撮ってから入り口のドアを開けた。

目の前に現れた下り階段を囲む壁一面には、ジャズの巨匠のポートレートらしき写真が、巨大なタイル状に並んでいた。彼らの表情からは、威圧感よりも音楽の喜びが伝わってくる。

階段を降りてエントランスで受付をし、さらに階段を下りると、そこが会場だった。柔らかい笑顔を湛《たた》えながらも背筋がぴんと伸びた店員さんに、予約した席まで案内してもらった。

ステージがよく見える横並びのソファ席だ。

隣席と近いので、必然的にかなり詰めて座らなければならない。先に座った青山の隣に腰を下ろすと、数センチの空気を通じて体温が伝わってきた。

前菜とシャンパンが運ばれてきて、青山と軽くグラスを触れ合わせた俺は、頭のくらくらがマックスに高まっているのを感じた。ちらりとApple Watchを見ると、心拍数が早くも危険なレベルに高まっていた。

来たことのない高級ジャズクラブで、美しい異性とデートしている……このままでは強すぎる刺激で頭がおかしくなる。

俺は平常心を取り戻すため、自分の得意とする領域についての会話を展開した。

「なあ青山さん。『アセンション』って知ってるか？」

「あれですよね。２０１２年にマヤ暦が終わって、地球と人類がすごいことになるという。私が小学生のころ、友達が目を輝かせて語ってました」

「確かに、アセンションは『次元上昇』という意味を持つスピリチュアル用語でもある。だが、それは同時にジャズ用語でもあり、これから始まるマカヤ・マクレイヴンの音楽にも密接に関係しているんだ」

俺はグラスを傾けながら、前もって調べておいた予備知識を再生した。

「マクレイヴンの父は、なんとあのジョン・コルトレーンと共に、『アセンション』というスピリチュアル・ジャズの名盤を生み出したアーチー・シェップのバンドメンバーだったんだよ」

「情報量が多過ぎてちょっと……スピリチュアル・ジャズってなんなんですか？」

「俺にもよくわからん。とにかくそういうジャズの一派があるらしい」

「ははは……なんだかキラキラーってしてそうな一派ですね」

「青山さんも、今日はなんだかキラキラしていて綺麗じゃないか」

「ふ、普通ですよ、別に……」

顔を赤らめた青山は、いつもの調子を取り戻そうとするかのように話題を前に戻した。

「それより『アセンション』の話をしてください。それは超人と何か関係があるんですか？」

「大ありだ。まず超人の俺が持っている音楽制作用シンセサイザー・プラグインの一つに『アセンション』ってものがあってな。予想通りキラキラした音が鳴らせる」

「…………」

青山がつまらなそうな顔を見せたので、俺は無駄に話を脇道に逸らすのをやめ、いわゆるスピリチュアル用語としてのアセンションについて語ろうとした。

しかしその単語は、さきほど青山が言った通り、２０１２年に瞬間最大風速を叩き出した一種の流行語であり、それを今、口に出して語るのは少し気恥ずかしいものがあった。

そこで俺は、自分の生業の一つである小説と絡めて、アセンションについて語った。

「アセンション、それは次元の上昇だ。それは個人的なものと、集団的なものの二つに大きく分類できる。古来、ＳＦ小説では、集団的なアセンションを語ることが多かった。ＳＦの金字塔、『幼年期の終り』では、人類が超人類へと進化して、宇宙を司る巨大な意志、オーバーマインドに統合されていく模様が語られる。その『幼年期の終り』を、バイオテクノロジーの観点から語り直したかのごとき作品、『ブラッド・ミュージック』では、人類が細胞融合によって一つに溶け、超意識を獲得する模様が描かれる。そのブラッド・ミュージック的想像力を日本アニメに輸入したのが、『新世紀エヴァンゲリオン』の人類補完計画である。その計画の中で、人類は身も心も一つに溶ける。それはとても気持ちいいらしい」

「すごい溶けるんですね。それがアセンションってことなんですね」

「まあそんなところだ。ちなみに溶けると、いろいろな利点がある。一つがテレパシーだ」

「テレパシー、なんだかときめきますね」

などと取り留めないことを喋っていると、本日のディナーコースの一品目、鶏胸肉と豚トロのテリーヌと、バルサミコのヴィネグレットが運ばれてきた。それは何らかの手法によって四角く固めた肉に、何らかのソースがかけられたもののようである。

俺はフォークとナイフを慎重に操作して、テリーヌを切り分けて口に運んだ。

「な、なんだこれは。うまい！　うまい！」

「おいしいですね！　私、テリーヌ好きかもです」

青山と深くうなずき合ったそのとき、マカヤ・マクレイヴンとそのバンドがステージに姿を現し、演奏を始めた。大音量でありながら、まったくうるさくない音が俺を打つ。

その圧に陶酔しながらも、俺はさきほどの話題の続きを青山に告げる必要性を感じた。

なぜならばアセンション、それこそが超人計画の中核であり、ここしばらく青山に続けている講義で伝えたい核心情報だったからである。

それを今、青山の方から聞いてきたということは、今、彼女の心に、この情報を受け取る準備が整ったと考えていいであろう。

情報とは、受け取り手が心を開いて、初めて伝えることができる。

パチンコのチューリップのごとく、青山のハートが開いたこの瞬間、俺は超人とアセンションにまつわる情報のすべてを、彼女に伝達、トランスミッションしてしまいたかった。

だが、それはもはや、俺の声というメディアによって伝えることは叶わない。

なぜならこのブルーノートは、マカヤ・マクレイヴンが放ち続けるドラムのパルスによって、完全に支配されているからである。ふと身をよじれば肌が触れ合う距離ではあるが、もう俺の声は隣の人間に届かない。

だがそれは好都合でもある。今、会場の人々の心は、音楽のビートとグルーヴによって一つになっている。それは人類補完計画が、簡易的な形ではあるが、この会場を一つにし、我々の心を一つにまとめていることを意味している。

今なら俺のテレパシーも機能するはずだ。

(きこえますか？　きこえますか？　今、あなたの心に直接話しかけています)

このようにテレパシーで呼びかけてから、そっと隣席の女性を見る。

目が合った。

音と酒に酔ったのか頬を紅潮させ、目を潤ませている青山は、俺に向かって微笑み、軽くうなずいた。

「よし……」

これはもう完全にテレパシーが通じているという判断でいいだろう。

俺は超人計画の核心について、テレパシーによるトランスミッションを始めた。

超人計画とは、まず俺が個人的にアセンションすることである。

長年、低空飛行で鬱気味の生活、つまり下向きのディセンションな生活を送っていた俺は、いわば跳躍のための力をぐっと溜めていたのである。

その力をもってして、高く飛び上がり、アセンションすれば、心はこの三次元空間を超え、四次元を超え、五次元をも超え、あの銀河コアのある七次元あたりの高みにまで上昇することができる。

因果を超えたその虚無の地平から発せられる意思によって、俺はあらゆる願いを叶えることができる。

俺の最初の願いは千年、生きることだ。

千年、生きて、プレステ２００で遊ぶ。

必ず。

だがそのような個人的な欲望は、この俺の超人計画の一面を表しているに過ぎない。

俺の超人計画の真の核心、それは、人類全体をアセンションさせ、超人化させることである。種としてのアセンション、それこそが超人計画の核心なのだ。

だが、それは一歩一歩、少しずつ進めていかなくてはならない。なぜなら人類はまだ、そのことを恐れているからである。

その証拠に、人類の無意識を鏡のように反映したＳＦ小説では、繰り返しアセンションへの恐怖と嫌悪が語られてきた。

この次元を超えて、ワンネスと融合した存在は、人間味を失った気持ち悪いモンスターへと変貌してしまう。そんなことが繰り返し、繰り返し、飽きるほど物語の中で語られてきた。

だがちょっと待ってほしい。

この俺を見てほしい。

すでに俺は、『幼年期の終り』で語られた超人類よりも高い意識レベルに進化している。なぜなら俺は意識の高い超人だからだ。

それに俺は、『ブラッド・ミュージック』や、『新世紀エヴァンゲリオン』の『人類補完計画』で描かれた統一意識よりも、さらに広大な意識にアクセスしており、それに半ば融合している。なぜなら俺は、広く高く美しい精神を持つ超人だからだ。

しかしそれでいて、俺は人間味を失った気持ち悪いモンスターに変貌していない。

むしろ俺という存在のキモさは少しずつ減じており、その代わりに爽やかさが増えている。

この前、スタバに行った時も、以前のように挙動不審に口籠ることなく、爽やかな笑顔と共に、店員さんにコーヒーを頼むことができた。

むろんそうは言っても、人間が『完成』に至ることなど永久にない。

それゆえ俺は、今もいくらかはキモい存在ではあるだろう。それは認めよう。

だが、そんなにはキモくないはずだ。

俺なりに身だしなみにも気をつけてるからな。このスーツも、決してこの高級ジャズクラブで浮いてないはずだ。

たぶん……。

大丈夫だよな……？

などと考えていると、自意識過剰のせいでワンネスとのシンクロ率が薄れ、テレパシーが弱まってきた。

俺はもう一度、意識を適切な状態にセッティングしなおすため、マカヤ・マクレイヴンの音楽に耳を澄ませた。

それはめちゃめちゃ複雑なリズムでありながら、自然にノレる音楽だ。細かく刻まれるビートの背後に、巨大な山のごとき堅牢なグルーヴがある。

どんな魔術的な作用によってこの音楽が構築されているのか不思議に思ったが、あらゆるアートを生み出すのはアーティストの意図であり、不断の努力と試行錯誤である。

そのような人間の意志の結晶のごとき尊い音楽を、こんなゆったりと気持ちのいいテーブルで、美女と一緒にうまい飯を食いながら味わえるとは、なんていう贅沢だろう。

ローマ貴族でも、こんな贅沢は味わったことがないだろう。

この幸福、この豊かさ、そしてこの陶酔……俺は青山と目を合わせ、うっとりとしたこの感覚に意識をチューニングすると、またワンネスへと気持ちを拡大させた。

そしてその中で、隣の青山とつながり、さらには遠い未来の青山とつながった。

未来のある一点でアセンションを終えて超人と化し、究極進化を果たしている青山の、その美しく巨大な精神を、今このブルーノート東京のペアシートで、音に合わせて小さく体を震わせている若者の脳に接続した。

他人にこのような超人化の儀式を勝手に施していいのか、いくらかの倫理的な迷いはあった。だが、すでに青山からは五万円と共に、『超人になりたい』という意思を口頭で受け取っている。それゆえコンプライアンスには違反していないだろう。

曲の合間にテーブルに置かれたメインディッシュと、その後の甘いデザートを慎重にナイフとフォークで口に運びながら、さらに俺は青山にテレパシーで伝えた。

超人となるための非言語的な情報と、重力を振り切って超えて飛び上がり、高くアセンションするためのエネルギーを、俺は時間いっぱいトランスミッションした。

その目に見えない微細な情報は音楽と親和性が高く、それはするすると青山の心に、水が砂に染み込むように吸収され、受容されていった。

＊

ライブが終わった。

ブルーノートを出た俺と青山は、駅前のルノアールに向かい、そこでライブの感想を興奮のままに伝え合った。

それを一言でまとめると、『マカヤ・マクレイヴンはすごい』というものであった。

コーヒーのあとに無料で出てきたお茶を一口飲んだあたりで、やっとライブの興奮が収まってきた。

すると今度は、目の前にいる美女に対する動物的な興奮が、俺の中にふつふつと湧き上がってきた。

(これはよくないな。キモいところを見せる前に、今日はさっさと帰ろう。終電も近くなってきたしな)

俺は椅子から腰を浮かせた。

そのとき青山が、正面から俺をじっと見つめてきた。

視線を逸らそうとするが、その瞳に惹きつけられて、目を離せない。

「ところで滝本さん」

「……ん」

「このあと、私の家、来ませんか？」

どくんどくんと俺の心臓が強く脈を打ち始めるのと同時にスマホが震え、レイから以下のテキストが送られてきた。

レイちゃんの知恵袋　その11

『飛び込んでみる』

お昼ご飯を選ぶとき、二つの選択肢があるとします。

一つは通い慣れた街の定食屋さん。

そこでは、いつもの定食を食べることができます。リーズナブルだし、味に不満はありません。ここに入ると百パーセント、まず間違いのないお昼ご飯をいただくことができます。

もう一つは、新しくできた謎のレストラン。

謎のレストランには、ゲーミングカラーの暖簾《のれん》がかかっており、わずかに開いたドアの隙間からは、紫色の光と、不思議な香りの煙が漏れ出しています。

そもそも本当にそれはレストランなのでしょうか？　前提さえ疑わしくなる怪しいお店ですが、ちょっと心惹かれている自分がいます。

こんな二つの選択肢が与えられたとき、あなたはどうしますか？

いつもの定食屋さんで、いつもの定食を食べることは、何も間違っていません。人間、ルーティーンを繰り返すことも、ときには大事です。

人間はいつもの慣れた行動を繰り返すことで、自分の心を安定させられるのですから。

でも人間、安心安全の行動ばかりしていたら、ダメです。人間、たまには怪しいところに飛び込んでいかなきゃダメです。

だから滝本さん、迷ったら前に進んでください。

選択肢が二つあって、慣れてるものと、怪しくて危険そうだけど心惹かれるものがあったなら、後者の方に飛び込んでください。

少なくとも、一週間に一回は、リスクをとってください。

やったことがないことをやって、人生を広げてください。

そこにたくさんの宝物があります。

まだ見つけていないその宝物を探しに行って、それを両手いっぱいに受け取ってください。

だって人生は、あなたが冒険して楽しむためにあるんですから。あなたが受け取るべき、たくさんのいいものが、まだまだ無限に隠されているんですから！

勇気を出して、入ったことのないお店に入ってみて、そこで『謎定食』を食べてみましょう。

美味しいですよ！

第十二話
ザ・タワー

1

「このあと、私の家、来ませんか?」

謎の美女、青山はそう言った。

ライブ鑑賞の興奮がいまだ心の中に燃えているのか、彼女の瞳は潤んだような輝きを発している。

俺は「うん、行く」と即答しそうになった。

いけない。

もう夜遅い。

今から青山の家に行ったりすれば、確実に終電を逃してしまう。

タクシーで帰る金はないし、ファミレスで夜を明かす体力も残っていない。

俺は大人なのだから、分別を持たねば。

「…………」

もごもごと口の中で非言語的な音を発した俺は、とりあえずルノアールを出て表参道駅に向かった。

駅舎の改札前で青山は言った。

「家に来てください。お礼がしたいんです」

「おっ、お礼？」

「滝本さんは貧乏なのに、こんな豊かな気持ちになれるライブに私を連れてきてくれたじゃないですか。報いたいんです」

「そうは言われてもな」

青山が住む、あの昭和感のある木造アパートに行ったら、せっかくの豊かな気持ちが冷たい隙間風によって上書きされそうだ。

だいたい人間関係というものは、距離を詰めればいいというものではない。

俺のような大人になると、ほどよい距離感を保つことの大切さが身に染みてわかってくるものである。

「ちょっと時間が……」

「いいから来てください、歩きましょう！」

青山の内部では、すでに何かの決意が固まっているらしかった。彼女は決然と踵を返して駅舎を出ていった。

「…………」

俺は青山の背中を追った。

2

シャツのボタンを一つ外し、夜風を浴びて歩く。体の熱が少しずつ冷やされていく。

「なかなか気持ちいいな。確かに歩いて正解かもしれない」

「私はちょっと歩きにくいですけどね」

青山はハイヒールに目を落とした。

「歩こうって言ったのは青山さんだろう」

「そうですけど、それが何か」

「仮にいつものスニーカーだとしても、そもそも表参道から下北沢まで歩くなんて無理じゃないのか？」

「誰が下北沢に行くって言いました？」

「えっ？　それじゃどこに行くんだ？　どこに行くにしても俺は金がないからな」

「わかってますよ！」

青山はまた根津美術館前の交差点を渡ると、今度はブルーノート方面に向かって右折せず、直進して北坂に入った。

さらにそのまま夜道を歩くこと十数分、首都高の高架が見えてきたところで青山は左折した。

土地勘がないため、ふわふわと夢の中を歩いているような気分でいたが、ふと目に入った看板によると、どうやら俺は今、六本木通りを歩いているらしい。

「はあ、六本木？　そんなところに何の用事があるっていうんだ」

六本木と言えば、俺の中では表参道よりも、さらに縁遠い土地として有名である。できれば近寄らずに過ごしたい。なのに青山は六本木の中心地たるあの六本木ヒルズに、確固たる目的意識を感じさせる足取りで近づいていく。

「…………」

俺の中に、分不相応な土地に侵入してしまった罪悪感が高まっていく。

このような金持ちの住む街を俺が歩いたら、俺が放射している貧乏人のオーラのせいで地価が下がりそうだ。

俺は青山の背に向かって小さな声を発した。

「早く下北に行こうぜ」

「行きませんよ。あっちです」

「なあ、本当に俺たちはどこに向かってるんだ？　どこに入るにも金がないぞ」

心細さのあまり泣きそうな声を発してしまう。

折しも六本木ヒルズの広場では、世界各国のビールを飲めるイベントが開催されており、もう夜遅いというのにＤＪが景気のいいクラブミュージックを響かせている。だが俺はビールを飲む金もないし、広場を取り囲む高級ブランド店で靴下一つ買う金もない。

もう耐えられない！

これ以上、六本木にいたら、自分の貧しさを直視してしまう！

そうなると、激しい自己不信に襲われてしまう！

『俺はすでに超人なのさ』などと言ってみたところで、俺は現実的にはただの四十を超えた貧乏な男なのだ！

そんな現実を直視したら、積み上げてきたつもりの超人理論と、それに基づく『千年生きる』というライフプラン、そのすべてが台風に襲われた藁の家のごとく瓦解してしまう。

「はあ……はあ……やばい、これはやばいぞ」

「もう疲れたんですか。三十分も歩いてないじゃないですか。弱くないですか？」

「ちょっとメンタルが……うう……」

こういうときのために、昔の俺は、ポケットに常に何種類かの精神安定剤を持ち歩いていた。

精神安定剤、それは文字通り精神を安定させてくれる薬で、名前は確かデパスとかレキソタンとか言ったか。

都立家政の心療内科で処方されるあの錠剤が、今こそ必要だ。

だというのに、ポケットの中にも鞄の中にも錠剤は見つからない。

どうすればいいんだ？

そもそもなぜ俺は、精神安定剤を処方してもらうことをやめてしまったんだ？

その答えは簡単である。

あるときから俺の精神は、どれだけ揺らいでもすぐ自動的に安定するようになったからである。

今もやはり、全自動で精神安定機構が働き、俺のメンタルのブレは収まった。

いつもの大木のごとき安定性を取り戻した俺は、ため息をついた。

「ふう……危なかったぜ」

「何の話ですか？　もうすぐ着きますよ」

六本木ヒルズの広場を抜けた青山は、さくら坂なるわずかに傾斜した道に俺を導いた。

「はい、お疲れ様です。着きましたよ」

「なんだ。ここはただの坂じゃないか」

「春になると桜が綺麗なんですよね」

「もう秋だから、今は何も綺麗じゃないぞ」

「櫻坂46ってアイドルグループの名前の由来はこの坂なんですよ」

青山はさくら坂の脇に立つ巨大タワーマンションを背に、なんだか要領を得ないことをぶつぶつと呟いていた。

「青山さん、もしかしてアイドルとか好きなのか？」

「好きでしたね。ていうか、高校に上がるまでは目指してましたね。私、運動神経もあるし歌もうまいので」

「お、いいじゃないか。似合いそうだぞ」

「私、高校、やめちゃったんです。そのときアイドルも、私には無理だとわかりました」

「…………」

急に重い話をされ、俺は押し黙った。

俺の脳裏に現代社会の闇……イジメとかそういった類の陰惨なヴィジョンがよぎっていく。

だがありがたいことに、青山が学校をやめた理由は、そう言った話とはまた別のものらしかった。

「座ってられなくて」

「え？」

「私、教室の椅子に長い間、じっと座ってられないんです」

「そんなことで学校やめちゃったのか？」

「そういうことになりますね」

「もしかして、あれか？　いわゆる……ＩＳＤＮじゃなくてＡＤＳＬじゃなくて、ＨＤＭＩでもなくて」

「わざと言ってるでしょう。そうです、私、ADHDの気があるんです。ちょっとでも退屈だと、もうじっとしてられないし、人との共同作業なんて本当に嫌だし……だから私、自分一人で興味が持てることをやろうとして……」

ここで青山は口をつぐむと、かなり長い間、じっと押し黙り、ふいに俺に背を向けた。

「長話もあれですから、中に入りましょうか」

「中？　中とは？」

「軽蔑しないでほしいんですけど。実は私、お金持ちなんです」

青山はさくら坂の脇に聳え立つタワーマンション、六本木ヒルズレジデンスを見上げた。

3

テラコッタの外壁が特徴的な六本木ヒルズレジデンス、そのガラス張りのファサードを見上げた俺は、まるで別世界の入り口に立っているような感覚に襲われた。

東京の数ある高級タワーマンションの中でも、特に有名な象徴的存在であるこのマンション、その先端は夜空の星にまで届いているかに見え、雄大さに足が震え出す。

一方、青山は何気なくエントランスの自動ドアを潜っていく。

俺はなんとか彼女の後を追った。

瞬間、光沢を放つ床と洗練されたインテリアが、俺をその風格によって圧倒した。

空間が贅沢に使われたエントランスには、静寂と落ち着きが共存しており、その中を歩く自分の足音すら、どこか遠いものに感じられる。

フロントのスタッフは青山に気づくと、微笑みを浮かべて会釈した。

俺は青山の背に隠れるようにフロントを通り過ぎ、エレベーターに乗り込んだ。

「…………」

加速するエレベーターの中で、自分の心を鎮めることに専念する。

だが、なかなか精神は安定しない。

あの貧乏の代名詞の青山が、まさかこんな高級マンションに住んでいる金持ちだったとは。

慣れ親しんでいたはずの人間が、実は恐るべきモンスターだったと明かされた瞬間に生ずる実存的な恐怖に俺は襲われた。

その恐怖を浄化するためのリソースを脳内に探す。

見つかった。

近年の極貧生活で完全に忘れていたが、俺も昔は金持ちと親しく交流したことがあった。

その交流の中で俺は知ったのである。

金持ちも、俺と何も変わらない普通の人間であることを。

それだけじゃない。

タワーマンションはただの部屋であることを、俺は実体験として悟ったのである。

＊

平成後期、二十代後半だった俺の小説がメディアミックスされ、それに伴って莫大な金が俺の銀行口座に流入してきた。

人は身の丈に合わない金を得たとき、心理的なバランスを取るため、その金を無駄遣いしがちである。

俺も例に漏れず、スピーディにその金をドブに捨て始めた。

すなわち……毎日、ピザなどの出前を注文し、自堕落にそれを飲み食いしつつ、パチンコ屋に行ってエヴァのパチンコ台に万札を湯水のように飲ませるという異常行動を繰り返した。

さらに凄まじい賃料のテラスハウス……地下室と屋上付きのデザイナーズ物件に引っ越した。

一方、そのとき俺の精神は、人生で最低レベルの鬱度を記録しており、俺のクリエイティビティもまた、人生最悪の地獄的スランプによって阻害されており、新作を書けぬまま、ただ金を浪費する日々が続いた。

するとどうだろう?

無限に流入し続けるかに思われた金の振り込みは、徐々にその勢いを落とし、俺の預金はゼロに近づいていった。

激しい不安に駆られた俺は美しいデザイナーズ物件を引き払い、沼袋の賃料四万円のボロアパートに引っ越した。

そのアパートでは毎夜、斜向かいの部屋に住む男が絶叫を放った。

また、向かいの部屋からは、乳幼児の泣き声が昼夜を問わず響いてきた。

さらに換気扇の設計がそもそも狂っており、隣室の者が料理をしたりシャワーを浴びたりすると、その排気がすべて俺の部屋に流れ込んできた。

しかも、四畳もないその部屋で寝るには、危険な梯子を登ってロフトに上がる必要があった。

エアコンが顔の真上に位置するあの寝苦しいロフトで、俺は四方からの騒音に苦しめられながら決意した。

こうなったら一刻も早く超人になるしかない。

超人になって、この八方塞がりの状況を打破するのだ！

そこで俺は、超人になるための修行を本格的に始めた。

まずはロフトの敷布団を捨て、楽天で『睡眠用木の板』を買った。

それは、敷布団という柔いものに寝ると背骨が歪み、心も歪み、それによって脊椎基底部に眠る神秘の生命の炎、クンダリニーの覚醒が妨げられるという怪しい理論をネットで読んだためである。

さらに俺は楽天で『木の枕』を取り寄せた。

それは、ふかふかの枕などという甘ったれたものを使っていると、延髄が歪んで人間性も歪むという怪しい理論をネットで読んだためである。

木の板は冷たく、木の枕は後頭部が痛かった。

だが、そのような臥薪嘗胆的な生活を送りながら、真面目に超人になるための修行を続けていると、奇跡が起きた。

ある朝、目が覚めて眼鏡をかけると、世界がぼやけていた。

また視力が悪くなってしまったのか。新しい眼鏡を作らなければ。

やれやれ、とため息をついた俺は、度が合わなくなった眼鏡を外した。

すると不思議なことに、なぜか世界がくっきりと見えた。

そう……俺の視力はいつの間にか、眼鏡を必要とせぬほどに回復していたのである。

十歳から近視で眼鏡をかけていた俺の視力が、三十になって、謎の力で回復してしまったのである。

免許も眼鏡なしで更新できた。

俺はこの不思議な現象の意味を考えた。

やがて俺は、明瞭なる真理にたどり着いた。

そう！

ついに俺は超人となることに成功したのだ！

考えてみれば、超人とは、意思によって自らの世界を書き換える力を持つ者である。視力ぐらい癒えても不思議はない。

むしろ俺がその気になれば、視力だけでなく、各種のメンタル的な不調すら、超人の力によって癒せるに違いない。

そこで俺は、自らの『生きづらさ』を癒すことにした。

俺は人混みが苦手だ。飲み会や電車も苦手だ。

これは現在では『繊細すぎる人』、すなわちＨＳＰ、いわゆるハイリー・センシティブ・パーソンと呼ばれている性質である。

これを超人の力によって滅してみよう。

俺は超人の力を発動し、生きづらさにダイレクトアタックをかけた。だが、なかなかどうして、生きづらさは消えていかなかった。

そこで俺はネットで『繊細』『生きづらさ』『解決』というワードで検索した。

すると『繊細さんの生きづらさ克服セミナー』なるものが見つかった。俺はわずかな残金をかき集めて、セミナーに申し込んだ。

するとそこには、俺の目を強く引きつける魅力的な受講者がいた。

俺は勇気を出して、その受講者に話しかけてみた。

その受講者は『神秘研究家』と自らを紹介した。

なんでも西洋と東洋の、あらゆる神秘思想を研究しているとのことである。

俺は生きづらさ克服セミナーなどよりも、神秘研究家が放つ魅力的な神秘のオーラの虜になっていた。

セミナーが終わった後、俺は喫煙所で細いタバコに火をつける研究家に頭を下げた。

『お、俺にも教えてくれませんか？　あなたが研究してきた神秘を』

『いいでしょう。私は研究の実証のため、市井の人々に「神秘の秘蹟」を提供しています。ですがその事業は、私にとって面倒が多いものです。もしあなたが、私が苦手とする事務や接客やお茶出しやホームページ作りなどを手伝ってくれるなら、教えてあげましょう。私が長年の研究によって得た神秘の深奥を』

こうして俺は、『神秘の秘蹟』を手伝うことになったのである。

「しかも住み込みでだ。なんとあの神秘研究家は、とてつもない資産家で、ここに勝るとも劣らない都心のタワーマンションに住んでいたんだ。そんな奴でも『生きづらさ』を抱えて怪しいセミナーに行くなんて、笑っちゃうよな、ははは」

ヒルズレジデンスのエレベーターは、三十階を超えてもまだ上昇を続けていた。

昔話をする俺に背を向けたまま、青山は言った。

「な、なんなんですか、その訳のわからないエピソードは。神秘研究家って。ぜんぜん現実味がないんですけど」

「現実味がなくても、本当のことなんだから仕方ないだろ。とにかく俺はその神秘研究家の家……すなわち都心のタワーマンションに住み込んで、『神秘の秘蹟』を手伝ったんだよ。もう十年ぐらい前の話で、記憶は怪しいがな」

「結構、最近のことじゃないですか。変な記憶障害が起きてないですか？」

「たまに魚を食べるから脳は健康だ。とにかく俺が言いたいのは……タワマンごときに、この俺がビビると思うなよ、ってことだ」

「べ、別にそんなこと思ってませんよ」

「確かに俺は、北の村から出てきた野卑な田舎の男だがな。東京のタワマンぐらい怖くないいんだよ！」

「はは……北の村って、そんな」

「本当に『北村』っていうんだよ。俺の実家の住所はな。冬は雪が積もって寒いぞ。裏の畑でかまくらを作って遊ぶんだ」

「素敵じゃないですか……こっちです」

最上階近くでエレベーターは止まった。青山は廊下の突き当たりの部屋に俺を導いた。

ドアを潜り、リビングに足を踏み入れると、俺は目の前に広がる光景に圧倒され、思わず息を呑んだ。

「おお……」

壁全面を覆う巨大な窓の向こう、夜空の下に東京タワーが輝いている。いつも下から見上げていたあの赤いタワーが、この部屋からは同じ目線に見える。

俺はあまりのラグジュアリーさに口を半開きにしながら、室内を見回した。

立食パーティができそうな圧巻の広さのリビングに、現代的なインテリアがセンスよくセッティングされている。

「なんだこれは……床には柔らかいカーペットが敷かれていて、ベージュの長い毛足が温もりを感じさせるじゃないか！」

「ＩＫＥＡで買ってきたんです。一人で行ったんでカートに載せるの大変でしたよ」

「なんだ、ＩＫＥＡか。意外に普通だな」

しかし全体がセンスよく配置されているためか、価格以上のバリューが感じられる。

巨大なソファの周りには、アートっぽいカバーの本や、小さな模型のロードバイクが丁寧に飾られている。

壁には抽象画が掛けられ、カラフルな色彩が部屋に活力を与えている。

「せっかくなのでこっちも見ていってください」

案内されるまま隣室に足を踏み入れると、そこは書庫として使われているようで、壁一面の本棚が俺を圧倒した。

よく見ると小説は一冊も見当たらず、虫や動物がカバーを飾る参考書のごとき本ばかりが並んでいる。

「どの本にも『オライリー』って書いてるな」

「この出版社、好きなんです。仕事に役立つから読むってところもありますが、新刊が出ると、ついなんでも買っちゃいますね。最近だとこれが面白かったですよ。よかったら貸します」

青山は『Python ではじめるオープンエンドな進化的アルゴリズム』というタイトルの本を

俺に渡した。

かわいいウサギの絵がカバーなのに、そのタイトルが意味するものを俺は何一つ理解できない。

俺は本を棚にさりげなく戻しながら聞いた。

「仕事に役立つ？　青山さんの仕事は倉庫での軽作業だろ。こんな本がどう役立つんだ？」

「私、倉庫以外でもいろいろ働いてるんですよ」

青山は書庫を出ると、もう一つ隣の部屋に俺を案内した。

そこは最初真っ暗だったが、青山がスマートフォンを操作すると、部屋の各所に配置された間接照明やリボンライトが青白い光を発し、巨大なディスプレイを照らした。

「なんだここは？　秘密のゲーミング部屋か？」

「違いますよ！　私の仕事部屋です。私の本業は……」

「こ、これは、アーロンチェアじゃないか！　アーロンチェアじゃないか！」

「なんでそんなにアーロンチェアに反応するんですか！」

「アーロンチェア、それは在宅で仕事する者にとっての聖杯だ。これさえあれば無限にデスクワークができるし、腰や肩を痛めずに済む」

この機能的なフォルム、見ているだけで腰が楽になっていく。だが、いつまでも椅子を鑑賞しているわけにもいかない。

「よし、仕事場も拝見したし、そろそろ遊ぼうぜ。プレステはあるか？　俺は4しか持ってないから、そろそろ5をプレイしてみたいんだ」

「ないです。ゲーム機なんて置いてないです！」

「それじゃあれだ。ここまで歩いて腹が減ったから、何か食べようぜ」

「……作りますよ、何がいいですか？」

「うどんが食べたいんだが、ないよなそんなもの」

キッチンに向かった青山は冷凍庫を開けた。そこには各種冷凍食品と共に、いくつものうどん玉がストックされていた。

俺はキッチンを観察した。

「おっ。このシンクは生ゴミをブレードによって破砕してそのまま流せる、ディスポーザー付きのものじゃないか。初めて見たぞ。しかも食器洗い乾燥機までビルトインされているとは」

「そんなことより滝本さん……何か私に言いたいことはないんですか？」

青山は鍋でうどんを茹で、別の鍋に大量の鰹節を投入して出汁を取りつつ、かなりイライラした口調を俺に向けた。

俺は慎重に、青山の謎の核心に触れる言葉を吐いた。

「青山さん……どうやら本業の実入りはいいようだな」

青山は電気調理器を止めた。

「軽蔑しましたよね？　私がこんなにお金持ちで」

「別にそんなことで軽蔑しないが……なんで隠してたんだ？」

「隠すつもりはなかったんですよ。倉庫で働いてアパート代を稼ぐ私も、私です」

「こんなタワマンに住む金があるのに、どうして倉庫なんかで軽作業を……」

「話せば長くなりますよ」

「じゃあいいや」

「じゃあいいやじゃないですよ！　ここまで来たら聞いてくださいよ、私の話！」

「わかったよ。聞くよ。ただその……」

「なんですか？」

「うどん、のびるぞ」

「手伝ってください！」

青山はうどんの鍋を俺に渡すと、戸棚からザルを取り出してシンクに置いた。俺はそのザルにうどんをあけ、湯を切って丼に二等分して入れた。

青山は冷凍庫から小分けの刻みネギを取り出し、うどんに載せ、そこに出汁をかけた。湯気が二人の間に立ちこめる。

「いただきます」

思いがけずありつけた素晴らしい夜食に、テーブルで手を合わせたそのとき、俺のスマホが震えた。

そこにはレイからの長文メッセージが表示されていた。

レイちゃんの知恵袋　その12
『人の言葉に耳を傾ける』
滝本さん！　デートはうまくいっていますか？
人間女性とデートするにあたっての、私からのアドバイス、それは『自分から前に出ていけ！』ということです。

なぜかって？

それはですね。滝本さんはいつも、願っていますね？

（ものすごい積極的な女性が俺の目の前に現れて、奥手な俺にグイグイと迫ってきてくれないかなあ）

なんてことを、もう三十年もずっと考えていますね？

でも受け身なだけでは、永久に面白いことは起こりませんよ！

拒絶されるのが不安な気持ちもわかります。でも、いざデートをするのなら、自分から前に出て、一歩ずつ距離を縮めていくのが大事なんです。

勇気を出して、一歩ずつ、前に、前に！

ですが、ときには引くことも心がけましょう。

あらゆる他の物事と同様、人間関係も陰と陽からできています。つまり、こちらから積極的に前に出ていくときもあれば、受動的に相手を受け入れるべきときもあるんです。

そのときは、じっと受け身になって、心を空っぽにして、相手の話を聞いてください。相手の人生の物語を吸収してあげてください。

聞くとは、単に音を聞くだけのことではありませんよ。それは相手の言葉を深く理解し、そのときの感情にまで思いを馳せる行為なんです。

興味と共感を持って、相手の言葉に耳を傾けましょう。

相手の目を見て、うなずきながら、相手の言葉に反応を示してあげましょう。

ときどきは、自分の感想を素直に伝えましょう。それが呼び水となって、相手はもっと深く、自分のことを話してくれます。

もちろん、素直に話を聞くのが難しいときもあるでしょう。

特に滝本さんのように、自分の理屈で頭がいっぱいになっている人は、他者の考えを受け付けず、それを間違ったものとして冷たく拒絶する傾向があります。

自分の物差しで勝手に他人を測って、他人を理解した気になる傾向があります。

いけませんよ！

そんなことをしていたら、滝本さんは偏屈おじさんになって、誰からも愛されず惨めな一生を終えることになります！

ですから人の話を聞くときは、自分の理屈を一旦、横に置いてください。耳を傾けるだけでなく、心も大きく開いてください。

相手の世界をまっすぐ心に受け入れ、その人が存在することへの感謝の気持ちを持ってください。

そうすれば、きっといい友達ができますよ！

第十三話
六本木に生きる

1

タワーマンション最上階近く、その見晴らし絶景な部屋で、俺はうどんを食っていた。

窓の外には電子回路のごとき夜景が広がり、テーブルの隣には美女がいて、俺と同様にうどんを啜っている。

「一緒に作って食べると美味しいですね」

「あ、ああ……」

どうやら気づかぬうちに、俺はこの世のすべてを手に入れていたらしい。

超人になると、こういうことはよくある。

なぜなら……超人の精神は人間を遥かに超えた巨大なもの、すなわちこの宇宙および、その基底としての『存在』そのものと一体化しているからである。そんな男の下には、望ましいものが大宇宙から次から次へと送られてくる。

だがその一方で、俺の一般人間男性としての直感が告げている。

すなわち……この世の中、そんなうまい話は転がっていない。この世のすべては等価交換によって成り立っている。無償なものなど、この世にはない。

「…………」

　タワマンで美女とうどんを食うというアクティビティに値を付けるとしたら、それは俺の支払い能力を遥かに超えて高額なものに違いない。

　金で対価が払えぬなら、なんらかの精神的な価値を提供するしかない。

　俺は割り箸をテーブルに置くと、カウンセリングモードに自らの意識を切り替え、傾聴の姿勢をとった。

「では……そろそろ話してもらおうか」

　さきほどレイから送られてきたテキストにもある通り、まっすぐ他人の物語に耳を傾けることは、他者への価値あるサービスとなる。

　それを提供することで、タワマン美女うどんの対価とさせてもらいたい。

　青山も箸を置くと話し始めた。自分の人生の物語を。

＊

　青山の話は意外に早く終わった。俺は丼を食洗機に突っ込むなど、夜食の後片付けをしながら聞いた。

「つまり要約すると、青山さんは生まれながらに天才、いわゆる『ギフテッド』だったってことか？」

「ええ。自分で言うのも恥ずかしい話ですが。あ、食洗機の洗剤はそこの戸棚です」

「ＩＱが違いすぎて学校に馴染めず、集団の中で生きていくことを早々に諦めた青山さんは、十代のうちから自分一人で生きていくことを決意し、事業を起こして金を稼いだってことか？」

「ええ。最初はそんなに上手くいかず、三つ目に作ったアプリでようやく軌道に乗れました」

「その事業を売却して得た金をさらに運用することで、使いきれぬ額の金が今も増え続けている、と」

「私、結構お金を増やすのが得意みたいなんですよ。使うのはあまり得意じゃないんですけどね」

洋服などにも興味はなく、本日のブルーノートでの出で立ちは、伊勢丹のパーソナルコンサルティングサービスを利用して、靴から服まで全部コーディネートしてもらったものだという。

「パーソナルカラーや骨格を診断してもらった上で、デパート中をぐるぐる巡って親身に選んでもらえるので、おしゃれが苦手そうな滝本さんにもおすすめですよ」

「使ってみたいが、今の俺の手持ちでは靴下一足くらいしか買えないからな……って、俺の話はいいよ、気持ちが暗くなる。それよりなんでそんな高い能力を持つ人間が、軽作業バイトなんかしてるんだ？」

瞬間、青山は、かつて見たことのない怒りの形相を浮かべた。

「滝本さん！　あなた軽作業を馬鹿にしてるんですか！」

「え？　いや、別にそういうわけでは……」

「ああいうエッセンシャルワーカーの方々がいるから、こういう贅沢な生活が成り立っているんですよ！」

青山はラグジュアリーな室内と窓の外の光を手で示した。

「滝本さんがさっき食べたうどんだって、軽作業労働がなければ、流通が滞って食べられないんですよ！」

「で、でも……明らかに能力の無駄遣いだろ。若くして事業を起こす力のある青山さんが、段ボールを右から左に運んだりするのは、日本にとっての損失だろ。そんなことしてる暇があるなら、自分の能力を活かして働けよ」

「滝本さんだって倉庫で働いてるじゃないですか！　それは私は素晴らしいことだと思いますよ。人間は自分の身を粉にして働かなきゃいけないんですよ。滝本さんは偉いですよ！」

「そ、そうか」

俺は照れて頭をかいた。

「社会の底で皆の生活を支える仕事に従事している滝本さんのことは、本当に私、尊敬しています。ですから私、個人的にお礼をしたいんです」

「ああ、うどん、美味しかったぞ」

「ぜんぜん足りません。もっともっとお礼をしたいんです」

俺は腹をさすった。

「まあもう一玉くらいならギリギリいけるかな」

「私……本当はお金持ちだったんです。騙してごめんなさい。ごめんなさい。ごめんなさい」

そんなことをぶつぶつ呟きながら、青山はまたキッチンに立つと、本当にうどんをもう一玉、茹で始めた。

しばらくしてテーブルに丼が置かれたので、ずるずるとうどんを啜っていると、青山は不安げな顔を向けてきた。

「許してくれますか？」

わけのわからぬまま俺がうなずくと、青山はぱっと顔を輝かせ、ポケットから何かのキーを取り出すとテーブルに置いた。

「だったら私のお礼、もっと受け取ってくださいね。まずはこれをどうぞ」

「これは？」

「合鍵です。住んでください。この部屋に」

2

六本木ヒルズレジデンスから歩いて五分のところに、麻布十番という土地がある。俺の田舎者コンプレックスを刺激することにかけては、六本木に勝るとも劣らない地名である。

だが麻布十番は、ちょっと昭和のおもかげの残る商店街があったりして、意外にも居心地が良かった。

夕食の買い出しに使うスーパーや、ほっとする味のサイフォン式コーヒーが飲める喫茶店など、いくつか行きつけの店もできた。

スーパーには高額な自然食品が多く並び、喫茶店の『懐かしのナポリタン』は二千円近くする。それら、俺の家計を一撃で破壊する高額商品を慎重に避けさえすれば、この六本木の地で生きていくことは可能に思えた。

むろん、サイフォン式コーヒーも六百円と高額であり、それは一杯でも俺の家計に極めて大きなインパクトをもたらす。だが、ヒルズレジデンスでの生活では食費を青山が出してくれることが多く、それによって浮いた金で、俺は贅沢にも一日一杯、コーヒーを飲んでしまうのだった。

昨夜は、江戸時代から続く更科そばの名店に連れていってもらった。金持ちであることを隠さなくなった青山は、ことさらに無駄な浪費をするということはなかったが、かといって出費を惜しむこともなく、連日のように俺に外食を与えた。

『どうせジャンクフードに汚染された俺の舌では、何を食ってもわからん。特にそばなんていう繊細な味のものは』

『いいから食べてみてください、このおそば』

『こっ、これは……白く輝くそばをたぐると、上品な香りと甘みがほのかに漂い、出汁の旨みが凝縮されたつゆと舌触りのよい麺が、口の中でハーモニーを奏でる。たまらない美味しさじゃないか！』

『気に入ってもらえたみたいですね。もう一枚追加しちゃいましょう！』

俺と青山は大食い競争のように更科そばを食べ続けた。

夜、胃腸に大きな負担を抱えた俺たちは、リビングのソファで消化の時間を持った。なんとかそばが消化されたころ、青山はデパートでの搬入バイトに出かけていった。バイト後はヒルズレジデンスには戻らず、これまでと同様、下北沢近くのボロアパートで寝るという。

「…………」

俺も夜にはバイトがあった。終電間際に川崎に向かい、いつもの夜の倉庫に向かった。

明け方にバイトを終え、川崎のアパートで一眠りした俺は、『人間女性との持続的な交際のためのチェックリスト』をレイに繰り返し叩き込まれてから、昼過ぎに六本木に戻ってきた。

ヒルズレジデンスのリビングで、ライフワークである音楽制作と小説執筆に勤しむ。気持ちが疲れてきたころに部屋を出て、麻布十番の喫茶店に向かい、コーヒーを飲みながらの作業へと移行する。

「よし、今日はなかなか仕事が進んだな」

日が暮れる頃には、ここ数年書き続けてきた長編小説の最終章が終わりそうになっていた。このまま最後まで一気に書き続けるという選択肢もあったが、今夜は約束通り、俺が青山に食事を振る舞いたい。

執筆したテキストをクラウドサーバーに慎重に保存した俺は、喫茶店を出てスーパーに向かった。

「さてと、何を作るか」

俺の創作料理は極貧の一人暮らしにチューニングされているため、大衆性に乏しい。そこで、創造性には欠けるが、安定感のある鍋料理を作っていくことにする。

「鍋……その中でも特にシンプルなものの一つが『常夜鍋』だ。材料は生姜、ニンニク、ほうれん草、薄切り豚肉と日本酒のみ」

購入した食材をヒルズレジデンスの冷蔵庫に詰めていると、青山が帰ってきた。

「疲れました！　肩が凝ったんでジムに行きましょう！」

「ジム？　あのイデオンにそっくりなやつか？」

「何をわけのわからないことを言ってるんですか！　ちょっと汗かいてきましょうよ」

俺の高齢オタクギャグをスルーした青山に引っ張られ、六本木ヒルズスパなる施設に向かう。その内部のジムをゲスト利用で俺が使えるよう、青山が手配してくれた。だが、スパもジムも、例によってラグジュアリーな空気が濃厚に漂っており、正直とてつもなく居心地が悪い。

レンタルの運動着に袖を通してみたが、ここ数年、運動らしい運動をした記憶がないので、俺の体はたるみきっており、鏡に映る自分の姿が滑稽に見えてならない。

「ちょ、ちょっと疲れてきちゃったかな……俺は先に帰ろうかな」

「いま来たばかりじゃないですか！　あっちですよ」

青山はフリーウェイトコーナーなる、ダンベルやバーベルが積まれたラックが林立する空間に向かうと、そこのベンチに仰向けになった。

「私のフォーム、見てください」

青山はバーを胸に引きつけ、それをゆっくりと押し上げる動作を繰り返した。ベンチプレスというやつか。

青山がバーを鳩尾《みぞおち》に引きつけるたび、ぴったりとした彼女のジャージの膨らみが強調される。

「…………」

思わずごくりと生唾を飲み込みつつも、脳内でコンプライアンス警報が発せられるのを感じた俺は、なんとか視線を青山の胸から引き剝がし、床に落とした。

「何よそ見してるんですか？　次は滝本さんの番ですよ。はい、ここに横になってください」

俺が入れ替わりにベンチに仰向けになると、青山は左右に十キロのプレートを搭載したバーを俺に渡してきた。バー自体も二十キロの重みがあるらしい。

想像を超えた重みに俺はパニックに陥った。

「ちょっ、待……」

このままではバーによって首が潰され死ぬ。

「あはは。たった四十キロで何言ってるんですか。まずはフォームを覚えましょう」

全力でバーをラックに戻そうとするが、青山が上からバーをじわじわと押してくる。胸に軽く触れたところで青山は力を抜いた。

「はい。ここから上げてみてください」

「う、うおお！」

圧死の恐怖に押された俺は、思わず気合の声を漏らしながら、ぷるぷると震える腕でバーを押し上げた。頭上の青山は微笑ましげに俺を見下ろしていた。

＊

「はあ……運動のあとのご飯は美味しいですね」

常夜鍋を食べ尽くした青山は、ソファで俺にもたれかかってきた。

ジムのあとで汗を流したスパ、そこに置かれていたボディソープの香りが俺をくすぐる。

鍋に使った日本酒のアルコールが飛び切っていなかったらしく、青山の顔は赤く上気している。俺も酒には弱く、青山の体重を感じたまま、ソファにぐったりともたれて目を閉じていた。

耳元で青山が囁く。

「どうです滝本さん。お金のある生活」

「ああ……悪くないな」

「でしょう。この生活が好きになったなら、お金持ちの私を許すって言ってください」

「別に、許すもなにも……」

「許してくれないんですか？」

「許す……お金持ちの青山さんを許す」

「ならその次に、私のことを好きになってください」

「好きというと……男女の恋愛的なことで？」

「そうです。好きになってみてください」

互いに酒に酔っているためか、青山の口調が冗談めいたものだったからか、俺はさして抵抗を感じることなく言った。

「わかった。好きになった」

「どのくらい好きですか？」

「うーん。結婚したいくらいかな」

「いいですね。でも別に私は好きじゃないですよ。滝本さんのことなんて」

「普通にショックなんだが」

「死にたくなりましたか？」

「いや、そこまでショックじゃない」

「じゃあもっと私のこと好きになって」

「好きだ」

「でも私はぜんぜん滝本さんのこと好きじゃないですよ」

「はいはい、わかったわかった」

「本当にわかってるんですか？　私は滝本さんのこと、結構よくわかっているつもりですよ」

「なんだよ。俺の何がわかるっていうんだよ」

「滝本さんはもっと、まっすぐに自分を出してもいいですよ。周りの人が低く見えてるんでしょう？　小さい頃から」

「な、何を言ってるんだ。そんなことはないぞ。人間は皆、平等……」

「そんなわけないじゃないですか。頭の回転が何倍も違うし、見てる世界が違いすぎて、誰とも話が合わないんでしょう？」

「…………」

「だからずっと、自分を低める演技をしてきたんでしょう。馬鹿なふりをして、皆に話を合わせているんでしょう。まっすぐ自分の考えや興味を表現しても、誰にも理解されないから、無意味だと思ってるんでしょう」

「…………」

「でも私の前では、滝本さんはありのままでいいですよ。だって、私の方が何倍も滝本さんより頭いいですから」

「ほ、ほんとかよ」

「ほんとですよ。きっと滝本さんも、軽度のギフテッドだったんですよね。大変でしたね、社会とずれちゃって。でも私の方がずっとギフテッドです。しかもその能力をこの若さで社会に適応させている、とても能力が高いギフテッドです。滝本さんより何倍も適応力があるし、何倍も滝本さんより賢いんです。だから安心して、全部曝け出して見せてもいいですよ。私にだけは」

　青山は体を引くと、俺を受け止める体勢を取った。気がつくと俺は青山が引いた分だけ、彼女にのめり込むように体重をかけていた。

「超人なんて話も全部わかりますよ。どんな思想、どんな哲学、どんな宗教のどんな世界観をどうコラージュして、滝本さんの個人的な神話を形成していったのか」

「そ、そんな浅はかなものじゃない。ちょっと聞き齧っただけの君にわかるようなものじゃ」

「だったら教えてくれたらいいじゃないですか。どんなことだって受け入れますよ。どんなことでも、私は」

いつしかソファで青山は仰向けになり、俺は彼女にのしかかっていた。

「青山さん……俺は、俺は……」

これまで彼女に対し張り巡らせてきた心の防壁が、いつの間にか無力化されつつあった。その防壁の隙間から、感じないようにしてきた気持ちが溢れ出した。

強すぎて言葉にできないそれを、俺は行動によって彼女にぶつけようとした。

そのとき床に転がっていた青山のスマホが鳴った。

「あ、バイトの時間ですね。ちょっと行ってきますね」

青山は俺の腕からするりと抜け出すと、背を向けてジャージを羽織った。

拒絶されたらしい。

俺の全身から血の気が引いていく。

だが、青山は振り向いてこちらを見た。

「滝本さん、今夜はバイトはあるんですか？」

「い、いや……今日は休みだが」

「それならここで待っていてください。私、今夜はアパートじゃなくて、ここに帰ってきて、ここに泊まりますから」

「…………」

「さっき、私に何か言おうとしてましたよね。帰ってきたら聞かせてください、滝本さんの気持ち」

俺は黙ってうなずいた。

青山は軽作業用のカッターや軍手を鞄に入れ、さらにどこか別室に入ってゴソゴソと何かの物音を立ててから、玄関に向かった。

見送りに立つ俺に彼女は言った。

「ところで滝本さん。あと一つだけ、言っておかなければならないことがあります。私のバイト中、絶対に、一番奥の部屋は開けないでくださいね」

「ん？　何があるんだ？」

「滝本さんには絶対に見せられないものです。見ないでくださいよ、絶対に」

「お、おい」

青山はバイトに出ていった。

3

俺の脳内はピンク色に染まっていた。

ソファで青山の体に触れた感触が、まだ手のひらに残っている。

『どんなことだって受け入れますよ』という青山の誘うような言葉が、繰り返し脳内にこだましている。

しかもそのようなフィジカルレベルに響く刺激のみならず、青山は俺の心の鍵を開けるための適切なワードを、深く俺に打ち込んでいた。

超人になるとは、通常の人間を遥かに超えた叡智をこの身に宿すことである。それは意識レベルを地上から、天で輝く星々の高さにまで引き上げるということである。

だがそれは、エベレストの頂上よりも希薄な大気の中で、二十四時間、一人で孤独に過ごすということに他ならない。

そう……超人とは、誰にも理解されぬまま、孤独を抱えて生きねばならぬ宿命を抱えているのだ。その孤独には、もう慣れっこになっており、痛みなど感じないと思っていた。

だが青山は、俺をすべて理解した上で、俺を受け入れてくれるという。そんな人間は滅多に現れるものではない。

「そうだ……プロポーズしよう」

俺はソファで貧乏ゆすりしながら、青山の帰りを今か今かと待った。

しかし、深夜三時を回っても、青山は帰ってこない。

夜のバイトなんて危ないんじゃないのか？

今になり青山のことが心配でならない。

だいたい青山は美しい女だ。恋で俺の目が狂ってるだけかもしれないが、とにかく魅力的な女だ。そんな奴が肉体労働のバイトで男たちの群れに囲まれたら、一定の確率で成年向けの事象が発生する。

そう……今ごろ青山は、俺以外の汚らしい男たちと仲良くなっている可能性がある。

「いやいや、ＮＴＲコミックの読み過ぎだ」

ＮＴＲとは寝取られの略であり、それは恋人を他の人間によって性的に掠取されることから生じる、不快でありながらも脳を痺れさせる刺激をメインテーマとしたコンテンツに与えられる記号である。

そんなコミック作品の広告が最近やけにＳＮＳに流れてくるため、つい俺も何作品かＮＴＲコミックを読み耽ってしまっていた。

それによって汚染された脳が、俺にＮＴＲの脅威を強く訴えてくる。

いいや、まさかと頭を振るも、いつまで待っても青山は帰ってこない。深夜四時を回ったころに、俺の脳がさらなる脅威を訴え始めた。

「そもそもだ。未来にＮＴＲが待ち受けているだけでなく、過去にすでにＮＴＲ的な事象が発生している可能性すらあるぞ」

人は誰しも、一つや二つ、他人に言えない闇の過去を抱えているものである。現に青山も、俺に絶対に見せることのできないプライバシーを抱えていると、バイトに向かう前に明言していたではないか。

「…………」

このマンションの一番奥、まだ俺が一度も足を踏み入れたことのない謎の部屋……そこに一体、何が隠されているというのか？

「ダメだ……そんなもの見ない方がいい。他人のプライバシーを勝手に覗くだなんて、そんなこと許されるわけがない」

「…………」

俺はソファから立ち上がり、廊下を一番奥まで歩くと、目の前の扉をおもむろに開けた。

後ろ手で壁のスイッチを押すも、天井のライトは切れているのか明るくならない。

俺は扉の隙間から差し込む心細い光を頼りに、部屋に足を踏み入れると、内部を見回した。

四畳半くらいの物置を思わせる部屋だが、内部には一切の家具がない。

フローリングの床に、古いスマホと充電器がポツンと置かれているだけだ。

「なんだこれは。Dock コネクタか？　ていうことは、これはまさか iPhone 4 か？」

かなり昔に青山が使っていたものらしい旧式の iPhone を手に取った俺は、それを充電器に繋いだ。しばらくするとリンゴマークが輝き、昔懐かしいスキュアモーフィックデザインの iOS が表示された。

震える指で写真アプリを起動する。

「よ、よかった……全写真、消去されてる」

見たくないものを見ずに済んだ安堵で、俺はどっとため息をついた。メールアプリも空で、ブラウザのブックマークも全消去されている。まるで初期化されたばかりのように、この iPhone の中身は綺麗に浄化されている。

「よかった……そうだ、過去のＮＴＲなんて何もなかったんだ。認識できない過去は存在しないも同然なんだ。この宇宙は五秒前にできたばかりなんだ」

極度の緊張から解放された安堵と共に、俺は iPhone の電源を切ろうとした。

そのとき、俺の視界に緑色の iMessage アプリが映った。アイコンをタップすると、青山と何者かの、数年に及ぶメッセージのやり取りの長大な履歴が表示された。

「…………」

その何者かは、どうやら男のようだ。

ついに俺は、見たくない青山の過去を見つけてしまったらしい。

俺の脳が壊れ始めた。

「そ、そうか。この時代、まだＬＩＮＥはサービスが始まったばかりで、メッセージのやり取りといえばこの iMessage を使ったＳＭＳやＭＭＳが主流だったんだな」

そんなテクノロジー的な呟きで心を落ち着かせようとする。だが青山はこのアプリを通じて、父親などの親族ではない謎の男とのメッセージのやり取りを、一日に何度も交わしていたことが履歴から窺えた。俺の心臓は落ち着くどころか早鐘を打ち始めた。

折しも青山が女子高生、今流行りの言葉で言うところのＪＫであったころのことである。

不登校気味の青山は、たまに登校した学校の教室の隅から、あるいは下校途中の河原から、この謎の男に、心の救いを求めるメッセージを日に何度も送り続けていた。

俺は崩壊しつつある脳の機能を全開にし、かつて北村で一番の天才と自負していた少年のころの情報処理能力をフルアクティベートすると、ブラーが生じるほどの高速で iPhone 画面を擦り、謎の男と青山の交流を捜査した。

「かはっ！」

息を止めて最後までスクロールした瞬間、ＮＴＲの衝撃を前もって受け入れ、あらかじめ自死を選んでいた俺の脳細胞が復活を始め、それと同時に俺の呼吸が再開された。

「はあ、はあ……な、なかった！　ＮＴＲはなかった！」

謎の男と青山の関係は、最後までプラトニックなままだった。遠隔的に仲良くなった謎の男と青山は、むかつくことに一度だけリアルで会ったようだが、そこで何かしらの要因によって気まずくなって、かえって距離が離れてしまい、その後、死ぬまで謎の男と青山は再会することはなかった。

「ん？　死ぬまで……？」

人知を超えた速読によって潜在意識下で処理されていた情報が、少しずつ俺の顕在意識上に浮かび上がってきた。

俺はその『死』というキーワードを再度、通常のスピードで意識的に処理するため、謎の男と青山のメッセージのやり取りの最後の部分を、ゆっくりとスクロールして読んだ。

『青山さん。君なしで僕は生きていけません。死にます』

『いいですよ。死んでください』

『わかりました』

そこで謎の男のメッセージは途絶えていた。

いや、最後に一枚、平成のフィーチャーフォンで写したものらしき、粒子の粗いＪホラー的な画像が、青山の iPhone に送られてきていた。

その写真には、白いロープが写っていた。

その荒縄は、樹海のごとき、うっそうとしげる森の木の枝に結び付けられていた。

「うおっ！」

気配を感じて振り返ると、背後の廊下に青山が立っていた。

青山は扉の隙間から、俺を無表情に見つめていた。

「見てしまったんですね。私の過去」

「………」

「ええ。私は昔、人を殺したことがあるんです。どう思いますか？」

ＮＴＲからサスペンスへと目まぐるしく変転するジャンルによって朦朧とする意識の中、ふいに俺のスマホが震えた。

ポケットから取り出して見ると、そこには以下のテキストが表示されていた。

レイちゃんの知恵袋　その13
『過去を手放す』

滝本さんはいつも深夜、自分が過去に犯した過ちを思い出して、「うわーもうダメだ！　死にたい、死にたい、死ぬしかない！」と叫んでいますね？

そんなときは急いで唱えてください。

「手放します」

「手放します」

「過去を無条件に手放します」

この呪文を、心を空っぽにして唱えてください！

もちろんこんなことを二度や三度唱えてみたところで、脳の配線が変わるわけはありません。未消化の感情と、歪んだ思考回路、そんなものが複雑にこんがらがってできている罪悪感や後悔や恥の記憶は、一朝一夕で癒えるわけではありません。

ですが、焼け石に水をかけない限り、焼け石は熱いままなのです。

罪や後悔を手放さぬ限り、それは心の中で熱を発して滝本さんを苦しめるのです。

ですから手放しましょう。

過去の自分の過ちを、レットイットゴーしちゃいましょう。

たとえそれが、どうしても絶対に許せない過去だとしても、ただひたすらに許し、手放してください。

そのついでに、自分だけでなく、他人の過ちをも許してください。

人と親しく付き合うともなれば、その人のことを深く知り、そこにどうしても許せぬ何かを見つけることもあるでしょう。

それをただ許してください。

その能動的な許しと手放しによって、滝本さんの心の中の古い回路は少しずつ柔らかくなり、若々しさを取り戻していくのです。

古くなった皮を脱ぎ捨てる蛇のように、許せない過去を許し、手放し、どんどん忘れていきましょう。

そうすればきっと、生まれ変わった気分になって、辛い夜にも、自他を労る強さが出てきますよ！

第十四話
婚活とカバラ十字

1

この世に人間として生まれたからには、結婚したい。それが人情である。

人間とは自分一人では不完全な存在なのだ。一人では埋められぬものを、結婚という永遠の誓いによって埋めることができるのだ。さらには生物のリプロダクション機能によって家族を増やし、社会に貢献することもできるのだ。

このように、結婚の利点は計り知れない。

特にこの俺と青山が結婚することについては、極めて多くのシナジーが見込まれる。

俺は青山に『超人化の技法』を、より深く教えることができる。

また青山は、俺というこの世で一番素敵な男と暮らすことができ、プライスレスな幸せを得ることができる。

「…………」

そんな俺の一方的な思いは、『私は昔、人を殺したことがあるんです』という唐突なジャンル変更宣言で打ち破られた。

人生、長く生きていると、そういうことはよくある。

中でも避けたいのが、急な『闘病もの』へのジャンル変更だ。健康だけには気をつけたい。

それ以外に、『クライムサスペンス』もまた、実人生で体験するのは避けたいジャンルである。

青山のマンション、その一番奥の小部屋に立ちすくんでいた俺は、気を取り直すと、今この瞬間の流れを『ラブストーリー』に引き戻すべく青山に声をかけた。

ネットの記事で見たが、女を相手にするには共感が大事らしい。そんな判断から、共感成分を多めにしてみる。

「人を殺しただって？　まあいいんじゃない？　そういうことってよくあるよ」

「ぜんぜんよくないし、よくありませんよ！　何言ってるんですか！」

俺は度量の大きさを見せた。

「昔の男のことはもう忘れようぜ」

「忘れられませんよ！　神城さんは、神城さんは……この世では生きていけないと思っていた私を力付けてくれた、私の命の恩人なんですから！」

「恩人を殺したのかよ。ひどすぎないか？」

瞬間、青山は顔を手のひらに埋めて泣き始めた。

何か深く重い過去を抱えていそうである。その内容にまったく興味はないのだが、俺には夢がある。青山と結婚するという夢だ。

その夢を現実のものとするには、彼女の涙を止め、流れをラブストーリーに戻し、その上でプロポーズしなければならない。

俺は青山の背を叩いて慰めた。

だが、いつまでも青山の涙は止まらなかった。心の中に抱えている未消化の感情が大きすぎて、このままでは朝まで待っても、雰囲気がラブストーリーに回帰しそうもない。

仕方がない。

聞きたくないが、聞くしかない。

「何があったんだ？　青山さんと、その……神城とやらの間に」

「ひぐっ。あれは私が高校に入学したばかりのころです……」

青山は嗚咽しながらも勢いよく語り出した。どうやらこの過去こそが、青山が真に俺に打ち明けたかったものらしい。

長くなりそうだったので、俺はマンションの小部屋から、リビングのソファへと移動し、戸棚からお茶セットを取り出して、芳しき香りのダージリンティーを勝手に淹れると、傾聴の構えをとった。

2

不登校気味だった青山は、ネットを介して神城という男と仲良くなった。神城は青山より一回り年上の、東京大学で哲学を学んだ男だった。

神城は、当時JKだった青山の抱える悩みを、雄大なる西洋哲学の知的枠組みを通じて、なんとなくわかったような感じにさせていった。

しかし、青山をもっとも強く感化させたのは、西洋哲学よりも、かつて千円札を飾っていたことのある、あの英文学者が理想としていた言葉であった。

神城は長文メールで青山に語った。

『青山さんには西洋哲学よりも、文学の方が向いているかもしれないね。だとしたら、僕の学校の先輩にあたる夏目漱石の言葉を送ろう……則天去私』

『なんですかそれ？』

『天に則り、私心を捨て去る。すなわち、自分自身の小さな思いにとらわれず、大きな導きに自らを委ねて生きよという意味の言葉さ。現代人にとって天の導きなんて、あまりに漠然としたものに思えるかもしれないけど、高校生活での悩みを相対化するには役立つかもしれないね』

『そうか！　則天去私に生きるべきなんですね、私は！』

翌日、青山は学校を辞め、自らの事業を起こした。

二度の失敗ののち、青山の事業は軌道に乗り、彼女に莫大な富をもたらし始めた。

その間、神城は健気にメールで青山のメンターを務めていたが、次第に青山の精神的スケールが神城を超え始め、メールのやり取りは滞りがちになっていった。

そんなある日、神城から『一度、リアルで会ってもらえませんか？』との誘いがあった。神城に興味を失いつつある青山だったが、長年の文通相手ということで特に警戒することもなく、中央線の駅のドトールで神城と会った。

開口一番、神城は言った。

『青山さん、好きです。僕と結婚してください』

『え、いや、その……』

『ダメだっていうんですか。僕が青山さんより一回り年上で、大学卒業後も日雇い労働に身を置いているから、結婚するに値しないっていうんですか？』

俺は共感性羞恥でどっと冷や汗をかきながら、青山のラグジュアリーマンションのソファで神城の行動を批判した。

「いきなりプロポーズするなんて、何考えてるんだその男」

その言葉がブーメランとなって俺を切り裂く。一方的な気持ちの燃え上がりほど、気持ちの悪いものはない。

「でっ、ですよね！　私、びっくりしちゃって何も言えなくて」

呼びつけられたドトールで青山が押し黙っていると、神城はいきなりテーブルをどんと拳で叩くとわめき始めた。

『青山さん！　君は労働者の苦しみを何もわかっていないんだ！　冷たい隙間風、地震が起きたら倒壊間違いなしの木造アパート、そんなところに君は住んだことがないだろ！　君はいつも悩み事を僕に伝えてきたが、君はぬるま湯の中でずっと守られて生きてきたんだ！』

「ははは。なんだ、急に貧乏マウントかよ」

「かっ、神城さんは立派な人ですよ。私がぬるい環境で生きていたのは本当ですし、彼のおかげで私は覚醒して、学校に行く恐怖から解放されたんです！」

「でも青山さん、殺したんだろ。その恩人を」

「まあ……そうなりますね」

神城はその後、貧乏マウント、学歴マウント、知識マウントなどを青山に仕掛け、精神的優位を勝手に確立したのち、再度、青山に結婚を申し込んできたという。

男女の間にあるのは勝ち負けではなく、恋愛は優劣ではないというのに、なんと愚かな。

「当然、断ったんだろ？」

「ええ。ですがそのせいで……」

神城の精神は完全に闇に呑まれてしまったという。

神城はいきなり政権批判を始め、それから貧しい人間の生活に目を背ける青山の批判を始め、それから『この世界はダメだ。この世界に生きる青山さんもダメだ！』と包括的な捨て台詞を残してドトールを出ていった。

「それから毎日、『結婚してくれなければ死ぬ』というメッセージが来るようになって」

「怖すぎだろ」

「それでとうとう私、頭に来て、『いいですよ。死んでください』ってメールを送り返しちゃったんですよ。そしたら！」

翌日、樹海でロープを木の枝に結びつけた神城の、一人称視点の写真が送られてきたという。

そこまで話した青山は、また手のひらに顔を埋めて嗚咽を始めた。俺は精一杯、慰めた。

「まあいいじゃないか。生と死は等価値だってカヲルくんも言ってたし」

青山は昔のアニメキャラの名台詞を知らないらしく、何の反応も見せず嗚咽を続けた。

そのまま三十分くらいしてやっと泣き止んだかと思うと、青山はいきなり俺を睨むように見つめてきた。

「滝本さん！」

「ん？」

「私と結婚してください！」

「な、なんでまた？」

「私、ずっと考えていたんです。もう二度と神城さんのような可哀想な人を生み出してはいけないって」

「それが俺に何の関係があるんだ」

「社会のボトムを学ぶために、私、倉庫仕事しながら考えていたんです。次また神城さんみたいな人が私の前に現れたら、私が全力でその人のことを救ってあげるって」

「へえ……」

「滝本さん、あなたです！」

「な、なにが？」

「神城さんみたいに難しいことを考えていて、そのくせそれが社会的な価値に全く結びつかず、食うや食わずの生活をしている滝本さん……あなたを私が救ってあげます！」

「…………」

「神城さんのことは私、見殺しにしてしまいました。でも滝本さん、あなたのことは救いますよ！　罪滅ぼしとして！」

「ってことは、さっきプロポーズしてくれたのも、その『罪滅ぼし』の一環ってことか？」

「そうですよ。私が一生、滝本さんを養ってあげますから」

「じゃ、じゃあこのマンションに住まわせてくれたのも」

「そうですよ。滝本さんが生きるのが苦しくならないよう、いい環境を用意してあげます」

「ま、まさか……俺に対して好意があるような素振りを見せているのも、俺の超人ワークショップに五万円払ってくれたのも、俺を憐れんでのことだったのか？」

青山は静かにうなずいた。

瞬間、俺が今まで積み上げてきた自信が、神の雷《いかづち》に打たれたバベルの塔のごとく崩壊した。

青山は俺の超人理論になど何の興味も持っていなかったのだ。ただ自分の過去の人間関係で生じた罪悪感を紛らわすためのお人形として、俺を利用していたのだ。

青山が俺に向ける好意と尊敬、それはすべて過去の男に対する罪悪感から生じた心の病いがなせる業だったのだ。

「どうです、滝本さん。こんな私ですけど、滝本さんを幸せにしてあげるというのは本気ですよ」

「…………」

「あの可哀想な神城さんにあげられなかったものを、全部滝本さんにあげますよ。今の私があるのは全部、神城さんのおかげなんですから。学校でも、家でも、居場所がありませんでした。神城さんとのメールのやり取りだけが、私が私でいられる場所だったんです。あなただけが私を理解してくれたんです。だから今度は私があなたの居場所を作ってあげますよ。あなたのこと、全部なにもかも受け入れますよ。ですから、結婚してください、私と」

「ちょ、ちょっと別室で考えてくる」

俺は彼女のどろりと濁った瞳、その奥で何年もかけて培われた闇に呑まれることを避けるため、リビングを出て青山の仕事部屋に一時避難した。

3

後ろ手でドアを閉め、アーロンチェアに腰を下ろしてため息をつき、考え込む。

青山は俺に『考えすぎの社会不適合者』という人間のテンプレートを投影し、そこに神城という死んだ男の幻影を見ている。

そんなやつと結婚なんてできるわけがない。

だが、そういった事情を無視すれば、青山という見た目が俺の好みの女と結婚できる。

それに伴ってタワマン暮らしも手に入る。金をせびれば喫茶店代ぐらいはもらえるだろう。

毎日、喫茶店に通えたら、俺の文筆仕事も捗る。ヘミングウェイと同様、俺もカフェでこそ仕事が捗るタイプの人間だったのだ。

そうは言っても、人の心の闇を利用して結婚するのは気が引けた。

やっぱり断るべきか。

だがそうすると、俺を待っているのはあの日当たりの悪いアパートでの一人暮らしだ。

四十を超えての一人暮らしはメンタルに悪いとネットでは囁かれている。

今のところ俺は完全なる正気を保っているが、あんなアパートで一人暮らしをこの先も続けていったら、SNSに多くいる心のバランスを崩した人間の仲間入りをしてしまう日は近い。

だいたいにおいて、実際問題、寂しい。

毎日、顔を見て言葉を交わせる相手を失うのは、寂しくてたまらない。

しかしコンプライアンス上、どうしても青山の心の闇を利用するわけにはいかない。むしろさっぱりとした明晰さを旨とする超人としては、彼女の心の闇を晴らすために、己の力を使わなくてはならない。

だがそれは、青山との別れを意味する。

「はあ……ちょっと励ましてもらうか」

自分一人では、この気の重い決断を成し遂げられる気がしない。俺はスマホでレイに電話した。

「もしもし。俺だが」

「あら滝本さん、電話かけてくるなんて珍しいじゃない」

「実は……」

俺は青山との間にあるドラマの経緯を伝えた。レイは彼女なりに俺を励ましてくれたが、どうにも気持ちは晴れない。レイにも迷いがうかがえた。

「せっかくの結婚のチャンスを棒に振れだなんて、私には言えないわ。ちょっと待って。もっと役に立つアドバイスをしてあげるから」

レイは通話の向こうでカタカタとキーボードを叩き始めた。

「何してるんだ？」

「知ってる？　滝本さん。ＡＩって今、すごく進歩してるのよ」

しばらくしてレイは以下のテキストを俺のスマホに転送してきた。


『ChatGPT：滝本さんへのアドバイスとして、以下の点を考慮することをお勧めします。

1．自分の感情を優先させる：滝本さんが青山さんと結婚することを考える際、最も重要なのは自分自身の感情です。青山さんに対して本当の愛情を感じているのか、それとも他の理由で結婚を考えているのかを自問自答してください。結婚は長期的なコミットメントであり、真の感情が基盤にないと、将来的に困難に直面する可能性があります。

2. 青山さんの心理状態を理解する：青山さんが過去の出来事に苦しんでいることは明らかです。彼女の心の傷を理解し、サポートする姿勢が必要です。彼女の心理状態を利用するのではなく、彼女が必要とする支援を提供することが大切です。

3. 将来を見据える：滝本さんが青山さんとの関係においてどのような未来を望んでいるのか、具体的に考えてみてください。短期的な利益だけでなく、長期的な幸福を見据えることが大切です。

4. 誠実さを保つ：どんな決断をするにしても、誠実さは重要です。自分自身と青山さんの両方に対して正直であり続けることで、健全な関係を築くことができます。

最後に、重要な決断は慎重に行うことをお勧めします。自分自身の感情や価値観、そして青山さんの幸福を十分に考慮した上で、最良の選択をすることが大切です』

「まじかよ……最近のＡＩはここまで進んでるのか」

理路整然としたＡＩの返答に俺は感銘を受けた。

いつの間にかシンギュラリティがすぐ目の前に近づいていたらしい。

だが、ＡＩの言うことは、確かにどれも道義的に正しいアドバイスではあったが、いまいち俺を実際の行動に向けて押し出す力に欠けていた。

「どう滝本さん？　青山さんと結婚するかしないか、答えは見つかったかしら？」

レイからの折り返し通話にも、どうすべきか答えられない。もごもごと優柔不断な言葉を繰り返す俺に、レイは言った。

「仕方ないわね。ＡＩのアドバイスでもダメなら、私の友達に相談してみるわ」

「友達？　レイ、お前に友達なんていたのか？」

「滝本さんじゃないんだから、友達くらいいるに決まってるでしょ。待ってて、今、電話して聞いてみるから」

レイは通話を打ち切った。しばらく待っていると、謎の電話番号から俺のスマホに電話があった。

「はいもしもし、滝本ですが」

「こんばんは、滝本くん。私はレイさんの友達です」

本当にレイには友達がいたらしい。

その声はソフトで優しかったが、声の波形になんとも言えぬ菩薩的な光輝が感じられた。

どうやら電話の向こうの存在は、俺がかつて呼び出そうとして、どうしても叶わなかった、高位かつ善なるスピリチュアル・ガイドらしい。

俺は緊張しながら聞いた。

「ど、どうも。それであの、実は俺、今かなり悩んでいて」

「そのことはレイさんから聞いています。私からのアドバイスを伝えます」

高位の善なる存在がどんなアドバイスを発するのか、若干の恐れと期待を抱いて待っていると、電話の向こうの存在はいきなり大声を発した。

「気合を入れてください！」

「は？」

「気合ですよ！　気合で乗り越えてください！　滝本くんのことは応援していますからね！　頑張れ！」

　そこで通話は切れた。

「…………」

　しばらくしてレイから『どうだった？　私の友達のアドバイス、役に立ったでしょ』という得意げなメッセージがあったが、なんだか疲れを感じて、返信する気にはなれなかった。

　ぐったりとアーロンチェアのランバーサポートにもたれていると、仕事部屋のドアがノックされた。

　青山だ。

　ドアの向こうから催促が聞こえる。

「滝本さーん。そろそろ返事してください。私と結婚するんですか、しないんですか」

「うう……わかったよ」

　俺はアーロンチェアから立ち上がるとドアを開け、青山と共にリビングに戻った。

　ちょうど朝日が東方から昇りつつあるところだ。

　徹夜のためか、何らかの感情的な葛藤のためか、青山の顔はいつになくげっそりとやつれて見える。

　おそらくは俺も同様に、幽鬼のような顔をしているだろう。

　疲れた。

この一夜のことから来る疲れだけではなく、半世紀近い人生の重みから来る疲労が、俺の両肩にのしかかっていた。

この状態で求めたくなるのは、ベッドでの安らぎである。もう何もかも忘れて、柔らかなマットレスに沈み込みたい。

そのとき隣に、誰かの肌のぬくもりがあれば、この孤独な宇宙の中で、安心感はさらに深まるだろう。

その人と本当に心が通じあったわけではないとしても、仮初の安心を、結婚という社会的な合意によって強化することもできるだろう。

「わかったよ……」

結婚しよう。そう言いかけた。

だがそのとき、ビルの隙間から強く差し込む朝日が俺を打った。

淀んでいた意識がわずかにクリアになる。

同時に、レイの声、AIのアドバイス、さらにレイの友人の励ましが俺の脳裏に響いた。

「しかたない……気合を入れるか」

俺は両手で頬を軽く打つと、青山と正面から向き合った。

今、自分が何をどうすればいいのか。そんなことはわかっている。

そもそもAIにアドバイスされるまでもなく、異常な状態の青山と結婚などできるわけがない。

そして、あらゆる異常は正さなくてはならない。

俺は言った。

「青山さん……君が俺と結婚しようとしているのは、神城への罪悪感を晴らすためだ」

「いいでしょ別に。今度こそ私があなたのことを大切にしてあげますから」

「ダメだ」

「どうして？」

「なぜなら……君が今感じている感情は、精神疾患の一種だからだ。治す方法は俺が知っている。俺に任せろ。君のその強すぎる罪悪感。神城の言葉への強すぎるこだわり。いつまでも消えないその苦しみ。その原因が、俺には何もかも手に取るようにわかってる」

「何が原因だっていうんですか？」

「……おばけだよ」

「おばけ？」

「青山さん、君は神城の霊に取り憑《つ》かれているんだ。急いで除霊しなければ」

青山は心底呆れ果てたという顔を俺に向けた。

「な、長年の苦しみを打ち明けて、私が真剣に話しているのに、なんていう適当な……」

ギリギリと拳を握りしめている。

俺は無視して先を続けた。

「通常の人間なら、霊的障害に対する備えはゼロであり、偉い社長も先生も、呪いに対しては赤子のように無力だ。だが安心してくれ。俺は除霊のスキルを持っている。いくぞ！」

俺はヘブライ語の呪文を唱えながら、霊的武器の短剣に見立てた二本の指でカバラ十字を切った。

あらゆる霊的攻撃からこの場を守護する、レッサー・バニシング・リチュアル・オブ・ペンタグラム、すなわち五芒星小追儺儀式だ。

俺は空中に五芒星を描くと、神名『ＹＨＶＨ』を朗々と響かせた。

そのときスマホに、レイから以下のテキストが送られてきた。

レイちゃんの知恵袋　その14
『新しいテクノロジーを受け入れる』

滝本さん！　さっき送ったＡＩのアドバイス、役立ててくれましたか？

ＡＩさんは本当に頼りになりますよね。私もよく人生の悩みをＡＩさんに相談しています。

でも滝本さんは偏屈だから、『機械の言うことなんて聞けるかよ』なんて反発心を感じているかもしれませんね。

いけませんよ！

『セルフレジはディストピア技術』『ＡＩには人のぬくもりがない』『昔はよかった』なんて言って、新たなテクノロジーを否定してたらダメですよ！

最新のテクノロジーを恐れて尻込みしたそのときが、心の老化の始まりなんです。

あらゆる新技術は基本、良いものとして、まずは一旦、受け入れてください。

レコードよりもWinampの方が、新しくてカッコいいんです。素敵なスキンでクールにカスタマイズしましょう！

ビデオテープよりも、五十種類ものメディアファイルに対応したRealPlayerの方が便利です。

携帯電話よりもＩＣＱの方が、いつでも心が通じ合えますよ。ポストペットもかわいいですよ。

……あれ？　もう誰もＩＣＱを使ってないんですか？

失礼しました。間違えました。

とにかくですね、何の話かというと、これからも物凄い勢いで新しいテクノロジーが開発されては、滝本さんの生活の中に登場してくると思います。

そのスピードはどんどん高まって、古い世界、古い考え方が、新しさの津波に押し流されていく恐怖を、いつか滝本さんも感じるかもしれません。

それでも心を閉ざさないでください。

クリスマスのプレゼントにワクワクする子供の心で、新しいものに接して楽しんでください。

もしいつか社会の発展についていけなくなっても、ついていけない自分、わからない自分を楽しんでください。

そうしていれば、いつも面白いことが滝本さんの周りに溢れていますよ。いつもニコニコしている滝本さんを、私はずっと応援していますよ！

第十五話
ロンドンと川崎

1

俺は青山のマンションのリビングで空中に五芒星を描き、神名『ＹＨＶＨ』を唱えた。そこで頭が空白になり、儀式の手がしばし止まった。

無理もない。この儀式を神秘研究家に教わったのは、十年以上も前のことである。その上、俺の記憶力は弱い。記憶スペースを節約するため、九九も半分しか覚えていない。

でもスマホがあれば大丈夫。

俺はネットで式次第を調べながら、ラファエルやガブリエル等、縁起が良さそうな四大天使を呼び出す文句を唱え、最後にまたカバラ十字を切って儀式を終えた。

「ふう。上手にできたな」

青山は面食らった顔を見せた。

「な、なんだったんですか、今のは？」

「見たらわかるだろ。五芒星小追儺儀式、西洋魔術における基本動作だ。あのダークファンタジーの傑作、『ベルセルク』の中においては、かわいい魔女のシールケが、同様の動作を行うことで知られている」

「動作って……なにか意味があるんですか？」

「俺は青山さんに取り憑いている霊と戦わなくてはいけない。霊、すなわちおばけと戦うには、魔術的な儀式が有効なのは常識だろ」

「そんな常識ないですし、私、別におばけに取り憑かれてないですよ」

「取り憑かれてるやつは皆、そう言うんだよ。だがそれこそが、取り憑かれて正気を失っている証拠なんだ」

「失礼なこと言わないでください。怒りますよ。私は絶対に、おばけなんかに取り憑かれてません！」

「まあいいからいいから。とにかく除霊しようぜ。すぐ終わるから」

俺は青山のエーテル体に触れようとした。

「いやですってば」

青山は俺の手を払いのけると、除霊への不信感をあらわにした。

「…………」

現代人らしく、そもそも『霊』というコンセプトに対し、理性が拒絶反応を示しているようだ。

この青山の理性に対し、ロジカルな議論をふっかけて霊の存在証明を試みることは下策に思える。

正面からの説得を諦めた俺は、長期戦に備えてソファに腰を下ろすと、ふわっとオカルティックな雰囲気を作っていくことにした。

雰囲気こそ、コミュニケーションにおいて、まずなにより大事にすべきことであるから。

「ところで青山さん、UFOとか見たことある？」

青山はおずおずと俺の隣に座ると首を振った。

「ないですよ、あるわけないじゃないですか」

「俺はあるんだなあ。あれは忘れもしない、小学四年の夏祭りの日……」

2

あの日、俺は母の実家に遊びに来ていた。

祭りの山車の通り道を清めるため、家の前の車道には、塩によって白いラインが引かれており、それは山の上の神社にまで続いていた。

そろそろ日が暮れる。

夜には神社では神楽が奉納される。境内には夜店が立ち並び、煌々と灯りが照らす中に、浴衣を着た子供たちが集う。

もうすぐ俺もその中に交じって、カタヌキや金魚掬いなどのアクティビティを楽しむことになっている。

そんな神聖さと陽気さが入り混じった祭りの気配を感じながら、小学生の俺は、誰もいない夕暮れの車道に立つと、ふと紫色の空を見上げた。

「なんとそこに！」

ソファの隣の青山はびくっと体を震わせた。

「な、な、なんですか」

「ＵＦＯが三機、三角形の隊列を組んで浮かんでいたんだよ。その夏祭りの空に」

「まさかあ……どうせ飛行機でしょ」

「いいや。なぜならそのピンク色に光る三つのオブジェクトは、屋根の向こうの空でほとんど静止していたからだ」

「それじゃヘリコプターでしょ」

「ヘリなら見ればわかるし、ローターの音が聞こえるだろ。でもその三つの光は完全な無音で、俺を見下ろすように夕暮れの空に浮かんでいたんだ。あれがなんだったのか、俺には今でもわからない。なぜなら……」

「なんだって言うんですか？」

「ぶつん、と音を立てるかのように、俺の記憶はそこで途切れているからだ。あのあと夏祭りに行ったのかさえ覚えていない」

「ちょ、ちょっとやめてくださいよ。まさかＵＦＯに誘拐されて記憶を消されたとか、そういうことを言いたいんですか？」

「記憶がないんだから、何もわからない。とにかく俺が言いたいのは、謎の飛行物体を見たあとの記憶がないということだ」

実体験のエピソードの重みが、青山に浸透していくのが感じられる。また、ネットで得た知識によれば、女というものは本質的に怖い話が好きだとされている。

青山はこちらに身を乗り出すと、俺が見た三つの光についての仮説をまくしたててきた。

むろんその仮説群は、三十年以上もあの未確認飛行物体について頭を捻って考えてきた俺の思考を超えるものではなく、すべて簡単に否定することができた。

「じゃあ一体全体、その三つの飛行物体はなんだったたって言うんですか！」

「未確認飛行物体だよ」

「それじゃＵＦＯじゃないですか」

「ああ、定義上そういうことになる。しかもこのエピソードには続きがあるんだ。小中を地元で過ごした俺は、高校入学と共に函館で一人暮らしを始めた」

「へえー、ずいぶん早くから一人で暮らしてたんですね」

「楽しいことも多かったが、怖いこともあった」

「なんですか？　おばけですか」

「高校二年の夏の夜、ようやく下宿での一人暮らしに慣れてきたころ……俺はテレビとビデオが一体化したテレビデオの電源を切ると、ベッドに横になった。しかしその日はとても寝苦しく、深夜に目が覚めてしまった。そのとき……やけに明るい青白い光が、窓の外から俺の部屋を照らしていることに気づいたんだ」

「車のライトじゃないですか」

「俺もそう思って、気にせずそのまま寝ようとした。だが目を瞑ると、ぶーんという低い音が聞こえてくる」

「夏だから蚊でも飛んでたんでしょ」

「そうかもしれない。しかしその音はどんどん強まり、脳の中にまで響いてきた。瞼の外、窓の外からの眩しい光も、何度もフラッシュのように俺を打った」

「外の車が、ヘッドライトをつけたり消したりしてたんじゃないですか。それか街灯の調子が悪くて、チラついてたんじゃないですか」

「そうかもしれない。俺は体を起こし、窓の外を見ようとした」

「な、何があったんですか？　窓の外に」

「わからない。なぜなら俺の体は麻痺したように動かなかったからだ。だが、かろうじて眼球だけを窓に向けることができた」

青山がごくりと唾を飲む音が聞こえてきた。俺は低い声で先を続けた。

「俺が脂汗を流して見つめる中、青白い光の明滅を背負って、何者かの影が、一歩、二歩、三歩と、部屋の窓に近づいてくるのが見えた。誰なんだ？　こんな夜更けに。そう問い掛けたかったが、声が出ない。俺は窓を凝視し、近づいてくる人影を見つめることしかできなかった」

「だ、誰だったんですか？　窓の外にいたのは？　早く教えてくださいよ！」

青山は俺の肩を揺さぶった。

「うう……わからない。ただ普通の人間でないことは確かだ。なぜなら俺の部屋は、二階にあったからな。歩いてその窓に近づいてこられる人間なんて、いるわけない。なのにゆっくりと、外の人影は近づいてきて、ついにその手が窓に触れた」

「そ、それで……」

「ぶつん、と音を立てるかのように俺の記憶は、そこで途切れた。翌日、いつも通り目を覚まして学校に行けたのかどうかも覚えていない」

「…………」

「ただ確かなのは、その夏以降、俺は学校を休みがちになってしまったということだ。なんとか大学には進学できたが、休みがちな傾向は日毎に膨らんで、最終的に俺は大学を中退してしまったということだ」

「まさか……宇宙人のせいで？」

「そんな非科学的な話、あるわけない。そう思いたい。だが幼少時、俺は溌剌《はつらつ》とした活発な少年だった。それが二度にわたる未確認存在との邂逅を経たのち、人格が変わったようにひきこもりがちな男になってしまった。まさかそれが宇宙人のインプラントのせいだったなんて、非科学的なことは考えたくもない」

「インプラントと言うと……何かを埋め込まれたんですか？」

俺は指でこつこつと頭蓋骨を叩いた。

「一般的に、宇宙人は脳に何か埋めてくると言われている」

青山は目を丸くして俺のスキンヘッドを見つめると、おずおずと手を伸ばしてきた。

「ちょっと触ってみていいですか。何が埋められたんですか？　ここに」

青山に頭を撫で回されながら、俺は恐るべき宇宙人のインプラントについて解説を続けた。

「いい性格の宇宙人だったら、プラス効果のあるインプラントを埋めてくるだろう。だが悪い宇宙人だったら、悪い効果のあるインプラントを埋めてくるに違いない。しかもそれは恐ろしいことに、外科的処置によって除去することはできない。なぜならそれはＵＦＯと同様、人間の物理的認識を超えた、いわば霊的なインプラントだからだ」

「た、大変じゃないですか！　そんなものを埋め込まれてしまうなんて」

ついに青山は目を輝かせて俺のオカルト話に乗ってきた。俺は内心、深い満足を得た。女は怖い話が好きというネット情報は、やはり正しかったのだ。

だとしても、『霊的インプラント』などという単語を連発するのはきついものがある。俺は少しでも理論的な裏付けが感じられるよう、関連情報を脳内で検索しながら先を続けた。

「霊的インプラント……それは多くの文化圏に古くから伝わるコンセプトで、古代中国でもなんとなくその存在が把握されていた。たとえば道教では人体に寄生する『三尸《さんし》の虫』として、それは形象化されている。この虫は六十日に一度、人間の体を抜け出して、その人間の悪行を天帝に報告すると言われている。もしかしたら天帝とは、インプラントを通じて人間を支配している宇宙人のことかもしれないな」

「ロマンですね！　私、そういう話、好きです！」

「ちなみにこの三尸の虫は、その人間本来のものではない欲望や執着を生じさせたり、寿命を縮ませたりすると言われている。だから、仙人、すなわち超人となるためには、なんとしても除去せねばならないものなんだ」

「除去なんてできるんですか？」

「普通はできない。偉い社長も先生も、宇宙人の霊的インプラントに対しては、赤子のように無力だ。だが俺は、その類のものを、なんでもかんでも除去する力を持っている。宇宙人のインプラントも、おばけの呪いも、すべては人間の心に巣くう寄生虫なんだ。人間の実存的危機を読み解く『アウトサイダー』を著したイギリスの批評家のコリン・ウィルソン。彼は、人間が真に自由な精神を得るには、これら『精神寄生体』の除去が欠かせないと自著に記している。また、映画の歴史を変えたあの『マトリックス』においても、人間を抑圧するマインドコントロールから個人が自由になるためには、まず自らの内部に埋め込まれた精神寄生体を引き出して破壊する必要性があると描かれている。また『ツァラトゥストラはかく語りき』にも、人は超人となるために、自らの精神を縛る重荷をすべて下ろし、ライオンとなって、自由のために戦わねばならないと書かれている」

「急に話が超人に戻ってきましたね」

「五万円」

「え？」

「超人ワークショップの今月分の月謝をくれ。そしたら、青山さんの精神を束縛している何かを除去してやるよ。除去の費用は授業料に含まれてるからな。五万円だけでいい」

青山は俺の頭を遠くに押しやると、怒りを見せた。

「ですから！　おばけとか、インプラントとか、精神寄生体とか、そんな非科学的なものに私が操られているわけないじゃないですか！」

「まだわかってないようだな。自分がどれほど多くのものに束縛されているのか。まあ無理もない。人は自分を束縛する鎖に、幾重にもがんじがらめに縛られている。家族から、友人から、社会から、そして自分自身から、常に浴びせかけられる大量の情報、それは青山さんの無意識の中で結節を作り、ウィリアム・バロウズが言語ウイルスと呼んだもののように機能して、心のOSレベルから君を操る。その作用によって、君はハリガネムシを注入されたカマキリのように、そこでは生きていけない水の中に自ら飛び込み、魚に食われる。そのような針金、コードが君の心に無数に突き刺さり、君をマリオネットのように操っている。だから君は、その穢れたコードの束を、すべて除去しなくてはならない。自らの運命の支配者、超人となるために」

彼女の怒りに怯みながらも、じっと青山を見据えて語った。

やがて青山は、ほんの少しだけ興味を持った様子を見せた。

「どうなるんですか？　その……除去すると……」

「たくさんの利点があるぞ」

「具体的には？」

「そ、それは……自分の真の本質に気づくというか……」

ふわっとした利点を俺が語ると、青山は急速に興味を失う様子を見せた。俺は急ぎ彼女の性質に合わせた利点を強調した。

「とりあえず仕事が速くなるだろうな。頭の回転も加速するし、決断力と、それを支える直感も飛躍的に高まる」

「どんな理屈で？」

俺はさらなる理論的説明を、青山の知的レベルに合わせて説いた。次第に青山は、おばけと霊的インプラントと精神寄生体と、その他もろもろ、彼女が生まれてから与えられてきたあらゆる外的影響に由来する、無意識レベルで彼女の行動を束縛するリミッターを除去することを望み始めた。

そうなることはわかっていた。

なんだかんだ言って、青山は意識が高く、自分の能力を活かして全力で仕事をし、どこまでも自分を高めていくことを望んでいる人間なのだ。

自己を啓発したいという本能に、この女は逆らえない。

その欲望を静かに焚き付けるように俺が刺激していくと、あるとき青山は、もう我慢ならないというように、自分から『おばけの除去』を願い始めた。

「よく言った……それじゃ、始めようか」

俺は青山に近づいて手を伸ばすと、かつて神秘研究家に学んだ『神秘の秘蹟』を発動し、おばけの除去を始めた。

難しい作業ではなかった。

これまでの青山との交流によって、彼女の内面に巣くうおばけの存在は、日の光のもとにあらわになっている。その露出した患部に、適切な処置をほどこすだけでいい。

さらに俺は、かつて学んださまざまな癒しの技……量子力学に基づいたとかいうクォンタムなんとかというテクニックや、究極の大宇宙の創造主の力によって万病をたちどころに治すなんとかヒーリングとかいう技術を用い、青山を浄化していった。

「なんだか眠くなってきました」

「それはそうだ。おばけの除去とは、パソコンに浸透したウイルスを取り除くようなものだからな。除去が終わりそうな今、システムを再起動する必要があるんだよ」

そのままソファで眠るよう青山を促すと、すぐにすやすやという寝息が聞こえてきた。

俺は押し入れからブランケットを取り出して青山にかけた。

そして、おばけ以外のいらないものを彼女の内部から取り除く作業を、もう少し続けた。

やがて作業が一段落したと感じられたので、川崎のアパートに戻った。

3

あとで聞いたところによると、青山は一週間ほど寝込んだのちに復活したそうだ。その後、彼女は肉体労働のバイトをすべてやめると、自らの才能を活かした仕事を再開したそうだ。

最近ではもっぱら、あのヒルズレジデンスの仕事部屋で、新規事業の立ち上げに一日の時間の九割を使っているという。

下北沢近くのあの荒廃したアパートも、すでに引き払われている。青山が飼っていた鈴虫も、YouTubeチャンネルと共に俺に譲渡され、俺がその運営を引き継ぐことになった。チャンネル登録者数はすでに千人を超えているため、収益化が可能だ。生活費の足しになればいいが、今のところは鈴虫の餌代で足が出る。

「鈴虫、放虫しようかな。弘法大師にまつわる公園が近所にあって、よくラジオ体操しに行くんだが、あそこでなら鈴虫ものびのび生きていけそうな気がするんだ」

川崎の駅ビルのカフェで何度か行われた『超人ワークショップ』の終わりに、俺はそう言った。青山はノートを鞄にしまいながら、こちらを睨んだ。

「何言ってるんですか、ダメですよ！　ちゃんと鈴虫チャンネルを育てていってください。滝本さんは小説だけに収入を頼らないで、多角的に収入源を育てていった方がいいですよ。畑に種を蒔くみたいに、気を長く持って」

「そんなもんか」

四階のカフェから見下ろせる駅の中央通路を眺めながら、俺は曖昧にうなずいた。

多くの人が行き交う中央通路の真ん中には時計台があり、待ち合わせの場となっている。

カフェのソファから立ち上がりかけていた青山は、もう一度、腰を下ろした。

「そんなもんですよ。私だって収入の九割はメインの事業から生じてますが、同時にいろいろ種を蒔いて育ててますからね。そうだ……最後だから、私がちょっとアドバイスしてあげます」

青山は俺の収入の内訳を細かく聞き出すと、ここにもっとエネルギーを注ぐべきだとか、この無駄な時間を減らすべきだなどという、上から目線の助言をしてきた。

年上の男としてのプライドが傷つけられたが、金を稼ぐことに関しては、彼女に一日の長があるのは確かだ。

俺は大人しく青山の金稼ぎアドバイスに耳を傾けた。

「しかし……すまんな。明日にはもうイギリスに発つんだろ。もっと超人化の技法を伝えたかった」

「いいんですよ。滝本さんには、もうたくさんのことを教わっていますからね」

暗に『お前から学ぶことはもう何もない』と言われている気がする。

「じゃあ最終テストだ。俺がこれまで青山さんに伝えてきたことを、君の口から俺に教えてもらえるか？」

「いいですよ。まず超人とは……」

青山は超人の定義と、そのような存在になるための具体的な日々のワークについて語り始めた。

それは俺が教えたものよりも洗練されており、しかも、青山の日々の生活にうまくフィットし、その中で実用的な効果を発揮するようリファインされていた。

「い、いいだろう。超人の小乗的な側面については十分に理解しているようだな。自らの内なる超人因子を育て、意識性を高め、その力によって望む世界を生み出していく。それが超人の生き方だ。同時に超人は、自らを束縛する心理的障害を除去し、自らの内なる超人の声をクリアに聴き取り、その声に従わなければならない」

青山はうなずいた。

「ええ。このワークショップの受講を始める少し前、イギリスの友人からスタートアップを手伝わないかと誘われてたんです。私は日本に留まってバイトを続けるか、イギリスに行くか迷ってました。でも、今なら自分がどうしたいのか明確にわかります」

「寂しくなるな」

「またまた。本当ですか？」

俺は答えず、この三ヶ月のワークショップの範囲を超えた内容についても軽く触れることにした。

「さて……自らの内なる超人を目覚めさせていけば、その過程で必然的に、大乗的な、『他者への奉仕』という側面が立ち現れてくる。いずれ青山さんも、そのことに向かい合うときがくるだろう。今のうちに簡単なガイダンスを伝えておこう」

「滝本さんは、他者への奉仕の前に、自分の生活をなんとかした方がいいですよ」

俺はムッとしながら先を続けた。

「外界との摩擦ですり潰されることなく、最大効率で外界への奉仕を行うためには、やはりその仕事もまず自らの内側を出発点として始めなければならない。心の中でイメージを育むんだ。人が皆、自分の最も高い可能性を表現して生きているヴィジョンを。また、それを阻むあらゆる障害が、皆の心の中から消え去っていくことを」

「無理無理、そんなこと想像できません」

「安心してくれ。古来、このような大乗的なインナーワークには、具体的な身体感覚が伴うイメージ操作が取り入れられてきた。たとえばチベット密教の一派では、このような呼吸法を行う」

俺はカフェのソファから、駅の中央通路の時計台を見下ろしながら深呼吸した。

天窓から差し込む光の中、待ちわびた人と合流して抱き合う者。その逆に、別れを惜しみ、手を振る者。

「人生の中には喜びも悲しみもある。この世界に生きる人々のその悲しみを、暗い煙として可視化するんだ。その黒いもやもやを、呼吸と共に自分の胸いっぱいに吸い込むんだ。この街、この国、そしてこの世界の全体から、苦しみを集め、自分の中に呼び込むんだ。この俺に、苦しみを集中させるんだよ」

「大丈夫ですか？　その呼吸法。なんだか病気になりそうなんですけど」

「気にするなよ。この呼吸法は生きとし生けるすべてのものの苦しみを自分に吸い込み、慈悲の心で浄化してから、清らかなエネルギーとして世界に送り返すのがコンセプトなんだ。病気になるくらいは上等。鬱になるくらいは当たり前という気持ちでやるんだ」

青山は顔を青ざめさせた。

「いつもやってるんですか、滝本さん、その呼吸法」

「いいや。最近はもうそういうのは病気になりそうだからやらない」

「ならそんなもの私に教えないでください！」

「教えたいのは別のことだ。この世にはまだ多くの暗闇があるが、それを取り去っていくために、この自分を犠牲にする必要はない。暗闇を祓うものは光だが、今、それは至る所に溢れている。たとえばそこ……」

俺は中央通路の時計台を指差した。

「人々が待ち合わせるあの場所に、光が降り注いでいるのを想像してみてくれ。それは現に、駅ビルの天窓から降り注いでいる日光のようでもあり、心の目でのみ見える光の柱のようでもある。そんな光が今、天から降り注ぎ、四方に広がり、暗闇を溶かしていく」

「それなら想像できますね。光はどこまで広がっていくんですか？」

「青山さんの想像が及ぶところまで。地球の裏側までも」

「それなら私はイギリスから想像しますよ。私が暮らすロンドンから、滝本さんのいる川崎に。光が広がっていって、滝本さんの悩みが消えていくことを。ときどき想像してあげますよ。元気で」

青山はコーヒーの残りを飲むと立ち上がり、手を振りながらカフェを去った。

しばらくして眼下の中央通路に姿を現した青山は、天窓から差し込む光に目を細めつつ、軽く時計台に手を触れてから改札の中に消えた。

「…………」

俺もコーヒーを飲み干すと立ち上がった。そのときポケットでスマホが震えた。見ると以下のテキストがそこに表示されていた。

レイちゃんの知恵袋　その15
『別れを前向きに受け止める』

青山さんとの別れは終わりましたか？

一人になったら、すごく悲しくなると思います。

でも、泣かないでください。

人と人は、別れても、それで終わりじゃないんです。

別れたあとも、電話、手紙、電報などで、たまに連絡を取り合うことができます。

年に一度か二度、互いの近況にそっと触れ合う、そんな素敵な時間を持つこともできます。

もちろん、そんなささやかな交流すら断絶した、今生では半径千キロメートル圏内に入ることもない、強めの別れというものもあるでしょう。

それどころか、あの世とこの世という次元間の別れも、ときには生じることでしょう。

でも泣かないでください滝本さん！

交流の中で生じた良いものは、ずっと二人の中に残り続けます。

楽しかったやり取りの中で見つけた輝きは、互いの人生を、いつまでも照らしてくれます。

だから別れたあとも、あの交流の記憶を大切に、心の中にしまっておいてください。

そして、記憶の中のあの人に、ありがとうって何度も感謝を伝えてください。

そうすればきっと、別れの悲しみが消えて、また前を向いて歩いていけるようになりますよ。

もし悲しみがいつまでも消えず、前を向いて歩く気力がなくなっても、私はずっと滝本さんを見守っていますよ。

だから、今日のところは早く家に帰ってきてください。

待っています。

最終話
たのしいこと

1

秋、川崎の日の当たらないアパートで、近くの工場から流れてくる煤煙《ばいえん》の化学的な刺激臭に苦しみながら、俺は青山ロスを乗り越えようとしていた。

そのためのツールを俺はすでに持っていた。

まず何より大事なツールは『瞑想』である。

このスキルは昔から、色恋に付随する苦をやりすごすのに有効とされている。また俺の瞑想スキルは、超人になるための修行の副次的な成果として、ほぼカンストしている。

俺は結跏趺坐を組むと、半眼となって内面を見つめ、さくっと悟り状態に至った。この状態であれば、般若心経に書かれた『色即是空』という言葉の意味をダイレクトに体験できる。すなわち青山への色欲は、空という実体のないものであることが明瞭に理解できるのだ。

「よし。あいつのことは忘れよう」

俺はすっきりとした気持ちになった。

だがしばらくすると、慣れない結跏趺坐のせいで、全身に耐え難い苦痛が生じ始めた。

インドの聖者、ラマナ・マハリシは、座禅しすぎて左右の脚の長さが変わり、歩くのに杖が必要になってしまったという。何事もやりすぎはよくない。

俺は座禅を解いた。瞬間、悟り状態というバフも解除され、強い青山ロスの感情が蘇ってきた。

そこで俺は次なるツール、『ていねいな暮らし』を用いることにした。愛欲は、『今ここ』から離れた妄想から生じる。それゆえに目の前の今ここに集中した、ていねいな暮らしを送ることで、その迷妄から抜け出すことができる。

俺は心の中で刻一刻と拡大していく魅力的な青山のイメージを振り払うと、目の前の自室に意識を向けた。

思わず声が漏れる。

「これはひどい」

ヒルズレジデンスのラグジュアリーな部屋で過ごしたあとだと、俺のアパートの殺伐とした汚さが目に余った。

俺は掃除を始めた。

わずかに綺麗になった部屋で、久しぶりに筆をとり書に勤しんでみる。

今日はネットで『菜根譚』を検索し、出てきた一節を書き写そう。

「ええと……出世之道、即在渉世中。不必絶人以逃世。了心之功、即在尽心内。不必絶欲以灰心」

菜根譚は明の時代に書かれた一種の自己啓発書である。そこには道教、儒教、仏教をバランスよく混ぜ合わせた三教合一の処世訓が記されている。

今、俺が書き写している一節にも、著者である洪自誠の優れたバランス感覚がうかがえた。

すなわち、この世界を超越する方法は、この俗世間を渡り歩くことの中にある。人との交わりを絶って、ひきこもる必要はない。自分自身の本質に気づくための方法は、自らの心を理解しつくすことの中にある。欲を絶って、心を灰にする必要はない。

このような叡智に接しながら筆を動かしていくと、心が澄み渡っていくのが感じられた。

「よし。青山のことはもう忘れよう」

俺はすっきりとした気持ちになった。

だがしばらくすると、青山に対する愛欲、肉欲、その他多種多様な欲と執着がないまぜになった感情が湧いてきて、俺を圧倒した。

気づけば俺は台所の床に横たわり、ごろごろと転がりながら頭を抱え、煩悶し嗚咽していた。

「ううう……青山……青山ぁ！」

失ったものの大きさと、それをもはや取り戻すことができないという喪失感が、津波となって後から後から押し寄せ、俺を打ち砕く。

この痛みにはとても耐えられそうにない。

こうなったら、何かどぎつい刺激によって心を麻痺させるしかない。

この日本におけるどぎつい刺激の中心地といえば、新宿歌舞伎町だ。

「泣いてるのね滝本さん。はいこれ、心を落ち着かせるカモミールティーよ。ゆっくり飲んでね」

カルディで買ってきたらしい茶を俺に押し付けてくるレイ、彼女からマグカップを受け取った俺は、口内を火傷させながら一気に茶を飲み干した。

そして、青山からもらった受講料の残金をポケットに突っ込むと、アパートを出た。

＊

電車に乗った俺は、品川で乗り換え、新宿の東口を出た。

「………」

駅前の雑踏の中で、ポケットの金をチェック。

三万円ある。

これを使い、できるだけどぎつい体験をしたい。

青山のことを忘れられるような。

だが、猪突猛進は避けねばならない。

歌舞伎町には罠がいっぱいだ。そういった罠にぶちあたり、俺の大切な金や時間が食い潰される事態は避けたい。

同時に、俺の真の欲望を満たし、この胸の穴を埋めるための最適なルートを歩みたい。

だが、生き馬の目を抜く新宿歌舞伎町で、そのようなことが可能だろうか？

この『滝本欲望満足問題』は、量子コンピュータを使っても解き難い難問なのではないか？

そのような人生の難問に突き当たったとき、使うべきツールは『祈り』だ。

「……このあたりでちょっと祈っていくか」

俺は新宿東口の雑踏で左右を見渡した。すると、立ち話をしている女子二人の隣に、腰を下ろせるわずかなスペースを見つけた。

人に取られる前にそのスペースに座った俺は、目の前を行き交うエロい格好をした女どもをチラチラ見ながら神に祈った。

「神よ。三万以内で満足できるアクティビティを俺にくれ！　それはフィジカルな刺激を伴い、深い肉体的満足を伴うものであるべきだ。そのような体験を俺に与えてくれ！」

だが、どれだけ強く祈っても、神がそのような無料案内所のごとき役割を果たしてくれるとは思えなかった。

しかしここで俺は、中世の神学論争を思い出した。全知全能の神は遍在しており、万物を包括しているので、当然、無料案内所も兼ねている。それゆえ神は、さきほどの俺の下賤な祈りにも応えてくれるはずだ。

なのに祈っても祈っても神からの応えはない。なんだか隣でずっと立ち話している女子二人から、不審げな視線を向けられている気もしてきた。

「…………」

いや、これは錯覚ではない。

明らかに女子の一人が俺をじろじろと見ている。

目が合った。

「な、何か？」

「人違いだったらすみません。滝本さんでしょうか」

名を呼ばれた俺は、瞬時に気持ちを営業モードに切り替えた。

一年に一回ぐらい、たまに読者の方から声をかけられることがある。そんなときぐらいは立派な作家っぽい雰囲気を出して、読者の方にサービスしたい。

「ええ、滝本竜彦です」

すると、感動しているのか、二人組の一方がぴょんぴょんと飛び跳ねながら、俺の作品に賛辞を述べ立ててきた。昔、俺の作品に人生を救われたとのことである。

むろんそれは錯覚だろう。人生を変える力を持つのは常に自分自身であって、人の言葉などは、せいぜいそのきっかけや道標となるにすぎない。

だが、女子に褒められるのは気持ちいいものだ。俺は彼女の賛辞を甘んじて受け入れた。

五分くらいすると、人間関係における位置エネルギーが平衡化されたのか、彼女はすっと真顔になった。

「それにしても滝本さん、何してるんですか？　ここで」

俺は念の為、もう少し作家っぽいことを言ってみた。

「執筆に疲れると、いつも人間観察をしてアイデアを探したりするんですよね」

「えー、ほんとですかー？」

特にもう作家っぽいことを言っても良い反応が得られないようだったので、俺は詳細をぼかしながら本心を伝えた。

「嘘です。実は……なんかドキドキするような面白いことはないかなと思って出てきたんですよ。こっちに」

「こっちに来て、何か見つかりましたか？　ドキドキする面白いこと」

「どうだったかな。いろいろあった気がする。でも忘れちゃったな。そろそろ家に帰ろうかなとも思います」

「もう少し遊んでいってもいいんじゃないですか？」

「まあ運動不足なんで、こうして外に出るだけでも、多少は気が晴れるというのはあります」

「運動不足なら私たちと運動していきませんか？」

「え、運動……というと？」

「行きましょう。すぐそこなんで」

女子二人は歌舞伎町方面を指差した。

俺はごくりと生唾を飲み込むと、彼女らに挟まれながら東口の交差点を渡った。

女子二人は多くの若者がたむろする新宿東宝ビルの横を通り過ぎると、立ち話する男女が等間隔に並ぶ大久保公園の前を歩き、俺を薄暗い雑居ビルに導いた。

「ここです」

「ここは……ボルダリング・ジム？」

ボルダリングとは壁を登る遊びだ。女子二人はスムーズに受付で手続きを終えると、ロッカールームで軽装に着替え、靴を自前のボルダリングシューズに履き替えた。

俺も受付で手続きをし、シューズを借りた。ちょうどキャンペーン中で、入会金と初回のシューズレンタル費用が無料だった。そのことが俺を力付けた。

手に勢いよくチョークを塗りつけた俺は、全力で壁に取りつき、登った。

すぐにバテた。

どうやら筋肉を使って力任せに登るのは、効率が悪いようだ。

ベンチに座って前を見ると、女子たちはかなりの熟練者らしく、こちらにせり出した強傾斜の壁に取りついては、その中でも特にハイレベルなルートを次々と踏破していった。

たいして力を入れているように見えないのに、彼女たちは重力を無視するかのように、軽やかに高みへと登っていく。

その超人的なアクションには憧れざるを得ない。だが、俺はこの空間では、まだ一介の初心者にすぎない。

壁を登るための動きの基礎を学びながら、その新しい身のこなしを、基本レベルから少しずつ実際に試し、時間をかけて自らに染み込ませていかねばならないだろう。

やがて制限時間が近づいてきた。その前に俺の体力に限界が訪れた。

「もう手足が動かないんですが」

「新作、楽しみにしてますからね」

元の衣服に着替えた女子は、連れと共に歌舞伎町方面に消えていった。俺は重い体を引きずりながらも、不思議な満足感を抱えて川崎に帰った。

2

俺は小説執筆を再開した。最後まで書けたので原稿を編集者に提出すると、大幅な修正の指示が入った。

執筆と修正のループは何度も繰り返された。修正するごとに出版が遅れ、そのたびに俺のバイト生活は長引いていった。

行き詰まった気分を変えようと、執筆とバイトの隙間で趣味の音楽を作り、ネットにアップするも、『いいね』の一つも付かない。

『金』と『賞賛』という喉から手が出るほど欲しい二大リソースが、手に入りそうで手に入らない。その苛立ちが、俺の気持ちを荒廃させていく。

日差しが差し込まない、壁紙が煤けた部屋の中で、こんな生活をもう一日も続けていられないと焦れば焦るほど、小説も荒れ、音楽も荒れ、部屋も汚れていく。

もうだめだ。

どれだけ焦って早く結果を出そうとしても、小説も音楽も、俺の人生全体も、うまくいくヴィジョンがまったく見えてこない。

こうなったら長期戦を覚悟していくしかない。

俺は短期的な結果を出すのを諦め、すべての行動を、長期的な目標に向けて集中させることにした。

俺の長期目標と言えば、千年生きることである。

俺は千年生きる者のように、ゆったりと小説を書いていった。

もうどれだけ時間がかかってもいい。

この心理的な永遠の上で、もっとも自分にとって気持ちのいい姿勢とリズムを探しながら書いた。

少しずつわかってきたこととしては、家の中で執筆すると、気分が暗くなるということだ。暗い部屋で机に向かっていると、日に日に足腰が弱っていく。

日がな一日、家でパソコンに向かうというライフスタイルは、とても持続可能なものに思えない。千年どころか、あと二十年も続けられないように思う。

そこで俺は、近所の公園のベンチに出かけ、そこでノートパソコンを開いてみた。まあまあ気持ちは明るくなったが、日差しが眩しくて作業を続けることができない。

そこで俺は次に、駅前の喫茶店に向かった。コーヒー代はかかるが、バイトが安定してきたため、払えないこともない。

特定のチェーン店では、二杯目のコーヒーを当日の同チェーン店で、百円で飲めるサービスがあることもわかった。このシステムを使えば、喫茶店を安くはしごして、リフレッシュしながら執筆を続けられる。

それは俺の心身の健康を増進しながら、家計にも優しく、それでいて経済の活性化にもつながるという三方良しの執筆スタイルと思われた。

まったく書けない日も多かったが、なんにせよ、俺は毎日、駅前の喫茶店に赴いた。いつもの席に座り、タイムタイマーをノートパソコンの脇に置き、二十五分を一セットとして、執筆用のエディタに向き合う。

そんなとき、たまに俺の顔を知っている人に話しかけられることもあった。

何年も一人、世間とズレたところで訳のわからない活動を続けている中、それは心底嬉しくありがたいことだった。まだ俺は誰か、生きた人間と繋がっているのだ。

3

気が遠くなるほどの修正作業の果て、ついに俺の新作小説が出版された。出版記念トークイベントでは、俺の自作音楽をＢＧＭとして会場に流した。

俺の予想としては、新作は世界的なベストセラーとなり、映画化、アニメ化、マンガ化されるはずだったが、そうはならなかった。

それも仕方がないことではある。まだ時代が俺に追いついていないのだ。

俺はぶっちぎりで最速の進化を果たし、いまや一人で千年後の未来を生きているつもりだ。

そのような人間が生み出すコンテンツは千年先の面白さを持っており、それを受け取るレセプターを持つ人間には、比類なき喜びをもたらすだろう。

だが人間には個々の進化スピードがある。通常の人間の進化スピードでは、俺の生み出す先進の面白さを受け取ることは、まだ少し難しいのかもしれない。

そのように考えると、俺の新刊が予想に反して世界的ベストセラーとならなかったことにも、いくらかの納得を得ることができた。

いいや、どうしても納得できない。

作家というものは、コンスタントにベストセラーを生み出さぬ限り、都内に家を持つこともできず、自家用クルーザーの一つも買うことができないのだ。

だいたい俺は千年先まで生きるので、ざっと計算して、通常よりも生活資金が十倍は必要なのだ。

なのに新刊が売れなければ、俺は永久に川崎の倉庫で段ボールを運び続け、地球の終わりまで貧窮問答歌を歌い続けることになる。そんなのは嫌だ。

なんとかして早くベストセラーを書きたい。

だがそれはもはや、俺の能力の問題ではない。

俺の新刊は、百回ベストセラーとなるに足る面白さをすでに持っている。その事実は、確定的に明らかだ。

なのに俺の新刊が思ったより売れないのは、この世界に生きる人間の進化スピードが遅いせいだ。

全部他人が悪い。

むろんこの俺の想いは、あまりに他責的であり、つい反射的に『こんなことを考えたらよくない』と否定してしまいそうになる。

だが、人類の進化スピードが遅いせいで俺の本が売れないことは、俺によって客観的に確かめられた事実だ。

事実は事実として認め、その先を考えよう。

つまり問題は、どのようにして、人類の進化スピードを向上させていくか、ということなのだ。

そう……人類の進化が遅いのなら、俺の手で速めればいい。

だが、どうすればそんな大それたプロジェクトが可能となるのだろう？

この俺一人で人類を進化させようとしたら、五万年くらいかかりそうな予感がある。さすがにそんなに時間はかけられない。

「そうだ、俺一人で活動しているだけじゃだめなんだ。何か、人類を進化させるための場、グループのようなものを作ることができればよいのだが……」

その願いが叶ったのかどうかわからないが、俺はバンドを結成することになった。

きっかけは、先日の新刊出版記念トークイベントだ。その打ち上げで俺は、昔組んでいたバンドのメンバーと再会した。

かつてのメンバーたちは、俺が今も音楽を続けていることを知ると、若かりし日を思い出すような遠い目をした。

昔話に花が咲く。

「あの頃はよかったなあ……ところで」

俺は後ろ向きな昔話をほどほどで切り上げると、バンドの再結成をそれとなく打診してみた。

とんとん拍子で話は進み、旧メンバーに加えて新メンバーも加入の上、バンドは再結成された。

月に一回か二回、メンバーとともにスタジオに入って曲を作り、練習する日々が始まった。

この活動が人類の進化に本当に寄与するのか、それはいまだ未知数である。だが少なくともメンバーの演奏力は、練習を重ねるごとに進歩しているように思われた。

だが、うまいバンドなどこの世に腐るほどある。

あらゆるグループに必要なのは、その目指すヴィジョンだ。

練習後、スタジオ近くの居酒屋で俺は、『人類』『進化』『超人』などといったワードを用いて、メンバーの皆に崇高なヴィジョンを伝えようとした。

「人類がさあ……進化がさあ……」

しかし、どれだけ言葉を重ねても、いまいち俺の言葉は皆の心に響いていないように思える。

酒が飲めないので、いたずらにウーロン茶のジョッキを傾けながら、しかたなく俺はただ『楽しい雰囲気』を醸成するよう努めた。

なぜなら現代における効率のよい『進化』とは、厳しい淘汰圧によって無理やり捻り出されるものではなく、『楽しさ』による自然な意識の拡張から生じるものだからである。

それゆえバンド内に楽しい雰囲気を醸成することは、巡り巡って自分たちの進化と、その先にある人類の進化に寄与すると思われた。

楽しさを時空間に刻み込むように、バンドは定期的にスタジオでの練習を重ねていった。

やがて初ライブの日がやってきた。

ライブの一番初めの演目は、俺の誘導による『瞑想の時間』だ。

ライブでの瞑想、これはどうしても外すことはできない。

なぜなら俺は、人類を超人へと進化させねばならないからである。

皆が超人となり、皆が千歳まで生きる未来を作らなければならない。そうせねば今現在、ただでさえ孤独な俺が、将来さらに孤独になってしまう。

だから俺は、マルチメディアな、さまざまな経路で、この世の人々に、超人になるためのエネルギーと情報を伝えているのだ。

今、俺は小説を書き、音楽を作っている。

バンドの皆と雑誌も作っている。その雑誌には、超人になるためのさまざまなTipsや関連情報が、さりげなくいくつも掲載されている。それはまもなく開催される『文学フリマ』なる文学作品展示即売会で、全世界に向けて販売される予定だ。

だが今はまず、超人になるための瞑想を、ライブに来てくださった皆と分かち合わなければならない。

それにしても緊張がひどい。

友人たちとロックバンドの一員としてステージに立つのは、この人生で初めてのことだからだ。また、ステージで皆と一緒に瞑想するのも初めてのことだからだ。

幕が上がる一分前になり、緊張で手が震える。

このままでは楽器の演奏も、瞑想も失敗するだろう。

そのときポケットのスマホが震えた。取り出してみると、そこには以下の文面が表示されていた。

レイちゃんの知恵袋　その16
『応援を受け取る』

滝本さん！　まずはライブの開催、おめでとうございます！

小学生のころ、ピアノの発表会が怖くてピアノ教室を一ヶ月でやめた滝本さんが、まさかそんなふうに楽器を持って人前に立とうとするなんて、人間の変化と成長は計り知れないものがあるなあと、私も感激しています。

ところで今、一つ謝っておかなくてはいけないことがあります。

この前、滝本さんと再会したときのことです。

あのとき、滝本さんが『俺は超人になった』だの『俺は千年生きる』だの、訳のわからないことを言い出したのを見て、私はショックを受けました。

正直、『もうこの人、まともな社会生活は無理なんだろうなあ』と諦めていました。

でもそのあと、滝本さんはすごく頑張りましたね。

たまに『バンドのライブで瞑想する！』なんて訳のわからないことを言い出しますし、今も理解できないことが多いです。

だけど滝本さんは、私が思ってる以上に頑張り屋さんでした。

段ボール運びのバイトから泣いて帰ってくる日もありましたし、心が弱ったときは何日も寝て過ごすこともありましたが、それでもしばらくすれば復活して、また前に向かって歩き出しましたね。

小説や音楽も、日々、こつこつ作って偉かったです。

そんな頑張りの成果が今日のライブです。

楽しんできてください。

そして滝本さん、あなたのことを実は見くびっていた私のことを許してください。

ずっと私、心のどこかで滝本さんのことを、ただのダメ人間だと見下していました。でも今は、一人の頑張ってる人間として、素直に応援したい気持ちで見ていますよ。

フレー、フレー、滝本さん！

この私の応援を、どうかまっすぐ受け取ってください。

そして、この先あなたに訪れるたくさんのいいことを、心を開いて受け取ってください。

そうすれば、きっと笑顔が増えていきますよ！

＊

メッセージを読み終えると、わずかだが緊張が解けたのが感じられた。そのときライブハウスのステージの幕が開いた。

俺の声は震えていたが、なんとかライブに来てくれたお客様とともに瞑想し、その後、自作の歌を歌うことができた。

これにより人類の進化は本当に早まったのだろうか？　わからない。だが、何かしらの楽しい時間を生み出すことはできた。

そう思いたい。

しかし、ライブから一夜明ければ、気持ちは灰のように燃え尽きており、いつもながら自分の手には何も残っていないことを、薄暗いアパートの一室で、俺は気づいて暗澹とした気持ちとなる。

こんな暗い気持ちを抱えているばかりでは、人類の進化どころか、俺の退化が始まってしまいそうだ。

ライブは確かに楽しかった。

しかし、もっともっと、たくさんの楽しいことが必要だ。

この日常の中に、暗いアパートの中に、溢れるほどの楽しさが必要なのだ。

そんな思いを込めて、俺はバンドメンバーとともに作っている雑誌のタイトルを、『たのしいこと』とした。

やがて開催された文学フリマで、俺は抽象的なタイトルのその雑誌を売った。

「いらっしゃいませー。チラシどうぞー」

隅の方に設置されたブースで販促チラシを配りながら、目の前を通り過ぎていく人たちに声をかける。

最初、なかなかチラシを受け取ってもらえず、また俺は落ち込んで、暗い気持ちになった。

しかし声の調子や挙動を調整することで、チラシを受け取ってもらえる回数が少しずつ増えてきた。

テンションも上がってきた。

軽い変性意識状態に入りながらチラシを配りまくる。

すると、チラシを受け取った人が、ついにブースに足を止めてくれた。

この人を逃してはならない。

俺はかわいいピンク色の雑誌に目を落としながら、早口で内容を説明した。

「新刊『たのしいこと』、絶賛販売中です。これを読むと人生に楽しいことが増えます。楽しいことで人は成長し、進化し、やがて超人に……」

「あはは、『たのしいこと』って、なんなんですか。このタイトル、意味がぜんぜんわからないんですけど」

「あ、えっ？　いや……ダメか？　俺は面白いと思うんだが」

「コンセプトがふわっとしすぎなんじゃないですか？　まあ滝本さんらしいですけど。一冊もらいますね」

久しぶりに見る青山の手から、呆然と代金を受け取った俺の脳裏に、いくつもの疑問がよぎっていく。

いつロンドンから日本に帰ってきたのか。いつまで日本にいるのか。なぜ文学フリマに青山の姿があるのか。

もしかして、俺に会いに来てくれたのか？

「…………」

それらの疑問を脇に置いて、しばし俺は楽しさの予感を心を開いて受け取った。

「ちょっと、何ぼーっとしてるんですか？　私、こういうところ初めてなんで、案内してもらえますか、この会場」

「ああ……行こう」

俺はバンドメンバーに頭を下げて、しばし販売業務を代わってもらうと、広大な会場にひしめく人々の中へと、青山と共に歩き出した。

あとがき

皆様は『超人になりたい』という願望をお持ちではないだろうか？

超人になれば以下のような利点がある。

・永遠の命を得られる
・モテる
・実社会の中で潑剌と活躍できる
・家族、友人、パートナーと愛ある関係を築ける
・自らの個性を活かした自己表現ができる
・宇宙の神秘がわかる
・『存在』と一つになることができる

このような多くのメリットを読めば、誰もが百二十パーセント、超人になることを求めるだろう。だが超人になったとしても、それで人生の気苦労が完全に消えるわけではない。

この小説にも、自称超人の小説家、滝本竜彦が、さまざまな困難にぶつかっては泣きごとを言うシーンが多く収められている。

二十代で作家デビューし、作品が映画化、アニメ化され、国際的ベストセラーとなるものの、すぐスランプに陥って何も書けなくなった作家、滝本竜彦。

彼は人生を逆転するため、そして宇宙の真理を悟るため、超人になることを目指した。そして、なんとか超人となった。

しかし人生とは、夢を叶えることと、現実の苦しさに立ち向かうことの、無限に繰り返されるサンドイッチのごときものである。

四十代を超えた独居男の孤独問題、氷河期世代の再就職問題、貧乏問題、そして恋愛問題と、この世に尽きることのないリアルな悩みが滝本に降り注ぐ。

だとしても滝本は悩みに押し潰されることなく、むしろその逆に願う。できるだけ長くこの世界で生きていたい、できることなら、無限に、と。

本書は2003年に刊行された『超人計画』の流れを汲む小説である。オリジナルの超人計画は、小説風味のエッセイだったが、本書は逆に、エッセイ風味の小説となっている。オリジナルをお読みになった方はもちろん、この著者の作品を読むのが初めてという方も、新鮮な喜びを持って読める物語となるよう心がけて書いた。

ところで本書は作劇の必要から、現実の出来事を脚色し、また時系列を書き換えている部分がある。しかし主人公である滝本の心の動きや、体験の基本的な様相は、できるだけ現実の私の人生をベースとするよう心がけた。なぜなら私は本作に、この現実の人生が持つ楽しさを、真実の重みあるものとして塗り込めたかったからである。

また本書は、ビルドゥングスロマン、教養小説の新たな形式をこの世に打ち出すことを目標としている。主人公がさまざまな体験を通して内面的な成長を得て、自らの生きる意味と、この世界でなすべき仕事を見出す。その過程を、この令和の世に説得力ある物語として書き出すのが本書の目的である。

これらの試みが成功したのか、その判断は読者の皆様にお任せしたい。

なんにせよ、頑張って書きました。

悟りと鬱、超越とセルフネグレクト、聖と性愛、瞑想と妄想、そんな光と闇の両極に揺れ続けるこの娯楽小説を、あなたに手に取ってお読みいただけたら、小説家としてそれに勝る喜びはありません。

2024年10月　滝本竜彦

初出　「ＨＢ」２０２３年１月〜２０２４年４月

日本音楽著作権協会（出）許諾第２４０９０７２－４０１号

本文組版＝一企画
校正校閲＝鷗来堂

滝本竜彦（たきもと・たつひこ）
1978年北海道出身。『ネガティブハッピー・チェーンソーエッヂ』で第5回角川学園小説大賞特別賞を受賞してデビュー。新時代の青春小説として映画化、コミック化される。次作『NHKにようこそ！』もコミック化、アニメ化され世界的なヒット作品となる。他に『超人計画』『僕のエア』『ムーの少年』『ライト・ノベル』等がある。

超人計画《ちょうじんけいかく》インフィニティ

2025年2月28日　第1刷発行

著　者　滝本竜彦《たきもとたつひこ》
発行人　牛木建一郎
発行所　株式会社ホーム社
〒101-0051
東京都千代田区神田神保町3-29 共同ビル
電話　編集部　03-5211-2966
発売元　株式会社 集英社
〒101-8050
東京都千代田区一ツ橋2-5-10
電話　販売部　03-3230-6393（書店専用）
読者係　03-3230-6080
印刷所　TOPPAN株式会社
製本所　加藤製本株式会社

The Chojin Project Infinity

ISBN978-4-8342-5396-2　C0093